君が、仲間を殺した数

―魔塔に挑む者たちの咎―

VANQUISH THE TOWER OF EVIL

DESIGN
杉山絵

《断章　死出の一日》

――どれほどの罪を重ねれば、あの頂に手が届くのだろうか。


漆黒の威容が、蒼穹《そうきゅう》を貫くようにそびえている。

《塔》とだけ呼ばれるその建造物が、果たしていつから存在していたのか、それを知る者は居ない。ただ、この《塔》がもたらす恩徳が、周囲の発展を促したことだけは事実であろう。

《塔》の周囲には、地方の村落と呼ぶにはあまりにも規模の大きな、多くの人間が住む街が出来上がった。

《塔》に挑み、富や名声を得ようとする《昇降者《しょうこうしゃ》》と、その《昇降者》を相手に商いをする者、特に目的なく流れ着いた者、良からぬことを企図する者など、様々な事情を抱えた人間が寄り集まり、いつしかその街は《塔下街《とうかがい》》と呼ばれた。

人々のあらゆる欲望の矛先が、ただ一つの《塔》にだけ向けられたその歪《いびつ》な街で、一人の少年が大きな荷物を抱えて、ふらつきながら歩いている。

「お、重い……」

親から使いを頼まれ、受け取った荷物を持ち帰る途中であった。荷物は大きく、前すら見えない状況下で、ひたすら歩を進める。誰かと衝突するのは、時間の問題だろう。

「うわあ！」

問題はやがて起こった。気を使い、少年を避けて歩く人々の中で、彼に気付かず真《ま》っ直《す》ぐ歩いていた男が居たのだ。その男とぶつかった少年は、荷物と共に地面へと転がる。

「ったた……」

「………」

転んだ拍子に膝を擦《す》り剝《む》いてしまった。鋭い痛みに顔を歪《ゆが》める少年を、その男は無言のまま見下ろしている。やがて、少年は男の視線に気付いた。

「あ、えっと……ごめんなさい」

「……いい。気にするな」

ぶっきらぼうにそう答えた男は、朽ちかけた外套《がいとう》に身を包み、酷《ひど》くやつれた顔をしていた。焦がした飴色《あめいろ》の頭髪は伸びて乱れており、昏《くら》い瞳は淀《よど》んだ沼底のようである。少年からすれば、男の年の頃はかなり上であろうが、一般的に見ればまだ彼も青年の部類だろう。それでも、渇いたその見てくれは、男の放つ妙な威圧感に一役買っている。

一方、男の腰から覗《のぞ》く得物を見た少年は、男が《昇降者》であることをひと目で見抜く。

この《塔下街》において、軽装に武器を携えた者というのは、十中八九《昇降者》だ。

「あ、あの、《昇降者》の方ですか……？」

「……ああ」

片膝をついた男が、答えながら少年の膝部に手をかざす。すると、たちまち少年の怪我《けが》は癒えてしまった。《昇降者》はいずれも、何かしらの《職《ジョブ》》に属し、その《職《ジョブ》》に応じた《技能《スキル》》を持つ。それを知っていた少年は、男が治癒に関係する《技能《スキル》》の持ち主だとすぐに見抜いた。

「その！　ぼく、《昇降者》に憧れてて！」

「…………」

「いつか絶対、あの《塔》のてっぺんに昇るんです！　お兄さんも、そうなんですよね⁉」

ただ純粋に、憧憬から瞳を輝かせる少年。《昇降者》が《塔》に挑む理由は、それぞれ異なる。

しかしよく聞く理由としては、謎多き《塔》、その中でも未踏の地である頂点へ誰よりも早く至りたい——というものだろう。少なくとも、この少年にとって《昇降者》とは冒険家や夢追い人のような存在であり、幼心から目指し憧れるものだった。

「……そうだ」

「やっぱり！　あの、お一人ですか？　もしよかったら、ぼくが大きくなったら、お兄さんと一緒にパーティーを組んで、てっぺんに……」

曲がりなりにも《昇降者》になりたい少年は、治癒関係の《技能《スキル》》が希少なものであるということも知っていた。己を売り込みたい、というつもりはなかったものの、本能的に男と組みたい欲が口に出てしまった。一方、男は変わらずに冷たい瞳と声で、短く答える。

「俺は独りだ。仲間は必要ない。他を当たれ」

「独りって、《昇降者》はパーティーを組む必要があるんじゃ……？　あ、いや、その……そうですか。ごめんなさい、ぼく、変なこと言って」

「……。怪我《けが》はもうないか」

「は、はい！　ありがとうございました！」

大きな声で礼を述べる少年を、男はやはり冷たい目で見つめている。しかし、その目はどこか、物寂しげなものであったが、少年の若さでは気付けぬことだった。

やがて男は踵《きびす》を返《かえ》し、立ち去ろうとしたが――一度だけ振り返って、少年へ言葉を残した。

「一つだけ忠告しておく」

「……え？」

「――あの《塔》に関わるな。己を、喰《く》われたくなければ」

そうして、男はゆらりと人混みへ消えるように去っていった。

この男こそが、数居る《昇降者》の中において、頂点に最も近い存在――《先駆者《トレイラー》》の一人であったと少年が気付くのは、まだ先のことである。

《昇降者》は明朝から《塔》へと挑み、日付が変わるまでには帰還を果たす。一般的なそのサイクルに合わせて商いをするのであれば、酒場のような飲食店は夕刻から早朝までを開店時間とせねばならない。

＊

まだ朝陽《あさひ》が昇らぬ頃合い、男は酒場の扉を開いて、カウンター席の右端へと座った。

「お客さん、ウチに来るのは初めてで？」

「……そうだ」

「なら悪いこた言わねえ。そこは指定席だ。一つ横にズレて座った方がいい」

店主が注文を取るよりも先に警告を発するとは、随分な酒場である。男は返事の代わりに溜《た》め息《いき》を返すと、一つ左隣の席へと移った。それを見ていたのかどうかは不明だが、呼応するようなタイミングで、誰かが酒場の扉を蹴り飛ばすようにして開く。

「オウ、マスター。いつもの用意しろ！」

「へえ、アツギの旦那」

現れたのは、巨木と見紛《みまが》うような偉丈夫だった。アツギと呼ばれたその大男は、慣れた様子で命令にも似た注文を飛ばしながら、男の隣の席——店主曰《いわ》くの指定席へと腰を下ろす。

「オレのギルドに入りてェらしいな」

「…………」

指定席の横に座る男へ、アッギはおもむろに話し掛ける。元よりアツギに会うのが目的であった男は、黙って一度頷《うなず》いた。それを見て、アツギは歯を剝《む》き出《だ》しにして笑う。

「ヨソのギルドはなァ、新入り一人入れるのにやれ証明証を出せだの、面接試験がどうだの、現メンバーとの相性がどうだの、まどろっこしいことこの上ねェ。だがオレのギルド《トロポス》は違う。誰でも構わん、入りたきゃ入れ。オレはそいつに余計なことは何一つ問わねェよ。経歴も、性別も、名前すらな」

「……俺の名と《職《ジョブ》》ぐらいは確認しておいた方がいいと思うが」

「興味ねェな。オメェが使えるのならすぐにでも取り立ててやる。使えねェなら肉の盾にするか、雑用で使い倒すだけだ。分かりやすくていいだろ？　あるべきは唯一《ただひと》つ、実力だけ――そいつがハッキリしたのなら、今度ここで酒を奢《おご》ってやるよ。その時好きなだけ名乗りゃいい」

「分かった」

ギルドとは、《昇降者》が寄り集まって出来た団体のことを指す。本来は、頭目となる者が厳格に人員を管理するのだが、このギルド《トロポス》の頭目たるアツギは、その辺りがかなり独特――言ってしまえば雑――のようだった。

「だが、三階層に至ったギルドで、ウチほど入りやすいトコはねェ。この階層を探索出来るギルドは、もうどこも面子《メンツ》が固まっちまってるからな。だから最近はオメェみてえな、寄生虫じみた連中が入れてくれってしつこくてよ。今月はもうオメェで十人目だ」

ぼやくようにして、アツギは男へと語る。と、店主がヘコヘコした様子で、焼いたパンとジョッキになみなみ注がれた酒をカウンターに置いた。

アツギはパンを一口で頬張り、酒を一気飲みして全て胃へと流していく。およそ味わう、というような様子ではない。店主がお情けで出した水を、男は一口だけ口に含んだ。

「ッッぷはァ。で、だ。先に言うが、オメェより先にウチへ入ったその九人は、もう全員キレイに死んじまったよ。最初の探索でな」

「三階層の探索でか」

「いいや、二階層だ。三階層への『パス』も刻まれてねえような連中だったからな。オメェはどうなんだ？　別にどっちだって構いやしねェが」

男は甲に小さな宝石が嵌《は》め込まれた手袋《グローブ》を両手に装着している。それを外し、己の手の甲をアツギへと見せた。そこに刻まれた紋様を見て、アツギは「ヘェ」と唸《うな》る。

「三階層へのパスがあるのか。ならいきなり三階層に連れて行っても問題はねェな。しかし——そこまで行けるってのに、独りってのも妙な話だ。他の仲間は全員おっ死《ち》んだか？」

「何一つ問わないんじゃなかったのか」

「……ハッ！　上等だ。オウ、マスター！　オレの武器《アレ》持ってこい！」

居丈高にそう告げると、店主はすぐにカウンター裏へと引っ込んでいく。そして、ヒイヒイと唸《うな》りながら、店主の身体《からだ》よりも大きな戦斧《せんぷ》を引きずって現れた。アツギはそれを奪い取るようにして取り上げると、店の外を顎で指す。

「《塔》に行くぞ。オメェの実力を見せてみろ」

＊

三階層は薄暗い洞窟内に、入り組んだ水路が走った構造となっている。時折道が途切れていれば、意を決し水路を渡る必要もある。その中で、いつ魔物が襲ってくるかは分からない。ただ探索をするだけでも、相当な肉体と精神の疲労があるだろう。

男とアツギは、二人だけでこの三階層へとやって来た。本来はギルドより選抜して五、六人でパーティーを組み、探索を行うのが《昇降者》のセオリーである。

「難しいこたぁ言わねェ。生きて帰る——それが出来るかどうかだ」

「…………」

だが今回の探索は、アツギが男の実力を試すためのものだ。元より実力が伴っていなければ、三階層など彷徨《うろつ》き回ることすら出来ない。相手の意図は分かっているので、男はただ頷《うなず》き、先頭を歩き始めた。

「今は《塔導師《タワーメート》》が不在だからな。歩いた道はしっかり覚え——」

「問題ない。昇降機への道なら分かる」

「あぁ？　オメェ、《塔導師《タワーメート》》か？」

「……」

何一つ問わないと言っていた割に、よく質問をするものだ——と、男は言外でそう伝えるように溜《た》め息《いき》をつく。男の意を汲《く》んだアツギは舌打ちをして押し黙った。

まだ数分歩いただけだが、男は急に足を止める。そして、腰に佩《は》いている一対の剣を抜いた。

「……魔物が来る」

「らしいな」

通路の脇を流れる水路から、ざぶざぶと水面を破るような音が幾つも響いた。《塔》内部における敵性生命体——魔物が姿を現したのだ。アツギも背負った戦斧《せんぷ》を構える。

「ハイドロリザードか。三階層じゃよく見る雑魚《ざこ》だ」

「…………」

暗褐色の鱗《うろこ》に、水草がこびり付いている。四肢の先には鉤《かぎ》状の爪が伸びており、水中でも物を見渡せるよう変化した瞳は、ガラス玉のようである。しかしハイドロリザード最大の特徴は、およそ一般的に想起されるトカゲからは掛け離れたその巨体だろう。小型の馬ぐらいはあるその体軀《たいく》は、相対するだけでそれが異形の存在であることを理解させてくる。

その異形が、五体。ずるりずるりと二人を取り囲む。

(オレだけはすぐ逃げられるよう、退路は確保しておくか)

雑魚《ざこ》、とアツギはこの魔物を評したが、それは三階層において相対的に見た話である。並の使い手ならば、ハイドロリザード一匹を倒すのに命を賭《と》さねばならないだろう。この寡黙な男が、果たしてどこまで戦えるかなど分からない。戦局が悪くなれば一人ですぐ逃走出来るように、アツギは戦斧《せんぷ》を構えながら足を運ぶ。

一方、男は声すら発さずに、目の前のハイドロリザードへ手にした双剣で斬り掛かる。その殺気に反応したトカゲが、銛《もり》のように変化した舌先を伸ばす。右手の剣で文字通りの舌鋒《ぜっぽう》を弾き、更に踏み込んで左手の剣を相手の口へと突き入れる。舌を根本から斬り落とした男は、その場で身体《からだ》を反転させて跳んだ。

男が今し方まで居た地点に、二匹のハイドロリザードが殺到する。回避行動が少しでも遅れていれば、そのままその巨体と鉤爪《かぎ》で組み伏せられ、身体《からだ》を銛《もり》状の舌で穴だらけにされていただろう。ふわり、ひらりと、舞うようにして、男は両の剣を翻《ひるがえ》す。その度にハイドロリザードの鱗《うろこ》と舌は千切れていく。

(何だそりゃ……? 舞踊か、オイ――)

どうしてその動きに、自分が見惚《みほ》れねばならないのか。アツギは振り下ろした戦斧《せんぷ》でトカゲの頭蓋を叩《たた》き割《わ》りながら、不意にそう思ってしまった。男の足運びは、ただの剣士とは明らかに違っている。舞うような、踊るような、およそ戦陣においては場違いな体捌《さば》き。

だからだろうか。ハイドロリザードの一匹が、結果的に油断してしまったアツギの虚を突く。

伸びた舌が、アツギの脳天を今まさに貫く——その直前で、トカゲは突如発生した爆炎に飲み込まれ、消し炭となって消えた。

「な……⁉　構術……⁉」

男の装着している手袋《グローブ》、その甲に嵌《は》め込まれた宝石が明滅していた。手にした剣先の一つは、灰燼《かいじん》と化したトカゲの方へと向いている。男に助けられた、という事実にアツギがようやく至った時、既に男は全てのハイドロリザードの排除を済ませていた。

「何なんだオメェは……？　《昇降者》は基本的に、一つのことだけやってりゃいいだろうがよ……⁉　剣も構術も使える《職《ジョブ》》なんざ、聞いたことがねェぞ……⁉」

《昇降者》の属する《職《ジョブ》》はその役割が固定化・専業化されている。広く浅く、ということはまず有り得ない。剣を扱う者は剣だけを、構術を扱う者は構術だけを特化させていく。

男の有り様は、そんな《昇降者》の常識的見地からすれば、あまりにも外れていた。扱う剣技も、構術の精度も、専業化しているとしか思えない程の精度だったからである。

「…………」

アツギの疑問に対し、男は腰に巻いたポーチから一本の《投刃《ダート》》を取り出して、投擲《とうてき》することによって答えた。偉丈夫の右耳を掠《かす》めるようにして飛翔《ひしょう》したそれは、「ギ」という断末魔を背後より響かせる。

「——ラウンドバットが居た。気を抜くな」

（わけが分からん……！　分からんが——）

ごくり、とアツギは唾を飲む。魔物の不意討ちを、未然にこの男が防いだことによる安堵《あんど》ではない。とんでもない新入り——逸材が自らのギルドに加入したという、確信めいた喜びだ。

「——もう充分だ。今の戦闘だけで分かった。《トロポス》はオメェを歓迎する。明日から一軍……中核メンバーとして働いて貰《もら》うぜ。今日は引き上げるぞ」

「……そうか。俺を認めてくれたか。なら、無事に帰還出来れば、それも良《い》いかもしれないな」

「あ？」

皮肉めいた男の笑み。アツギが素っ頓狂な声を出すと同時に、地響きがした。

通路の曲がり角から、偉丈夫であるアツギの数倍はあるであろう巨大な何かが現れる。見た目自体は二足歩行している鰐《わに》のようだ。だが、その口部——上顎と下顎が異常なほど肥大化し、身体《からだ》の前面を覆っている。その顎から伸びる薄汚れた牙は、極太の鍾乳管《しょうにゅうかん》のようだった。

「……ッ！　シャッターアギトだ!!　逃げんぞ、オイ!!」

先程のハイドロリザードとは比較にならない、三階層にて《昇降者》を屠《ほふ》り続ける凶悪な魔物の代表格。アツギを含んだ精鋭メンバーならば対抗は可能だ。だが、今ここに居るのは実力があっても素性の知れない男のみ。連携など取れないし、そもそも人数も足りない。

逃げの一手しかない——そう叫んだアツギだったが、男は既に双剣を構えていた。

「なあ。あんた一人で、あの顎に勝てるか？」

「ふざけんな、勝てるわけねェだろうが!!」

「つまり——あんたの持つ戦斧《せんぷ》の《技能《スキル》》は、奴《やつ》の体表に通らないのか？」

「通る!! だが通るだけだ!! それがどうしたってんだ!?」

「それさえ聞ければもういい。世話になった」

イカれてんのか？ アツギがそう面罵するより速く、男はシャッターアギトへと飛び掛かる。

その鱗《うろこ》の強靭《きょうじん》さは、ハイドロリザードの鱗《うろこ》が綿のように思うほどだ。男の刃は甲高い音と共に弾《はじ》かれ、そのまま為す術なく男は巨大な顎で挟み込まれた。

「自殺志願者ってわけか？ クソッタレが！」

男の蛮行に付いていけないアツギだったが、思考と行動は冷静そのもので、既に撤退を始めていた。バギ、ゴギ、と、身に着けた装備品ごと、シャッターアギトが男の全てを粉砕していく。断末魔にも似たその破砕音を耳にしながら、アツギはその場より離れた——

＊

目が覚める。最早《もはや》見慣れた天井がそこにある。変わらぬ木目だ。愛着はない。

上体を起こす。関節各部が小枝を踏んだような音を鳴らす。窓から差し込むのは朝陽《あさひ》だ。目を細める。深呼吸する。ベッドから降りる。身支度を整える。宿を出る。

——そして男は酒場の扉を開いて、カウンター席の右端へと座った。

「お客さん、ウチに来るのは初めてで？　って、昨日も来てたな、そういや」

店主が男の顔を確認して、そう呟《つぶや》く。自嘲気味に男は店主へと訊《たず》ねた。

「ここは指定席か？」

「はあ？　そんなモンはウチにゃねえよ。いつもの、とか、アレ、とか、そういうのは嫌いな性分でね。注文があるならハッキリ言いな」

「なら注文は一つだ。裏にある戦斧《せんぷ》、それを買い取りたい——」

酒場では聞き慣れぬ注文であった。しかし、店主は目を丸くし、「よく知ってんなあ」と感心するような声を上げ——そして、ヒイヒイと唸《うな》りながら、その身体《からだ》よりも大きな戦斧《せんぷ》を引きずって現れたのだった。

——また、一日が始まる。

《第一章　無垢《むく》なる生涯》

「……きて」

「…………ん」

「起きてってば、スカイツ！」

「うわ！」

　ベッドから転がり落ち、スカイツと呼ばれた青年は、夢の中より引っ張り出された。どのような夢だったのかほとんど思い返すことすら出来ず、床へしたたかに打ち付けた頭を寝癖と共に撫《な》で付《つ》けながら、ぶすっとした表情でスカイツは同居人を睨《にら》み付《つ》ける。

「……朝はもっと丁寧に起こせって言ってるだろ、クアラ」

「だって、スカイツいっつも中々起きないんだもん。文句は受け付けないよ！」

　洗濯をしたいのか、スカイツのベッドシーツを回収しながら、クアラは彼を適当にあしらう。肩辺りまで伸びた桃色の髪の毛が、忙《せわ》しなく右へ左へ揺れている。相変わらず目立つ色で、何かの果実みたいだと、寝起きのスカイツはぼんやりと考えた。

　幼少期からの付き合いでなければ、曲がりなりにも整った容姿の彼女に起こされることは、男としてそれなりに嬉《うれ》しいことなのだろう。残念ながら、互いの気心が知れすぎていると、そういう感情は一片たりとも起こらないのだが。

「……なあ。夢って起きてからどのくらいの時間まで覚えてるもんだ？」

「夢？　うーん……」

今見ていた夢を何とか思い出しながら、スカイツは戯《たわむ》れにクアラへとそう訊《たず》ねた。別段、明確な答えが欲しいわけではないものの、クアラは作業の手を止めて考え込む。

「楽しい夢なら起きてからもずっと覚えてたいし、嫌な夢なら起きてすぐに忘れちゃいたいんだけど……実際は逆だよね！　見た夢の中身が思い出せないの？」

「いや、ちょっとは覚えてる。何だっけ、ガキの頃の話だよ。俺が使いの帰りに……ええと」

クアラの方を見ると、ぽやんとした顔でスカイツの方をじっと見ている。

見ていた夢を必死に思い出そうとするなど、今まで無かったことだ。馬鹿げている――自分でもそう思ったスカイツは、「まあいいか」と誤魔化すようにして話を終わらせた。

「ウチの理屈でいくなら、忘れちゃったってことは楽しかった夢なんだよ！」

しかし、クアラには何か引っ掛かるものがあったのか、抱えたベッドシーツを両腕で押し潰すようにして、少し語気を強めて語り始める。

「かもしれないな……。でも、それなら何でわざわざ忘れるようになってんだ？」

「それは、もちろん！　夢よりも現実を楽しくしなさいってこと！　夢の方が楽しかったら、みんなずーっと寝ちゃうもんね。スカイツみたいに！」

「結局それか……」

最終的に、クアラはスカイツを咎《とが》めたかったようだ。楽しかった夢かどうかすら分からない上に、別に現実が楽しくないわけでもない。が、反論するのも虚《むな》しいので、同意を示すようにスカイツは頭を一つ掻《か》いた。

「身支度はさっさとしてね？　もうみんな起きて食堂にいるんだから！」

「早起きだな、あいつら……」

「スカイツが遅起きさんなの！」

クアラが口を尖《とが》らせていたので、今度は聞こえないフリをした。スカイツ的に、朝は思うまま寝たい気質なのだが、一人暮らしではないので文句は言えまい。

——スカイツは《ギルドハウス》と呼ばれる小型の宿舎を一棟借り上げ、そこに住んでいる。だが、スカイツ一人でそれを借りているわけではない。共同出資者——ギルドメンバー達と共に、家賃を毎月支払っているのだ。

なので、クアラは彼の幼馴染《おさななじみ》の一人でありながら、同じギルドメンバーの一人でもある。

食事はなるべく全員で食べるというリーダーの方針に、メンバーの一人であるスカイツは逆らうつもりもない。

スカイツはクアラに言われた通り、さっさと身支度を整え、一階にある食堂へと向かった。

「おはざーっす」

「おう！　遅ェぞ坊主《ぼうず》！　あと一分遅れてたら、鉄拳制裁を加えるトコだ！」

食堂へ入ると、筋骨逞《きんこつたくま》しい壮年の男が、いの一番にスカイツへと声を掛けた。

この男こそ、スカイツの所属ギルドのリーダーであり、《先駆者《トレイラー》》に近い存在と言われている、《準先駆者《ニアトレイラー》》のアブラージュである。

「夜遅くまで何ヤってんだか知らねーけど、こっちは腹減ってんだぜ？　寝坊すんなよな」

「何もやってねえよ！　単に寝付きが悪いだけだ。寝坊はまあ……すまん」

スカイツを茶化したのは、彼の幼馴染《おさななじみ》の一人、ベイトだ。軽率軽薄で軽口が多い黒髪つんつん頭の男だが、ギルド随一の明るさを持っている。

単純な性根の明るさで言うなら、クアラといい勝負だろう。

「あ、あの、眠れないのなら、ぼくと一緒に寝る……？」

「なんで？」

意味不明とばかりに聞き返すスカイツ。同衾《どうきん》を提案してきたのは、やはり彼の幼馴染《おさななじみ》のアルだ。サラサラとした銀髪の直毛に、小柄で小顔、更に変声期をどこかに置き忘れてきたのか声も高いので、愛くるしく可愛《かわい》らしい見た目と相まって少女のようである。

しかし——初見だと誰も分からないだろうが、これでも歴《れっき》とした男だ。

「遅い。怠惰」

「……すまん、シア」

短くスカイツを非難した、腰まで伸びた空色の髪の毛を持つ少女の名はシア。無口で無表情が特徴の、案の定彼の幼馴染《おさななじみ》である。しかし幼馴染《おさななじみ》ながら、何を考えているのかが五人の中で一番読めない。だが、発言の回数は少なくともその切れ味は鋭いので、スカイツは同じ女性陣でもクアラに比べるとシアに頭が上がらなかった。

先に着席していたクアラが、スカイツの着席を確認すると、晴れやかな笑顔で一同を見渡す。

「それじゃあみんな揃《そろ》ったので、食べよー！　いただきまーす！」

クアラのその一声により、彼らの朝食はようやく始まる。

——ギルド名、《ストラト・スフィア》。

《準先駆者《ニアトレイラー》》であるアブラージュを頭目に置く、新進気鋭の新造ギルドだ。

ギルドとは即《すなわ》ち、《昇降者》の集まりを指す言葉であることから、メンバーは基本的に全員《昇降者》である。スカイツもその例に漏れず、経験の浅い新人だ。更に、一人だけ年の離れたアブラージュを除けば、他のメンバーは全員《塔下街》の孤児院出身の幼馴染《おさななじみ》で構成されている。

《昇降者》は他所から来た流れ者も多いので、そういう意味では殆《ほとん》どが地元出身という珍しいギルドだと言える。とはいえ、《塔下街》に生まれた者は、大体は《昇降者》になるか、彼らに因《ちな》んだ何かしらの商いをする道を選ぶことが多いのだが。

「今日もバリバリ探索してくぞ。いつも通り無理も無茶もせず、それでいて大胆にな！」

「相変わらず雑な方針っすね、師匠！」

アブラージュを師匠と呼ぶのは、彼から最も薫陶《くんとう》を受けているベイトである。頭目であるアブラージュは、かなり大雑把な性格をしているので、毎朝打ち立てる方針は短くて雑だった。が、今更それについて文句を言う者もおらず、食事が終わり次第全員出発の準備に入る。

――クアラを除いて、だが。

「ああ……ウチがみんなと一緒に《塔》へ入れるのは、一体いつになるのかなぁ」

「《昇降者》の試験に、まだクアラちゃんは受かってないから……。こ、これからだよ」

「クアラは、大器晩成型」

アルとシアが、皆を見送りに来つつも肩を落としたクアラを慰めている。

誰しもが《昇降者》を名乗り、《塔》へと足を踏み入れることが可能なわけではない。

この《塔下街》を支配している《管理組合《オブザーバー》》が、定期的に行っている認定試験を突破しなければ、《昇降者》として認められないのである。無論、《塔》は来る者を拒まないので、入ること自体は誰でも可能だが、無許可で探索していることが《管理組合《オブザーバー》》に知られれば、この《塔下街》では一転してお尋ね者扱いとなってしまう。

そして、メンバー中でクアラのみが、未《いま》だ認定試験に落第し続けていた。よって、彼女はもっぱらギルドハウス内での雑用担当――家事や日用品の買い出しなどを一手に引き受けながら、探索に出た仲間達の帰りを待っている。

一人だけ家で待ちぼうけというのは辛《つら》いことであるとスカイツは思うのだが、《管理組合《オブザーバー》》の定めたルールを破って無理に連れ出すわけにもいかない。

「ハーッハッハッハ！　大丈夫だってェの！　クアラ嬢の才能は俺が保証する。試験で緊張して実力が出せねェってのは、よくある話だからな！」

「でも毎回緊張して落ちるのはヤバイんじゃないっすかね、師匠」

「うう……何も言い返せない……」

「別に、試験は何回落ちても受け直せるだろ。次頑張ればいい」

「スカイツが優しい……！　今日何か食べたいものがあるの⁉」

「何で俺がお前に優しくしたら献立の催促になるんだよ！」

別にそんな意図があったわけではない。が、一応肉料理をスカイツは希望しておいた。

そういうわけで、クアラは留守番となり、彼女の見送りを受けながら、五人は一路《塔》へと向かう。

＊

《塔》は、《塔下街》の中央に鎮座し、空を貫くようにしてそびえ立っている。

この街に居るならば、どこの区画にあっても、嫌でも《塔》は目に入る。ここは広い街ではあるが、あまり迷子者が出ないという。それは、《塔》の方に向かうことが街の中心部に向かうことと同義であり、更に中心部では道案内人が日銭を稼いでいるからだ。とはいえ、この街で生まれ育ったスカイツ達にとっては、迷子になることなど有り得ないのだが。

遠くから見ても、雲の上にあるであろう頂点が見えない《塔》だが、その膝下までやって来ると、あまりの高さと大きさに言葉を失ってしまう。

外観に窓のようなものは一切なく、ひたすらに全てが黒で塗り潰された、直四角柱型の巨大建造物。誰もがこの空へ伸びる建造物を《塔》と呼ぶが、しかしスカイツはむしろ、空から地表に打ち込まれた巨大な杭《くい》のようだと思う。

「何か買い忘れたモンがあったら、今の内に買っておけよ。準備が不足することはあれど、満足することは絶対にねェんだ！　毎日言うが、こいつは基本中の基本だからな！」

アブラージュが確認と訓戒の意味を込めて、新米四人へと声を掛ける。

《塔》の入り口付近は、《昇降者》が緊急で何か買い足すものはないかと、行商人達が常に目を光らせている。ここは商売上のホットスポットと言うものらしく、毎日同じ場所に違う商人達が店を開く。原則として、場所取りは早い者勝ちなのだろう。

「スカイツ、何か買っとくモンあっか？」

「いや、俺は別にないいな。シアはどうだ？」

「ない」

「あ……。じゃあぼく、ビスケット買っておこうかな……」

アルが携行食の一つであるビスケットを買い足し、背負っている背嚢《はいのう》へと詰め込んでいる。

主な探索道具の管理はアルが行っているので、その辺りの裁量はアル任せだ。

「準備は終わったか、ヒヨッコ共？　んじゃ、《ストラト・スフィア》、今日も元気に出発だ！」

「っしゃあ！　やってやんぜ！」

「まだエントランスだろ……大声出すなよ」

《塔》の入り口から入ってすぐは、だだっ広い空間が広がっている。

エントランスと呼ばれるその広間は、これから《塔》へ挑む《昇降者》達が安全に準備と休息を取れる、最後の場所となる。エントランス奥にある巨大な階段を昇れば、そこから先は常に、《塔》に潜む様々な脅威と神経を磨《す》り減《へ》らして戦い続けねばならない。

《ストラト・スフィア》の面々は、エントランスに留まっている他の《昇降者》達と軽く挨拶を交わしながら、大階段を昇っていく。

――《塔》は、今現在においても、確認されている限り登頂者が存在しない。

ただ、その果ては分からなくとも、限りなく果てに近付いた《先駆者》《トレイラー》達が持ち帰った情報と、それを分析した《管理組合》《オブザーバー》によって、ある程度の情報が広く開示されている。

「今日は……どんな状態なんだろう……」

「まだ一階層に入ったばかりなんだから、そう心配しなくても大丈夫だと思うが」

不安げなアルを、スカイツは不器用ながら励ました。

《塔》は0時を迎えると同時に、その内部構造を変化させる。従って、地図の類は作成しても一昼夜しか役に立たない。（ただし、ある程度構造に共通点は残る）

この《塔》は、厳密に階層でエリアが区分けされている。エントランスから階段を昇ってすぐは、一階層と呼ばれる、石壁と石畳の通路と部屋で構成された、比較的安全なエリアが続く。

階層は5フロアで1セットであり、ラストフロアの昇降機を昇れば次の階層に至る。

この呼称に従うと、現在スカイツ達が居るのは、一階層フロア1、となる。

が、基本的に、上に行けば行くほど、《塔》の危険度は増していく。

その中での共通点とは、階層ごとに固有の『特徴』は急激に変化せず、魔物の種類や落ちている《恵み》の質もあまり変わらないが、日を跨《また》ぐと《恵み》は再補塡される、というものだ。

また、内部構造自体は変化しても、5フロアで1セットである、という部分も不変である。

この基礎知識を持たずに《塔》へ挑めば、それはそのまま自殺行為と言い換えられるだろう。

よってこれらの知識は、《昇降者》が最初に学ぶ基本である。

なお——《管理組合《オブザーバー》》曰《いわ》く、現在の《先駆者《トレイラー》》達の最高到達点は五階層。一階層で奮闘する《ストラト・スフィア》からすれば、途方もなく遠い話だった。

「お前らがヒヨッコな限り一生言うがな、どの階層であれ油断だけはすんじゃねェぞ。運が悪けりゃ、どれだけの手練でも低階層でポックリ逝《い》っちまうモンだ。分かったか、坊主《ぼうず》」

「アブラージュさんに同意。死んだらおしまい」

師である存在とシアに咎《とが》められたスカイツは、ばつが悪そうに視線を逸《そ》らした。

「う……。俺はアルを慰めただけであって、別に油断したわけじゃないって。探索中はアブラのおっさんの言うことに絶対従うさ」

「スカイツくん……ぼくのために、ありがとう」

「頬を染めるな」

「っつーかよ、アルが方向決めねえと進めねえだろ！　《塔導師《タワーメート》》の見せ場じゃねえか！」

「あ、そうだね……」

五人で組んでいる以上、それぞれに明確な役割が存在している。

《塔導師《タワーメート》》のアルは、《塔》の探索において絶対に必要とされている《技能《スキル》》の持ち主だった。

目を閉じ、集中した様子のアルは、やがて掌《てのひら》の上に淡く光る『矢印』を作り出した。

「フロア2への昇降機は、あっちみたい……」

掌《てのひら》の上でくるくると回転した矢印が、静止して進むべき方角を示す。

毎日内部構造が変化するという性質を持った《塔》は、次のフロアへ移動する為《ため》の昇降機の位置も当然変化する。

《職《ジョブ》・塔導師《タワーメート》》はその昇降機の位置を都度探知することが可能であり、およそ《塔導師《タワーメート》》を抱えていないギルドは存在しない、とまで言われている程だ。アルはまだ経験が浅いので、大体の方角や仲間の位置などしか分からないが、熟練の《塔導師《タワーメート》》は罠《わな》の位置や魔物の存在まで気取り、精確かつ安全に仲間を導くという。

昇降機に向けて、スカイツ達は歩き始める。癖、というわけではないが、いわゆる後衛であるスカイツは、念入りに周囲を警戒するよう見回した。

――この《塔》は、幾つかの歪んだ法則で成り立っている。

外観自体、かなり巨大に見えるものの、内部はそれを上回る広さを有しているのである。

外の世界での常識や経験は、この中ではなるべく端へと追いやった方がいい。そのことを、アブラージュは真っ先にスカイツ達へと教え込んでいた。

上層では、罠《わな》や仕掛けなどで移動にすら危険が伴うらしいが、少なくとも一階層はそんなことはない。気を付けるべきは、《塔》の内部に棲息《せいそく》している、外敵の存在のみ。

「ヒヨッコ共！　魔物の気配がする。武器構えとけ！」

誰よりも早く、外敵――魔物の存在を察知したアブラージュが、全員に注意を促す。

数秒後、石壁や石畳に亀裂が走り、そこから何かが飛び出した。

「うおっしゃあ！　誰が相手だか知らねーが、ぶちのめしてやらあ！」

「相手はよく見ろって。まあ、タワーラットだから、俺達だけでも大丈夫だろうけど」

「この《双剣士《デュアル》》ベイト様が相手だンの野郎!!」

「駄目。ベイト、聞いてない」

「人に化けたイノシシか何かじゃねェのか、俺の一番弟子は……。全員、あのバカを援護してやれ！　坊主《ぼうず》が言った通り、相手はタワーラットだ！　問題はねェだろ！」

鼠《ねずみ》のサイズなど、せいぜい外では掌《てのひら》に乗るぐらいのものであるが、タワーラットと呼ばれるその鼠《ねずみ》型の魔物は、何と仔牛《こうし》程の大きさである。凶暴性もただの鼠《ねずみ》とは比較にならず、その上数体で群れて行動するので、経験の浅い《昇降者》にとってはまだまだ危険な魔物だ。

今回の相手は四体、現れたばかりでその場に固まっている。

ベイトはそこへ、両手に細剣を携えて突っ込んでいく。

《職《ジョブ》・双剣士《デュアル》》であるベイトは、積極的に前へ出て敵を斬り伏せ、魔物の注意を出来得る限り己に引き付けるのが役目だ。

こちらに害をなす魔物は、おおよそ《昇降者》の誰かに注目している。

そもそも戦闘が不得手なアルや、後衛から味方を援護するスカイツとシアに敵の注目が向けば、たちまち戦線が崩壊してしまうだろう。前に出て敵の視線を文字通り奪う役目を持ったベイトは、戦闘という探索において避けられない状況下にて、欠かすことは出来ない存在である。

なお、アブラージュも前衛であるが、一階層の探索では指導の名目の下、雑魚《ざこ》相手には手を出さないと決めているらしく、指示を出すに留まっている。

ベイトがタワーラットの一体を、両手の細剣で思い切り突き刺す。その間に飛び掛かってきたもう一体は、乱暴に蹴っ飛ばして弾く。続けざま細剣を引き抜き、残る二体の突進を間一髪で避けた。タワーラット達は、完全に標的をベイトにのみ定めている。

「構築完了。下がって」

甲の部分に小さな宝石が嵌《は》められた手袋《グローブ》を片手に装着したシアが、タワーラットに向けてその手をかざした。

が、シアの声が小さいのか、そもそも誰の声も聞こえていないのか、ベイトは雄叫《おたけ》びを上げながら戦い続けている。「下がれバカ弟子！」と、アブラージュが怒鳴ってようやく、慌ててベイトは数歩後退し、シアの為《ため》に射線を空けた。

《塔》内部のみにおいて、歪《ゆが》んだ法則の一つ——歪んだ奇跡による神秘を起こす者が居る。

その神秘を構術と呼び、魔物を攻撃する為《ため》だけの構術に特化している者を、《職《ジョブ》・構術師《アリス》》と呼んだ。その《構術師《アリス》》であるシアが手をかざした直後、先程までベイトが立っていた地点から、弾《はじ》けるような炎が出現し、タワーラット達の身体《からだ》を飲み込んでいく。

「シアちゃん……すごいなぁ……」

「ハッハァ！　毎回思うけど、俺いらなくね⁉」

「構術はそうポンポン撃てないだろ。っていうか、敵に背を向けて喋《しゃべ》るな！」

炎上するタワーラット達だが、一体だけ仕留め損なったらしい。体毛を焦げ付かせながら、背を向けているベイトへと襲い掛かった。それを咎《とが》めながらも、スカイツは腰に巻いたポーチより、示指程の大きさの針とも釘《くぎ》とも呼べぬ得物を一本投擲《とうてき》した。

《職《ジョブ》・射手《シューター》》に属する《技能《スキル》》を持った者は数少ない。

理由は単純で、あまり需要がなく不人気だからである。が、悲しいかなスカイツは誰よりも《射手《シューター》》適性があり、こうして味方の援護を後方から行うのが主な役割だ。

投擲《とうてき》という一分野に特化した《射手《シューター》》は、単体では戦力として数え辛《づら》く、そもそも投げるモノがなければ無力である。なのでスカイツは、常にポーチへ《投刃《ダート》》と呼ばれる投擲《とうてき》用の武器を携帯しており、今のように残った魔物へのトドメや牽制《けんせい》によく使っていた。

「よくやった、坊主《ぼうず》。シア嬢は常に構術の構築で忙しいし、アル嬢はそもそも戦闘のセンスがない。で、見ての通りバカ弟子はバカだから、一歩引いて全体の戦局を見ることが出来るお前は、パーティーで欠かせねェ存在だ。その調子で皆のフォローを頼むぜ」

「……どうも。俺からすれば、俺以外の全員が欠かせない存在だけど」

「っしゃあ！　素材ゲット！」

「いらない。タワーラットの素材は」

「あんまり高値で売れないもんね……」

死んだ魔物は、基本的に死骸がそのまま残ることはなく、霧のように消滅していく。その黒い霧が晴れると、どういうわけか魔物の一部分が残されていることがある。今回はタワーラットの毛皮が残されており、それを拾ったベイトが喜んでいた。

このように、《塔》の内部で得た全てのモノは、総じて《恵み》と呼ばれている。

倒した魔物から得た素材、探索の中で得た拾得物等、これらは何もかもが外において存在していないものばかりだ。《昇降者》の大きな糧《かて》となるのは、《塔》を探索し、その《恵み》を持ち帰り、売り捌《さば》くことである。《恵み》は可食に向くものは食材として扱われ、武具や日用品などに向くものは加工されて販売される。種類によって用途は多岐に渡るが、経済という観点から見ると、《昇降者》とは《塔下街》において一番の生産者でもあり消費者でもある。

なので必然、一階層のような《昇降者》だらけの階層よりも、探索することすら困難な上層での《恵み》の方が、より希少価値があり高値で取引される。タワーラットの素材は、ほとんどの《昇降者》が手に入れることが可能な為《ため》、持ち帰る旨味《うまみ》は少ない。

昇れば昇る程、死の危険が色濃くなる反面、巨万の富すら得ることが可能。

《昇降者》を志す者が、その危険性が知られても尚数を減らさないのは、このような一攫千金《いっかくせんきん》の側面があるからである。

「ネズ公を殺《や》った程度で、気ィ緩めてんじゃねェぞ！　今日もフロア3まで昇って、そこでやれるだけやるからな！」

《準先駆者《ニアトレイラー》》であるアブラージュは、本来は一階層などとっくに攻略している。

元より単独で三階層を探索し、五体満足で帰還することが可能な、相当な実力者である。

一階層すら踏破が出来ないスカイツ達にとって、まさに雲の上のような存在なのだが——幼少期からの縁により、今はこうして同じギルドに所属している。元々はどこかの大手ギルドに在籍していたようだが、理由があって抜けたようだ。その辺りの事情は、本人があまり語らない為《ため》、スカイツ達も詳しく知らない。

とはいえ、重要なのは過去よりも現在《いま》である。手ずから全員を指導してくれるアブラージュの存在は、《ストラト・スフィア》という新興ギルドの強みそのものと言っても過言ではない。

自分は恵まれた環境に居るのだと、スカイツは心の中でアブラージュに感謝しつつ、周囲の警戒を続けながら昇降機を目指した――

＊

「もう無理!!　疲れた!!　動けねえ!!」

ベイトはそう叫んで、いきなり地べたに大の字で転がった。

動きたくない、という意思表示なのだろう。仕方がないので、残る四人も足を止める。

「バカ弟子！　前衛が真っ先に休むな！　お前が倒れちゃ終わりって何度も言ったろうが！」

「でも、もう結構長い間探索したぞ。アブラのおっさんほど、俺達は頑丈じゃないんだが」

「今日の《恵み》は充分。荷物も、多くなってきてる」

「諸々《もろもろ》の経費を差っ引いても……多分、黒字になると思うな……」

「そういうわけっすよ師匠！　ちょっくら休んで、そろそろ戻りましょうよ！」

唐突に大の字で倒れ込むのはどうかと思ったが、スカイツは自分に比べるとベイトが何倍も動き回っていることを知っている。

そもそも魔物との戦闘になれば、前に立って誰よりも危険に身を晒《さら》して戦うのがベイトの役割だ。身体的にも精神的にも、真っ先に摩耗するのは当然と言える。

探索の中で得た《恵み》も、アルが背負った背嚢《はいのう》から溢《あふ》れんばかりの量になった。引《ひ》き際《ぎわ》を見極めるのは、《昇降者》にとって重要である。どこまで昇り、どこで降りるか。アルやシアは、その辺りの本能的な判断に優れていた。

アブラージュは「これだから最近の若者は」と、年寄りじみたことをぼやきながら、全員の顔を見回している。そこから皆の疲れが見て取れたのだろう、頭目は首を縦に振った。

「無理をする、という経験も積むべきではあるが――まァ、あんまり帰りが遅くなっちゃあクアラ嬢も心配するだろうしな。今日はここいらで切り上げて、夕刻までには戻るぞ。俺が周囲を警戒しておくから、各自休息を取れ。エントランスに戻るまでが探索だ。そのことを絶対に忘れんじゃねェぞ！」

「んじゃ俺寝るわ！　何かあったら起こしてくれよな！」

「毎度思うんだが……お前よく探索中に眠れるよな。恐怖心とかないのか？」

「皆無。ベイトの神経の図太さは、羨ましい領域にある」

「……グゴ……」

　返事は寝息で行われた。色んな意味で大物なヤツだと、スカイツは思った。

　休息を取るからといって、魔物の襲撃が止《や》むわけではない。こちらが立ち止まっていようが歩き回っていようが、頻度の差はあれど等しく魔物は牙を剝《む》く。《技能《スキル》》次第では、安全に休める方法もあるらしいが、この五人の中にはそのような《技能《スキル》》を持った者は居なかった。

「あはは……ベイトくんはよっぽど、ぼくらを信じてるんだね。あ、ビスケット食べる？」

「じゃあ一枚もらおうかな。ちょっと小腹も空いたし」

「分かったよ、スカイツくん。ほら……あーんして……」

「ああん⁉」

「アルは、スカイツに好意的過ぎ。奇妙」

「そ、そんなことないよ？　だって……ねえ？」

「俺に何の同意を求めてんの？」

　見た目は少女然としているアルから、何とも生暖かい対応を受けると、スカイツとしては非常に反応に困った。アルのこれは冗談なのかそうでないのか、その判断すらつかない。

　まあ、昔からのことなので、もう慣れてはいるのだが。

「スカイツくんは、アブラージュ先生に次ぐサブリーダーみたいなものだし……。ぼくは戦闘でまるっきり役に立たないから、こういう時に少しでもみんなのために働かないと」

「《昇降者》は分業制が主流。アルにはアルの、スカイツにはスカイツの役割が存在する。よって、自身を卑下する必要は皆無」

「シアの言う通りだ。っつーか俺がサブリーダーって……単にやることが少ないから、色々と周りを見る余裕があるだけだって。大体、俺はパーティーに居なくても問題ないけど、アルが居なかったら探索すらままならないだろ」

「……スカイツも、卑屈なことを口にするのは禁句。悪い癖」

眉間に皺《しわ》が寄ったシアを見て、スカイツはばつが悪くなった。自分を卑下する——卑屈になるのは、指摘されたようにスカイツの悪癖である。

ただ、スカイツが卑屈なことを言ったのは、アルを慮《おもんぱか》ってのことである。それが心に染《し》み入《い》ったのか、アルは顔を赤らめながら再びビスケットをスカイツの口元へ近付けた。

「それじゃあスカイツくん、あーん……」

「いや俺らが卑屈になる必要もなけりゃ、お前がそれやる必要もねえんだよ!!」

「……。スカイツ、あーん」

「ノって来るな!!」

「んがごご……もー無理っすよ師匠……」

（ガキの遠足だな、こりゃ……）

シアはシアで、ユーモラスな部分がある。スカイツのツッコミが響き渡った。

アブラージュはそんな彼ら四人を横目に眺めながら、大きく息を吐いた。

だが、その口元が吊り上がっていることには、本人すら気付いていない——

＊

「オラ、休憩は終わりだヒヨッコ共！　油断せずに帰るぞ！　起きろバカ弟子！」

「ふげぇ！」

それからしばらくして、アブラージュが声を張り上げる。未《いま》だに眠りこけているベイトを、師匠として遠慮なく蹴っ飛ばしていた。

スカイツはポーチの《投刃《ダート》》残量を確認し、シアは手袋《グローブ》を装着、アルは背嚢《はいのう》をよいしょと背負い直す。寝ぼけ眼に拳骨《げんこつ》まで食らったベイトが、最後に慌てて準備をし、《ストラト・スフィア》は帰還を目指す。

——《塔》は、昇るからには降りねばならない。当たり前のことであるが、しかしこの当たり前を果たすことが、探索における壁となる。

エントランスへ帰還する方法は複数あるらしいが、一階層を探索しているスカイツ達は、来た道を戻るという手段以外持ち合わせていない。引《ひ》き際《ぎわ》を見極める、というのはまさに文字通りであり、後先考えずに昇れば、それだけ帰還のリスクが増大する。

帰り道は安全である、という道理など一切存在しないのだから、気の緩んだ《昇降者》が帰還の途中で力尽きるなど、ありふれていて聞き飽きるような話だ。

だが、リスクを恐れて浅いフロアだけを探索しても、時間に見合った《恵み》は得られない。

結局、昇る際に張っていた緊張を、降りる際にも緩めず張り続けるしかないのである。

「すまんスカイツ！　一体逃した！」

「問題ない！　俺達で対処する！　こっちに構わなくていい！」

ガサガサで、枯れ木の色をした皮膚に、しわくちゃになった老爺《ろうや》のような顔。それでいて筋肉質な小男の体型をした、人型の魔物ゴブリン。一階層だと全てのフロアに出現するという、タワーラットと並んで対処しやすい雑魚《ざこ》なのだが、疲労が蓄積された帰還時だと、そうそう簡単に倒すことが出来なくなっている。

ベイトから対象を後衛の三人に定めた一体が、右手に錆《さ》びた短剣を振りかざしながら突進してきていた。

シアの構術は使用まで時間を要する。前方のゴブリンではなく、向かって来るゴブリンに標的を変えるだけでも、再構築せねばならない。

よって、その時間を稼ぐのはスカイツとアルの役目となる。

「十秒でいい。お願い」

「分かった。アル！　《投刃》《ダート》じゃ足止め効果が薄い、何かあるか⁉」

「え、えと……探索途中で拾った、《眩《くら》み種》なら！」

「丁度いい、投げてくれ！」

《塔》の内部に落ちている、あらゆるモノは拾得者へその所有権が宿る。《昇降者》達にとっては当然のルールである。

仮に王族が《塔》へ入り、そこで国宝を落とし、次に拾った者が薄汚い浮浪者だったとしても、エントランスへ持ち帰ったのが浮浪者ならば、その時点で国宝の所有権は浮浪者にある──《塔下街》ならば子供でも知っているような喩《たと》え話だ。

だからこそ、アルは「何かの役に立てば」と積極的に様々なモノを拾っており、《眩《くら》み種》もその中の一つだ。

小石くらいの大きさをした《眩《くら》み種》を、スカイツに向けて投げるアル。それをスカイツは片手で摑《つか》み、そのまま勢い良くゴブリンへ向けて投擲《とうてき》した。

手に収まるモノは、何であれ投げ易《やす》い。狙い過《あやま》たず、《眩《くら》み種》はゴブリンの眉間へと直撃し、爆《は》ぜた。強い衝撃を受けると、弾《はじ》けて瞬間的に閃光《せんこう》と高音を響かせる《眩《くら》み種》は、魔物を怯《ひる》ませる際に有用である。《射手《シューター》》との相性は良好だと言えるだろう。

怯《ひる》み、足を止めたゴブリンの足甲へと、スカイツは跳び上がって《投刃《ダート》》を二本投げる。

文字通り相手の足を縫い止め、シアに向けて声を掛けた。

「頼む！」

「構築完了。跡形も残さない」

一瞬だけ、手袋《グローブ》に取り付けられた宝石が輝き、シアはゴブリンへと手をかざす。

後はもう、炎が相手を嬲《なぶ》るのを眺めるだけだった。だが、スカイツは雑魚《ざこ》の死《し》に際《ぎわ》など興味すら持たず、未《いま》だ複数のゴブリン相手に苦戦しているベイトに向けて、援護の《投刃《ダート》》を放る。

そうして、全てのゴブリンの撃破には成功したが――

「お、終わった……。ああもう疲れたぜ……。何であいつら俺ばっか狙うんだ……？」

「そりゃお前が……前衛だからだろ……」

「そうだったぜ……」

「だ、大丈夫、みんな……？　ごめんね、ぼくが戦えないから……」

「……疲労困憊《ひろうこんぱい》。でも、足を止めない方がいい。アルは、昇降機の方角を出して」

（実力的には、こいつらは一階層ラストフロアでも問題なく通じるが――どうも昇る時に力を使い過ぎる傾向にあるな。クアラ嬢が加入するまで、まだフロア4に行くのも早ェか）

――思った以上に、全員が疲弊している。アブラージュは自身が手を貸すべきか思案したが、黙って新米四人を見守っていた。

それを無言の圧力と捉えたのか、スカイツは「アルの役目は戦闘じゃない。おっさんが怖いし、行くぞ」とフォローし、歩き出す。

――結局、エントランスへと彼らが帰還したのは、もう陽が落ちかけている頃合いだった。

「お疲れ様です、アブラージュさん！」

「おう。いつも悪ィなおめーら。アル嬢の荷物、持ってやってくれ」

「はい！　ほら仕事だぞ、お前達！」

エントランスにて一行を待ち構えていたのは、武装した数人の男達だった。

男達はペコペコとアブラージュに頭を下げながら、膨れ上がったアルの背嚢《はいのう》を受け取る。

「まだ新造ギルドの俺達に、《帰投警護者《リターナーガード》》なんて勿体無《もったいな》いといつも思うな……」

「いいじゃねえか！　わざわざ俺らの荷物持ってくれるんだぜ⁉」

「勘違い。《帰投警護者《リターナーガード》》の役目は、荷物持ちじゃない」

「ぼくとしては、すっごくありがたいんだけどね……」

この男達が、アブラージュの雇った《帰投警護者《リターナーガード》》ということを、スカイツ達は知っている。

当然、シアが否定したように、彼らは荷物持ちではない。

《塔下街》にて増加している犯罪者――《地這い人《ボーガー》》による強盗行為への対策である。

エントランスへ帰還した《昇降者》は、持ち帰った《恵み》を市場へ売り払うか、或《ある》いは保持したままギルドハウスへ帰るか、いずれにせよ金目の物をほぼ必ず有している。

《地這い人《ボーガー》》はその帰還した《昇降者》のみを集中して狙う強盗であり、正当な手段で《塔》に挑まぬ卑劣な彼らを、《昇降者》は侮蔑の意味を込めてそう呼ぶ。空すら仰がない、地を這《は》うだけの哀れな存在である、と。

ただし、《地這い人《ボーガー》》による被害は深刻だった。常識の通じぬ環境に身を晒《さら》し続け、そこより命からがら帰還し、ようやく安息を感じている疲れ切った《昇降者》は、奪う側からすればこれ以上無い程の獲物だったのだ。

本来ならば腕の立つ《昇降者》も、帰還時は弱っていることが多い。更に、《昇降者》はひたすら《塔》を歩き回る関係上、最低限の防具のみを身に着けた軽装である、というのも大きい。重武装した《地這い人《ボーガー》》に対し、《昇降者》の抵抗は通じないのである。

そんな《地這い人《ボーガー》》の被害が増える中で、新たな需要と職が生まれた。それが、エントランスに帰還した《昇降者》を警護する、《帰投警護者《リターナーガード》》である。

ギルドとして名が広まれば広まるほど、《地這い人《ボーガー》》に狙われる可能性は高まるので、高位のギルドは必ず専属の《帰投警護者《リターナーガード》》を雇っていると言われている程だ。《昇降者》よりもまだ数の少ない彼らは、雇うこと自体がギルドにとって一つのステータスとすらされている。

《ストラト・スフィア》は新興ギルドであり、《帰投警護者《リターナーガード》》を雇う意味は薄いものの、リーダーであるアブラージュの方針によって彼らと契約している。普段の指示は雑であるが、その辺りの安全の確保に金は惜しまないらしい。

もっとも、スカイツ達新米にとっては、ありがたさよりも目立つという気恥ずかしさの方が勝っていたが。

「周囲に《地這い人《ボーガー》》らしき人影ありません！」

「よし！　このまま進むぞ！」

何と言っても、彼ら《帰投警護者《リターナーガード》》はスカイツ達を囲むようにして移動し、大声で安全確認をするのである。周囲を威圧する、という意味合いがあるとアブラージュは言っていたが、下手に注目を浴びるのは逆効果ではないのかと、スカイツは内心思っていた。

とはいえ――《ストラト・スフィア》は悪漢とは無縁のギルドであるというのも、また一つの事実であった。

＊

「おかえりなさーい！　ご飯にする？　お風呂《ふろ》にする？　それとも……おしゃべり⁉」

「飯だ飯だ！」

「俺は先に風呂《ふろ》がいい」

「お喋《しゃべ》り」

「ぼくはちょっと、眠いかな……」

「意見が見事にぜーんぶ割れちゃったので！　おじさんが決めてね！」

ギルドハウスに戻った途端、玄関先でクアラが元気良く出迎えてくれる。

大体、皆が帰還するのは夕刻以降になるので、そのくらいの時間になればいつも玄関先でそわそわしているとのことである。忠犬のようだとスカイツは思ったが、口にはしないでおいた。

「あー、今日はそうだな。先に飯にすっか。全員、そこまで汚れてねェだろ」

「くんくんくん……」

「嗅ぐな！」

本当に犬みたいなことをクアラがしていたので、スカイツは反射的にツッコミを入れた。

リーダーが食事と言ったので、それに従うのが道理である。各々《おのおの》は一旦部屋に戻り、装備品などを外して身軽になった上で、食堂に集合した。

「それじゃあみんな揃《そろ》ったので、食べよー！　いただきまーす！」

聞き慣れたクアラの一声で、夕食が始まる。

献立は、朝にスカイツが希望を出した通り、主菜が肉料理となっていた。

探索を終えた後は腹が減る。まあ、生きている限り絶対に腹は減るのだが、それでもこの六人で食卓を囲むというのは、スカイツにとってこの上ない安らぎであった。いや、スカイツ以外にとってもそうだろう。

ベイトが探索の話を、針小棒大に大声で語る。それにスカイツとシアが訂正を入れて、アルが苦笑する。浮かんだ疑問はその都度クアラが手を挙げて質問し、最終的にはアブラージュが大声で笑い飛ばす。

《ストラト・スフィア》にとっての日常は、かつてスカイツが子供の頃に憧れた非日常そのものであった。なればこそ、彼は今、幸福の最中に居るに違いない。

「あ、そうだ！　おじさん、昼間に《管理組合《オブザーバー》》の人が来たよ！」

食事も終わり、ふと思い出したようにクアラが話を切り出す。

「あァん？　何でまたあいつらが――まァいいか。で、用件は？」

「えっと、お手紙を渡して欲しいって。中身は分かりません読んでません！　えへん！」

「胸を張る場面か……？」

呟《つぶや》くようにスカイツが反応する。手紙の内容が気になったが、我慢したことをクアラは褒めて欲しいのかもしれない。

一方で手渡された手紙を、アブラージュは面倒そうに開封して読んでいる。

そして、読み終わるとおもむろに立ち上がって、玄関まで歩いていく。

「あー、ヒヨッコ共。ちょっくら出掛けるわ。朝までには戻《もど》らァ」

「師匠！　俺との稽古の約束はどうするんすか！」

「また今度だ。全員、明日に疲れを残さないようにしっかり休んどけ。いいな？」

それだけ言い残し、アブラージュはさっさと出て行ってしまった。

残された五人は目をぱちくりとしながら、互いの顔を見合わせる。

「な、何かあったのかな……？」

「不明。だけど、アブラージュさんは《準先駆者《ニアトレイラー》》。呼び出しは、よくあること」

「ちくしょう！　師匠の裏切り者！　クソッ、じゃあもう俺に付き合えスカイツ！」

「バカ言え。俺とお前じゃ稽古にすらなんねぇよ」

スカイツがベイトに歯が立たない、という意味である。

「そう連れねーこと言うなって！　ほら、俺素手でいいからよ！」

「稽古の意味ないだろ、それ。ともかく、一人で素振りでもしてろ」

「っかぁー、しゃーねーなあ。なら寝る前に素振りだけすっかな」

一番弟子としてアブラージュより直接指導を受けることが多いベイトは、新米ながらかなり腕が立つ。通常、どのパーティーも前衛を二人以上配置することが多い中で、一人その役目を果たしていることからも、《双剣士《デュアル》》としての実力が窺える。

ベイト以外も、《ストラト・スフィア》はスカイツから見てとても優秀な者ばかりだった。

アルは《塔導師《タワーメート》》として経験が浅いとはいえ、日々着実に力をつけている。また、あらゆる道具の管理を一人で行っている以上、戦闘は出来なくとも探索の生命線は間違いなくアルだ。

シアはシアで、扱いの難しい構術を冷静に使いこなしている。範囲が広く、味方を巻き込みやすいと言われている攻撃系構術を、シアは一度も味方へ当てたことがない。また、彼女が焦《あせ》っている場面を、スカイツは幼少期より見たことがなかった。肝っ玉においても、彼女は自分達を凌《しの》ぐものを持っているのだろう。シアは絶対に良《い》い《構術師《アリス》》になると、アブラージュも頻繁に太鼓判を押していた。

（大体俺は……お前らとは違うんだって）

ではスカイツはどうだろうか。数が少ない《射手《シューター》》ではあるが、それは別に希少というわけではなく、需要がなくて不人気なだけだ。才能面でも、特に突出したものはないと自分では思っている。アブラージュから才能に欠けると直接言われたわけではないが、それでも《射手《シューター》》としての限界は近いだろう。クアラが認定試験を突破し、本格的にパーティーに入ったら、いずれは自分の身の振り方を考えねばならないと、最近は薄ぼんやりと感じていた。

一度考え込むと、どんどん負の方向へ思考が落ちていくのも、スカイツの悪癖だろう。

「ねえねえ！　思い出話しよ！」

「……いきなりどうした？」

そんなスカイツの内なる憂いを感じたのかは分からないが、いきなりクアラが提案する。

リーダーであるアブラージュが不在である以上、明日の予定を決めることすら出来ない。

つまりは自由時間なのだが、そこで思い出話という案が出て来るのは謎であった。

「今日、お部屋のお掃除してたらね！　昔の《焼け付き《メモリア》》が出てきたんだよ！　ほら！」

《焼け付き《メモリア》》――《塔》にて採れた素材を使い作られた特殊な道具を使うことによって、同じく特殊な紙片に『時』を貼り付けて生まれる嗜好品《しこうひん》だ。過去の思い出を直接保管出来ることから、記念日によく撮影されることが多い。

スカイツはあまり興味が無いが、クアラは昔から《焼け付き《メモリア》》を集める癖があった。

そうして彼女が机の上に置いたそれを、残る四人が覗《のぞ》き込むようにして見る。

「お、これすっげえ昔のヤツじゃん。ははは、見ろよ！　スカイツが若ぇぞ！」

「お前も若いっつーの！　つーか全員子供なんだから若いに決まってるだろ！」

「シアちゃん……あんまり変わってない……？」

「……成長。背、伸びてる。見れば分かる。一目瞭然」

「みんな可愛《かわい》いなあ～。ほら、アルくんもお姫様みたい！」

「その例えはどうかと思うぞ……」

クアラが見付けたらしい《焼け付き《メモリア》》は、五人がまだ小さい頃に撮ったものだった。

くすんだ色の中で、それぞれ笑顔を見せている五人の少年少女達。どうにも眩《まぶ》しく、ずっと見ているとスカイツは顔が赤くなりそうだった。

「でも……この時は、本当に自分が《昇降者》になるとは思わなかったな。何となく憧れてただけで、実際に叶《かな》うとは信じてなかったっていうか」

「そう？　スカイツ、絶対に《昇降者》になるって、いつもうるさかったよ？」

「何だっけ？　お前、一人でどっかの《先駆者《トレイラー》》に会ったんだっけか？　あんま覚えてねーけど、そっから《昇降者》になるって俺らン中で一番言ってたのはスカイツだぜ？」

「そんなこと覚えてんのかよ……。言った本人はほとんど覚えてないんだが……」

「あー、あったあった！　そんなこと！　意外とベイトも記憶力あるね！　お猿さん以上！」

「今日一番の驚愕《きょうがく》。ベイトは猿より利口」

「ハッハア！　女への暴力を今だけ許してくれ、師匠！」

「……あの頃のスカイツくん。可愛《かわい》かったなぁ……」

「恍惚《こうこつ》の表情をするな」

己の夢の出発点がどこだったか、周囲から言われてスカイツもぼんやりと思い出す。

確かに、小さい頃に偶然《先駆者《トレイラー》》と会ったことはある。ただ、別に《昇降者》自体には物心ついた時から憧れていたし、何よりあの《先駆者《トレイラー》》は──

（……そういや、今朝見た夢も……）

「そうだ！　改めて、みんな《昇降者》としての夢を言ってみて！　ほら、結局ウチらって、全員《昇降者》になるのは夢だったじゃん？　でもみんなはそれ叶《かな》っちゃったし！」

「さっきから常に唐突だな、お前は。恥ずかしいだろ、そんなの……」

「えー、いいでしょ？　別に減るもんじゃないもーん！」

「確かに減らねえよな！　っしゃあ、なら言ってやんぜ！」

「ベイトくんは迷いがなさすぎるよ……」

「単純明快。恥知らず」

《昇降者》になることも皆の夢ではあったが、ではなった後はどうなるのか。

答えとしては、それぞれ別の夢が生まれた。それを改めてクアラは聞きたいようである。

宣言通りいの一番に、ベイトが必要以上の大声で叫んだ。

「俺はッ!! 最強の《昇降者》になるッ!! 以上!!」

「ぼ、ぼくは………これからもずっと、みんなの役に立ちたい、かな……」

「一攫千金《いっかくせんきん》」

「俺は――まあ、頂点に行きたいから、だけど」

意外にも、一番俗っぽいのはシアである。ベイトは己の道を征き、アルは常に他の皆のことを考えている。

一方スカイツは、ただ単に《塔》の一番上へ行ってみたいだけなのだが、それを口に出すと妙に気恥ずかしかった。一方で聞き手であるクアラは、うんうんとしみじみ頷《うなず》いている。

「いいねえ、みんなの個性が出てて。よーし、ウチ、絶対に次の認定試験で合格する! これを聞いちゃったら、もう落ちてられないもん! がんばろー!」

「ねえ、そんなクアラちゃんの夢は、どうなの……?」

「決まってるでしょ! 最強のベイトがみんなを守って、アルくんが安全にみんなを導いて、その中ですっごいお宝をシアが拾って、それで《塔》のてっぺんから、スカイツと一緒にやっほーって叫ぶの! つまり、みんなの夢が全部叶《かな》うのが、ウチの夢!」

「クアラらしい。優しさ満点」

「何か俺の夢が微妙に曲解されてるんだが……」

「六人パーティーなら戦闘も楽になるし、次は落ちんなよ！」

「クアラちゃんなら大丈夫だよ……絶対」

「まっかせといて！　あ、ウチが合格したら、六人で《焼け付き》《メモリア》撮るからね！」

おくびにも出さないが、クアラはやはり、自分だけ《昇降者》でないのが気掛かりなのだろう。決してクアラは出来が悪いわけではなく、単に試験との相性が悪いだけなのだ。

落第の理由が心因性のものだとしたら、今こうやって彼女は自身を追い込んで、己を奮い立たせているのかもしれない。

クアラが次の試験に受かって欲しいと、スカイツは切に願う。

頂点へ行きたいのは確かにスカイツの夢だが、実際は少し違うからだ。

アブラージュと、ベイトと、アルと、シアと、そしてクアラと。

この五人に自分を加えた六人で、目指したいのだ。別に、頂点に辿《たど》り着《つ》くことは叶《かな》わなくてもいい。六人で目指すことそれ自体が、スカイツの本当の夢だった。

だとすれば――五人の中で最も早く夢が叶《かな》ってしまうのは、スカイツになるのだろう。

（まあ……もっと恥ずかしくて言えたもんじゃないけど）

《射手》《シューター》を続けるにしろ、他の道を考えるにしろ、とにかく強くはなろう。

――この中の誰かが、一人でも欠けてしまわないように。

＊

「すまん。今日の探索は休みだ」

翌朝、《管理組合《オブザーバー》》より戻ってから早々に、アブラージュが探索の休止を宣言した。

リーダーが戻り次第、すぐ出られるように準備していた面々は、寝耳に水とばかりに目をぱちくりとさせている。どういうことなのかと、スカイツがアブラージュへと訊《たず》ねる。

「いきなり休めって、そりゃないぜおっさん。休養日はまだ先のはずだろ？」

「こっちはもうとっくに準備デキてんすよ⁉」

「不可解」

「理由とか、話してもらえますよね……？」

「そーだそーだ！　とりあえず、お休みならみんなで何するか決めなきゃダメなのに！」

既にクアラは休日の予定を考えているが、他の四人は不満気である。その反応も織り込み済みだったのか、面倒そうに頭を掻《か》きながら、アブラージュが目を逸《そ》らして言い訳を探す。

「あー、お前らヒヨッコ共だけでの《塔》の探索はまだ早ェだろ。俺が居なかったら、探索を休止するのは当然のことだ。で、理由だが――《管理組合《オブザーバー》》の依頼だ。俺個人へのな。っつーわけで、俺は一人でちょっくら《塔》に行ってくるが、くれぐれもお前らは《塔》に入るな。破ったら鉄拳制裁だけじゃ済まさねェからな。分かったか？　分かったら返事だ！」

「うひぃーっす……」

反射的に返事をしたのは、アブラージュに従順なベイトだけだった。そのベイトですら、納得がいっていないのか、奥歯に物が挟まったような返事だったが。

残る四人は、各々《おのおの》抱えている疑問符を頭目へと投げ掛けた。

「す、すぐに終わる依頼……ですか？　それって……？」

「分からん。さっさと終わらせるよう努力はするがな」

「おじさんの晩ごはん、どうすればいい？」

「あー、まァ、今日は帰れねェかもしれんな。だから飯はいい。五人で食べとけ」

「帰れないって……一体どんな依頼なんだよ」

「ヒヨッコに言っても仕方ねェだろ。気にすんじゃねェよ」

「不満」

「……すまんな」

一番圧力があるのはシアだった。アブラージュが少し頭を下げる。

――《塔》の《恵み》に興味がある者は多く、そして《恵み》には需要もある。

《昇降者》はそれらを依頼として受諾し、依頼人から報酬を受け取る代わりに、依頼人の要望を満たす。依頼はギルド単独で受けても構わないが、主にそれを取りまとめ、斡旋《あっせん》している組織に《管理組合《オブザーバー》》がある。

　今回は誰かが《管理組合《オブザーバー》》を通してアブラージュに依頼したか、或《ある》いは《管理組合《オブザーバー》》自体がアブラージュ本人に直接依頼をしたかのどちらかだろう。

「ギルドメンバーにはなるべく隠し事をしない——このルールを作ったのはおっさんだろ」

「『なるべく』だ。もうこれ以上首突っ込むな、坊主《ぼうず》」

　スカイツの疑問を強引に押し潰し、そしてアブラージュは出立の準備に入る為《ため》、部屋に戻ってしまった。結局、アブラージュの依頼が終わるまで全員《塔》へは入らず、ギルドハウスで待機しておけ、ということである。

　何とも理不尽な指示であったが、流石《さすが》にこれ以上面と向かって歯向かう者は居なかった。

＊

「報酬はたんまり用意させてあるから、そいつで今度全員に欲しいモンを買ってやる。悪ィが、今回はこれで勘弁してくれ。じゃあ——行ってくるわ」

「いってらっしゃーい！」

「早く帰ってきてくださいよ、師匠！」

「おっさんもう若くないんだから、気を付けろよ」

「怪我《けが》しないでくださいね……！」

「息災で」

各々《おのおの》言葉を掛けてアブラージュの背中を見送ると、ギルドハウス内にしばらく沈黙が流れる。

探索を行わない日、いわゆる休養日は事前に決まっており、本来はその日に向けてそれぞれが予定を組んでいるのだが、こうやって降って湧いた休養日については、何をすればいいのかが全く分からない。

「——じゃあ、みんなで『昇降者すごろく』しよ！」

よって、こういう時やはり最初に声を上げるのは、クアラの役目だった。

「すごろくって……昔からやってるだろ」

「飽きた。クアラがいつも一番だから」

「運の良さって、人それぞれ決まってるらしいけど……クアラちゃんは群を抜いてるよね」

「大体、実際に《塔》を昇っちまったら、そんなもんオモチャだぜ？　オモチャ！」

四人はあまり乗り気ではない。が、クアラは「ふふん」と鼻を鳴らす。

この反応は予測済みだったのだろう。何ら堪えた様子はない。

「そう思って、この前市場で新作のやつを買っておいたのです！　なんと、マスの数がウチらの持ってるやつの五倍！　つまり五十倍楽しめるってことだよ！　これはお得！」

「どの過程でお得感が十倍されたんだ」

「無駄遣い。でも……興味はある」

「少し前、晩ごはんが質素な日があったけど、それってもしかして……」

「それ買ったからかよ！　ちゃんと言えやクアラてめぇ！　空腹は剣士最大の敵なんだぜ⁉」

「文句は受け付けてませーん。じゃ、持ってくるね！　食堂で待っててね～！」

言い残して、クアラは自室へと走っていく。どこかのタイミングで、新作のすごろくを買ったことを言いたかったのだろう。アルの言う通り、少し前の晩ごはんが異様にしょぼかったことを、スカイツも思い出す。意外とちゃっかりしているクアラだった。

『昇降者すごろく』とは、その名の通りプレイヤーが《昇降者》となり、サイコロを振って出た目の数だけマスを進み、最終的に一番早くゴールである《塔》の頂上へ辿《たど》り着《つ》いた者が勝者となる、《塔下街》で流通しているボードゲームである。

無論、単純に早くゴールすればいいわけではなく、資金の概念や妨害、協力の概念もあり、一筋縄にはいかない作りとなっている。スカイツ達は子供の頃からこれで遊ぶのが好きだった。

「じゃあスカイツの貯金、半分もらっちゃうね！　いただきまーす！」

「クソが……！　く……クソが……ッ‼　ああああああァ、クソが……ッッ‼」

が、基本的に豪運を誇るクアラが、運の無いスカイツを蹂躙《じゅうりん》するパターンが多い。

「次は俺か。お、攻撃マスだ。……シアーッ！　てめぇには死んでもらうぜ！」

「……一生涯許さない……」

また、直前のやり取りなどで各自憎しみの矛先が決まっており、今日はベイトがシアに個人的な恨みをぶつけがちである。

「ぼくは……協力相手を選ぶ、かぁ。スカイツくん……ぼくと永久《とわ》の協力関係にならない？」

「いいぞ。裏切りマス踏んだら速攻で裏切るけどな」

そしてアルはどんな時でもある意味己を貫くプレイスタイルだった。

――そんなこんなで、クアラ曰《いわ》く五十倍楽しめる新作『昇降者すごろく』に決着がついたのは、すっかり陽が傾いてからだった。因《ちな》みに勝者はクアラ、ビリはスカイツである。

なおこの日、アブラージュは――やはり、帰ってこなかった。

＊

「師匠が《塔》に向かって、今日で三日目だ。おかしいって、絶対」

「……長いよな。あまりにも」

「何か、あったのかもしれないよ……」

黙って彼らが留守を預かれたのは、二日が限度だった。

待機三日目にして、早くも五人の中で意見が割れつつある。

「三人、また妙なこと考えてる。駄目。不穏当」

「そうだよ！　おじさんは待ってろって言ったんだから、ちゃんと待ってなきゃ！」

「って言うがよー、こんなに時間が掛かる依頼なんざ、師匠一人に来るわきゃねえよ！」

「アブラのおっさんは、確かに凄腕《すごうで》だが——高難易度の依頼は、他の高位ギルドに回るはずだ。おっさん自体は引退気味なんだから。ここまで長引くような依頼、そもそも受けないだろ」

後進を育てるという意味で、アブラージュは《ストラト・スフィア》を率いている。

まだまだ現役でもやれると、本人は意地を張って言うものの、若いスカイツ達に注力している時点で、己の限界を悟った部分があるのだ。そのことを《管理組合《オブザーバー》》も知らないはずないのだが、こうやってただ待つだけだと、議論は紛糾しても解決には至らない。

——そんな中で、アルがおずおずと一枚の紙を取り出す。

「あの、みんな。これ……見てくれるかな……？」

「アル。お前、これ……おっさんが読んでた手紙か」

「ごめん、スカイツくん。本当は、いけないことって分かってたんだけど……。アブラージュ先生の部屋にあった、《管理組合《オブザーバー》》からの依頼票だよ……」

「おお、やるじゃねえか！　どんな依頼かすら、俺らまだ知らねえもんな！」

「もうっ！　勝手にメンバーの部屋に入るのはご法度《はっと》って、最初にルール決めしたのに！　アルくん、このことは絶対におじさんへ言い付けますからね！」

「うう……勘弁して欲しいなぁ……」

クアラに叱られたアルが、縮こまるようにして肩を落とす。

一方、その手紙――依頼票を真っ先に読み上げたのは、クアラ側に立っていたシアだった。

「……『ギルド《ストラト・スフィア》へ、《管理組合《オブザーバー》》本部より依頼。最近多発している、一階層ラストフロアの異変を調査し、可能な限り対処を願いたい。詳細は本部にて』」

「んあ？　師匠個人への手紙じゃなかったのか？」

「そうみたいだな」

アブラージュは自分への依頼と言っていたが、実際は《ストラト・スフィア》自体に依頼が来ていたらしい。とはいえ、リーダーはアブラージュである以上、代表して《管理組合《オブザーバー》》に顔を出すのは当然である。問題は、それを全員に伏せていたことだ。

「おじさん、どうしてそんな嘘《うそ》をついたのかな？」

「不安視。わたし達の実力不足を、懸念《けねん》した」

「だからって、別に何もかも伏せる意味はないだろ。おっさんらしくない」

「……本部で詳細を聞いて、ぼくらには難しい依頼だって思ったのかも……」

「なら尚更《なおさら》、師匠は俺らを使うべきじゃねえか！　一人で抱え込むなんざ、冷てえよ！」

真意は本人のみぞ知るが、結果としてアブラージュはギルドへ来た依頼を、自分一人で処理しようと行動している。

それをリーダーとしての采配と見るか、メンバーを信じていない裏切りと見るかは、個々人の感情によるだろう。

少なくとも、スカイツは理解こそ出来たが、そのやり方が不服であることもまた事実だった。

実力不足ならば、ハッキリとそう言えばいいのだ。それで傷付くような連中じゃないことぐらい、アブラージュが一番よく知っているだろうに。

「決めた。俺は行くぜ。師匠にゃ悪いが」

「ええっ！　そんな、ダメだってば！　おじさんの言うことは聞かなきゃ！　文句を言いたいなら、おじさんが帰ってきてからにすればいいの！」

「そいつは勘違いだぜ、クアラ。俺は師匠が超強いことを、この中の誰よりも知ってんだ。その師匠が、一階層程度に数日間篭もりっきりなんざ、普通ありえねーことなんだよ。で、もし師匠に何かあったのなら、一番弟子である俺が助けに行くのが当然だろ！」

「ぼくも……ベイトくんと同じ考えかな……。先生が《塔》から出られない状況だとしたら、何かしら支援物資を持っていくだけでも違うだろうし……」

「アルくんまで……！　スカイツ！　何か言ってやってよう！」

「悪い。俺も二人と同意見だ。おっさんの安否確認は、俺達にしか出来ない。そりゃ、よそのギルドに安否確認を依頼することも出来るだろうけど——何かあったと仮定するのなら、悠長に依頼する暇なんてないだろ。すぐ動けるという意味では、俺達しか居ない」

「軽率、浅慮、無謀……！　わたし達は、まだフロア4にすら到達していない。でも、依頼はラストフロアに関するもの。だからそこに向かうこと自体、危険……！　本当にアブラージュさんを信じているのなら、ここはじっと耐えて待つべき……！」

一つの階層は五つのフロアで構成されている。シアが危惧するように、スカイツ達は未《いま》だフロア3までしか探索したことがなく、それ以上のフロアは足を踏み入れていない。

「シアの言う通りだよ！　危ないよ！」

男女で意見が真っ二つに割れている。

アブラージュの高い実力があるからこそ、一階層から数日戻らないことは異常であり、すぐに自分達で安否確認をするべきだというスカイツ達。

その安否確認をする実力すら不足しているとし、アブラージュの指示通りこのまま待つことこそが信頼だとするシア達。

……しばしの間、睨《にら》み合《あ》いにも似た沈黙が流れる。

「——なら、シアとクアラはここで待ってろよ。俺とスカイツとアルだけで行くぜ」

それを真っ先に破ったのは、アブラージュを最も崇敬するベイトであった。

「愚行。自殺行為」

「うるせえ。師匠に何かあったかもしれねえのに、黙って待ってられっかよ……！」

「でもでも！　シアが言った通り、フロア4より上は、みんな行ったことないんだよね？　そんなの……」

「ああ。ただ、おっさんが前に、一階層はフロア3からラストフロアまで、そこまで大きく環境は変わらないって言ってたんだよ。俺達はフロア3までなら、問題なく探索出来る。二つ上まで行くのは、絶対に実現不可能ってわけじゃないはずだ」

「でも、それは……シアちゃんとアブラージュ先生がいる時の話、だけど……」

リーダーとして皆を取りまとめるアブラージュと、《構術師《アリス》》として魔物を殲滅《せんめつ》するメイン火力となるシアが揃《そろ》って、フロア3の探索は問題なく行えたのだ。どちらも欠けたとなると、危険度は倍以上に跳ね上がるだろう。

クアラがシアと顔を見合わせている。スカイツも二人の本心は分かっているが、全員付き合いが長い以上、このような膠着《こうちゃく》状態ですぐに決着がつくことはない。それもまた、全員分かり切っていることだ。

自分達は折れない。となれば、折れるのは――

「――約束。誰かが負傷したら、目的を達成していなくても、すぐに帰還する。また、少しでも無理だと感じたら、引き返す。夜までに辿《たど》り着《つ》かなかったら、これも引き返す。目的は依頼達成の手伝いではなく、安否の確認。それらが守れるのなら……わたしも、同行する」

――最終的に、シアも来ることになった。

多数決をしたわけではないが、三人に対し二人だと、どうしても説得は不可能だと考えたのだろう。ならば、自分が目を光らせるしかない、という結論に至ったらしい。

「シアの言うことは絶対だからね!?　いい？　ぜーったいだよ!?」

「分かってる。俺達だって別に、死にたいわけじゃない。おっさんが無事であることが分かれば、すぐに戻るさ。それに、今回は利益度外視で昇る。最短ルートで昇降機を目指して、極力魔物からは逃げる。どうしてもって時以外は、戦わないようにする」

「当然。もし反故《ほご》にしたら、燃やす」

「うっしゃあ！　そうと決まりゃあ準備だ！」

「……ぼくも、救援物資を準備するよ。クアラちゃん、手伝ってくれる……？」

「心配だけど……こういう時こそ、元気良く、だもんね。よーっし、なら、おじさんに何があってもいいように、とっておきの救急箱を開けちゃおう！」

互いに衝突したとしても、一度意見がまとまったのならば、その結論を全員が尊重する。

気心が知れた仲であるからこそ、だろう。リーダー不在の探索を、スカイツ達はまともに行ったことがない。

しかしながら、そこに恐れや不安は全くなかった。

むしろ、普段よりも入念に、かつ十全に、全員が準備を整えていく。

「気を付けてね、みんな！　ご飯作って、待ってるから！　怪我《けが》しないでね！　無理とか、無茶とか、そういうのもダメだからね!?　あ、それと、忘れ物とかも……」

「大丈夫だって。クアラが心配なのは分かるけど、俺らは下手打つとシアに燃やされるからな。消し炭にならないように最大限努力するよ」

「だから勝手な行動は慎むぜ！　多分な！」

「身勝手は本気で燃やす」

「あはは……気を付けようね、ベイトくん」

「うん。じゃあ——いってらっしゃい、みんな！」

不安げな表情を隠せないクアラだったが、仲間を見送る時だけは必ず笑顔である。

その笑顔をしっかりと見届けたスカイツ達は、一路《塔》を目指し、出発するのだった——

＊

「しっかしよー。ラストフロアの異変って何なんだろうな？　師匠が手こずるってことは、二階層レベルのモンなのか？」

フロア3までは、問題なく辿《たど》り着《つ》くことが出来た。打ち立てた方針通り、最短距離で昇降機を目指し、魔物との戦闘は可能な限り逃走したからだ。

その中で、気を緩めたわけではないだろうが、ベイトがおもむろに話題を切り出す。

「さあな。ただ、元々一階層と二階層じゃ、天と地の隔たりがあるって言うだろ。所詮は一階層の依頼だと甘く見たおっさんが油断した……って可能性はある」

「師匠は油断なんざしねーって！」

「でも、二階層に到達できるギルドは、全体の三割にも満たないからね。実に七割以上のギルドが、二階層を見ることすらなく解散してしまうし……。それにラストフロアってことは、多分あれが関係してるんじゃないかってぼくは思うな……」

「あれって何だ？　ちゃんと言えよな！」

「何で分かんねえんだよ……。養成所で習っただろ……」

「番人。各階層のラストフロアには、昇降機の守り人が存在する」

《塔》における普遍的な、歪《ゆが》んだ法則の一つ。

それは、全ての階層のラストフロアには、昇降機を守るようにして番人が存在する——というものである。《昇降者》は、基本的にその番人を乗り越えずには次の階層へと至れない。

従って、一階層ラストフロアにも番人がおり、これが大きな壁となって、あらゆる新造ギルドの躍進を阻《はば》んでいるという。アル曰《いわ》くの脱落する七割とは、これが主な理由だ。

ただ、それは広く知られた情報であり、異変というわけではない。

まだ一階層のラストフロアすら見たことのないスカイツ達にとって、結局は異変の内容など分かるはずもなかった。

「いずれにせよ、異変が番人に関係するものとは限らない。それに、別に俺達は番人と戦いに来たわけじゃない。おっさんが無事なら、それでいい」

「馬鹿の考え休むに似たり。だから、ベイトは疑問を持たず、何も考えない方がマシ」

「それって、下手の考えじゃなかったっけ……？」

「師匠、腹減って動けねえんじゃねえかなー。あの人に限って、ケガはしねえだろうし」

「空腹って、そんな間抜けでもないだろ……」

「あ……ここの扉を抜けたら、昇降機が近いよ」

ひたすらに無骨な石畳と石壁で構成された一階層は、巨大な迷路に近い。

アルのナビ通り、通路から扉を抜けた先の小部屋に、地面が淡緑色に光るポイントがあった。

光は円形であり、そこだけ日向《ひなた》であるかのように、柔らかく輝いている。これが昇降機と呼ばれる、全ての《昇降者》がまず目指す地点である。

「これを踏んだら、いよいよフロア４か」

「まだ全然余裕だぜ！　今ンとこ魔物ともあんま遭遇してねえからな！」

「油断大敵。帰還のことを、常に頭に入れて」

「と、とにかく、行こう……！」

光の中へ、四人は一歩を踏み出す。すると、頭上から何かに引っ張られるような感覚に襲われ、全員の視界が途端にぐにゃりと歪《ゆが》んだ。

そして気が付いた時には、揃《そろ》って次のフロアへと移動している。この引っ張られる感覚も、最初は酔いが回るので四人は苦手だったが、今はもう誰も苦としていない。《昇降者》として、多少は経験を積んだ証《あかし》だろう。

「帰還用に降《くだ》りの昇降機の位置は記録しておくから……進もう」

「……ん？　おい、何だこれ⁉」

周囲に目を向けるのが最も早かったスカイツが、環境の変化をいち早く察知する。

本来、階層ごとの環境はほぼ変わらない。石造りを主とする一階層は、ラストフロアまでそれが続くはずである。

だが──このフロア4は、どういうわけかその石造りの環境に、一面の緑が侵食していた。石畳の合間から草が、石壁のヒビからは蔦《つた》が、縦横無尽に生えて絡《から》んでいる。踏み締めればコツコツと鳴る足音が、くしゃ、という音に変わったのを、スカイツは自覚した。

「植物……？　奇妙。要警戒。……異常、事態」

「休む時楽そうだよなー。寝るならやっぱ、石じゃなくて草原だぜ！」

「の、のんきだね、ベイトくん……。でも、これが異変と見て間違いないかも……」

「一応、他のギルドが居たら、話を訊《き》いてみるか。もしかしたら、フロア4からはこの環境が当たり前なのかもしれないしな」

スカイツの提案に、三人は頷《うなず》く。他のギルドとの接触は、低階層ならば頻繁に発生する。

とはいえ、彼らは全て同業の競合者と言える存在であり、どちらかと言うと諍《いさか》いが起きる可能性の方が高いのだが。

少し進むと、都合良く帰還中らしい他のギルドとすれ違った。スカイツが代表して、相手のリーダーと思《おぼ》しき相手から情報を提供してもらう。

同じ《恵み》の取り合いでもない限りは、水か食料を渡せば、帰還中のギルドならば素直に応じてくれることが多い。

「――で、結論から言うと、やっぱおかしいみたいだ。ちょっと前までは、ここもフロア3と同じく、石造りのままだったらしい。けど、最近になってラストフロアとフロア4だけ、こんな一面の緑になったとか。それと、取れる《恵み》は変わらないらしいが、どうも出現する魔物に変化があったようだな」

「今回の探索で、妙に他のギルドを見なかったけど……それって……」

「ああ。普段一階層のラストフロアまで探索してるギルドは、今ほぼ探索休止状態だってさ。確かに石造りのフロアがいきなり緑一色になったら警戒もするよな」

「危うきこと累卵の如《ごと》し。それが妥当」

「っつーことは、やっぱ師匠はこのクソミドリ状態の原因を調べるために、ラストフロアに向かったってわけか。んじゃ、とっとと気ィ付けて進もうぜ！」

あまり動じていないのは、大物なのか鈍感なのか。ベイトはスタスタと歩き出す。

異変の内容は少しだけ分かった。ならばここで引き返す選択肢も、無いわけではない。一瞬その考えがスカイツの脳裏をよぎったが、少なくともベイトの賛同は得られないだろう。たとえ異常事態であっても、そこへ飛び込まねばならない時はある。《昇降者》としてやっていくのであれば、この程度の試練はあって然《しか》るべきなのだ。それが仲間――師であり頭目でもある存在に関わるのであれば、尚更《なおさら》である。

スカイツはそう切り替え、アルに進むべき方角を訊《たず》ね、歩みを進める。

そして数分後――後方を歩いていたシアが足を止めて、全員に声を掛けた。

「……！　魔物の気配。構えて」

「ベイト！　来るぞ！　アルは下がれ！」

「う、うん……！」

「分かってらあ！　異常事態だろうが何だろうが、全部ぶった斬ってやるぜ！」

地面が蠢《うごめ》き、そこから何かが数本飛び出す。

現れたのは、成人男性の二の腕程もありそうな、異常に肥大化した植物の茎だった。だが、この《塔》において、ただの茎が出現するはずもない。

茎の先端部分はバックリと縦に割れており、その亀裂からは鋭い歯列が覗《のぞ》いていた。口内で糸を引くのは、唾液なのか消化液なのかは分からない。

しかし噛《か》まれれば一溜《た》まりもないだろう、ということだけはハッキリと分かる。

茎型の魔物の名前は誰も知らない。が、向こうもスカイツ達の名前になど興味はない。蛇のように身体《からだ》を伸縮させ、茎達はベイトに向けてがぱりと牙を剝《む》く。

「速い……⁉　ベイトッ！　気を付けろ！　無理に相手する必要はないんだからな⁉」

「問題ねえよ！　草刈りの時間だッ！」

ベイトの双剣が閃《ひらめ》くと、茎の一本が根本から両断される。ミミズのように、暫《しば》くの間ウネウネと蠕動《ぜんどう》していた茎だが、やがて絶命し動きを止めた。

「し、シアちゃん……！」

「好相性。斬撃と、炎」

シアが手をかざし、爆炎が茎を包み込む。植物ながら、断末魔の悲鳴を漏らす茎達は、一挙に炭化して命を散らした。アルやシアも気付いていたが、スカイツも当然気付いている。ベイトのみが、「歯応えねえなー」とだけ呟《つぶや》いていた。

「多分、そこそこ強いよな、この茎。逃げるまでもなく、二人があっさり倒したけど」

「同意。ただ、こちらの攻撃手段が、相手の弱点」

「植物だもんね……。斬ったり燃やしたりされるのに弱いんだ……」

「《恵み》は落としてねえかー。シケてやがんなあ！」

偶然にも、ベイトとシアの攻撃が、植物の弱点を突く形になっている。

フロアの環境を考えるに、この先現れる魔物は植物型が多いと予想される。となれば、これは状況的に好ましい。逃走は逃走で、体力を消耗する上に進路を変更させられることがある。

だが相手が比較的強いであろう魔物であっても、相性によって楽に倒せるのであれば、さっさと倒して先へ進むに越したことはない。

（……ん？　ベイトが斬り飛ばした茎だけ、消滅してないぞ……？）

シアが燃やした茎は消え去ったが、ベイトが斬った茎のみ、死骸がまだ残っている。通常、死んだ魔物は消滅し、その後《恵み》を落とすかどうかが《塔》における常である。

もしや、この茎はまだ生きているのではと思ったスカイツだが――

「おーい、スカイツ！　何チンタラしてんだよ！　先行くぞ！」

「あ、ああ。今行く」

――そういう魔物も、居るのだろう。スカイツは己を納得させ、ベイト達の後を追う。

一瞬、ぐにゅりと死んだはずの茎が動いたことに、彼は気付くことが出来なかった。

＊

「ここがラストフロアか！　おお、草しかねえぜ！」

フロア４については、問題なく踏破することが出来た。予想通り、現れた魔物は全て植物型で、ベイトの斬撃とシアの炎がこれ以上無く効いたのだ。むしろ、普段戦っているフロア３までの魔物の方が苦戦するくらいであった。

そうして辿《たど》り着《つ》いたラストフロアだが――先のフロアに比べると、また一段と緑が濃くなっている。スカイツの足首くらいまで、伸びた草が絡《から》み付《つ》く程だ。

「……ん？　おいキミ達、どこのギルドだ？」

下のフロアに続く昇降機の近くに、どうやら他の《昇降者》が居たらしい。

現れたスカイツ一行を見て、慌てて駆け寄ってくる。

「あ、俺達は――」

「今このフロアは、《管理組合《オブザーバー》》の判断で封鎖中なんだ！　現在依頼を受けた複数のギルドが、問題解決の為《ため》に動いているんだよ！　悪いが、引き返してはもらえないか？」

（なるほど、だから探索中止のギルドが多いのか）

「そ、そうなんですか……。じゃ、じゃあ……」

一人得心いったと頷《うなず》くスカイツ。一方アルは、そのまま踵《きびす》を返《かえ》してしまいそうな返答をした。

どうやら目の前の《昇降者》は、このフロアに足を踏み入れた他の《昇降者》を追い返す役割らしい。

どうやってこの男を説得すべきか悩んだスカイツの隣を抜けて、シアが何かを彼に手渡す。

「わたし達は、《ストラト・スフィア》。先に、《準先駆者《ニアトレイラー》》のアブラージュがこのフロアへ到着しているはず。わたし達は彼に応援物資を届ける為《ため》、ここから先へ進みたい」

「ああ、アブラージュさんの！　で、これは依頼票か！　……いやでも、『まだヒヨッコ共はここに来るには実力不足だ』って、あの人は前から言っていた気がするんだが――」

「し、師匠……！　そりゃねえぜ……！」

「自分のギルドメンバーを褒めそやす方がおかしいでしょう。謙遜ですよ。現に俺達は、ここまで無傷で辿《たど》り着《つ》いてますし」

《管理組合《オブザーバー》》の指示で動いているこの男と、真正面から対立することは避けたい。スカイツはそう思い、少しでも男を説得しようとした。自分達が実力不足であるかどうかには触れず、説得力があるような言葉を選ぶ。

その甲斐《かい》があったのか、男は少し悩む素振りを見せて、頷《うなず》いた。

「なるほど。じゃあ、依頼票もあるし一応通すけど……気を付けなよ。僕は交代でもう数日間ここに篭っているけど、調査に向かった先発部隊はまだ誰一人戻ってないんだ」

「それってやべーってことじゃないっすか！　のんびりしてる場合じゃねえよ！　さっさと俺ら以外にも応援を呼ぶべきだって！」

「いや、設定した期日を過ぎても帰還しない場合のみ、《管理組合《オブザーバー》》は動くんだ。期日はまだ来ていないし、それに先発部隊は現在も調査を続けている途中かもしれない。その時が来るまで、二次被害を防ぐ為《ため》にも、こうして僕は通せんぼをしているわけなんだよ」

「で、でも……ぼくらは通してくれるんですか？」

おずおずと訊《たず》ねたアルに対して、男は優しげに微笑《ほほえ》んだ。

「応援物資を届けるだけなら危険度は低いだろうし、あの人が手塩にかけて育てている君達なら、通しても問題ない実力を持っているだろうと判断したまでだよ。事実、君達は無傷みたいだしね。でも、この先何があるかは僕も詳しく知らない。だから少しでも危ないと思ったら、すぐに引き返すんだよ？　いいね？」

どうも、この《昇降者》はかなりお人好《ひとよ》しのようである。出来れば名前を聞いておきたかったスカイツだが、のんびりしている余裕もない。アブラージュがこの先に居る可能性は、この男の口ぶりからして濃厚ではあるが、しかし無事であるかどうかは依然として分からない。

四人は男へ一礼し、ラストフロアの探索に乗り出す。

瞬間、ぞわり、と——スカイツの背中を、突如妙な悪寒《おかん》が襲った。

(何だ……この感じ。肌がヒリつくような……)

「アル。ここからどう進むべきか教えて」

「あ、うん。ラストフロアは、昇降機の近くに番人がいるから、あんまり奥へ行きたくないんだけど……。それとは別に、ここからはアブラージュ先生を追うように、導きを変えるね」

もし同じフロア内で仲間とはぐれた場合、《塔導師《タワーメート》》はその仲間を探知することが可能である。その精度も、アルはまだまだ甘いのだが、アブラージュがどこに居るかを指し示してくれるだけでも相当にありがたい。

アルは少し集中し、右手に昇降機を指す矢印を、左手にアブラージュの位置を指す矢印を出現させた。

「おお。って、どっちも同じ向きじゃねえか！」

「やっぱりアブラのおっさんは、昇降機の近くに居るのか？」

「どうだろう……。ぼく程度の《技能《スキル》》だと、きちんとした探知はできないから、たまたま同じ方角を指しているだけかもしれないけど……」

「懸念《けねん》事項。でも、足踏み厳禁。行動は迅速に、それでいて大胆」

「師匠がよく言うアレだな！　うっし、気合い入れて行くぞ、お前ら！」

「出来ればさっきのフロアと同じような魔物ならいいんだがな……。ラストフロアは多少なり、魔物の種類が変わるって言うし……」

　ぼやくようにして、スカイツが周囲を見回す。魔物の気配はなかった。

　それからしばらく、探索は問題なく続いていた。が、一つ気になることが生まれた。

　奥へ進めば進むほど、足に絡《から》む草が伸びているのである。最初は足首程までだったのが、今やスカイツの膝上ぐらいになっているのだ。

　背の低いアルとシアは、既に腰くらいまで草の海に浸《つ》かっていた。

「歩きづれー……」

「ああ。かなりきついな。……大丈夫か、アル、シア？」

「できれば、スカイツくんにおんぶしてほしいかなって……」

「同意……。更にその上背を奪いたい……」

「無茶苦茶言うな、お前ら」

軽口を言えるのであれば、まだ二人は大丈夫ということである。なのでアルの熱視線を、スカイツは無視した。

「こりゃ次来る時は、それなりに準備した方がいいかもなー……」

「異常事態なんだから、次来る時は解決してる方が望ましいんだが……」

幸いなのは、魔物の気配があまりしないということだろうか。魔物に襲われる頻度は、行動と運に左右される。歩くだけで死を予感する程に襲われる日もあれば、居眠りしても大丈夫な程に平穏な時もある。今回は幸運に恵まれている方なのだろう。

これだけ環境が悪いと、移動だけでかなり疲労する。その上戦闘まで行えば、激しい消耗は避けられない。

「そこを右に行って、扉の先みたい……」

「おうよ。よっこらァ！」

草を掻《か》き分《わ》けながら、ベイトが力いっぱいに扉を押し開ける。蔓《つる》やら根やらが絡《から》むので、扉を開けるだけでも一苦労だった。

——扉の先は、だだっ広い大部屋になっている。魔物が居るわけでもなく、何か《恵み》が落ちているわけでもない。単なるハズレ大部屋だろう。スカイツはそう判断した。

「何もない部屋だな……草以外は」

「魔物の気配もない。安全」

「なら、す、少し、休まない……？　ぼく、そろそろ……」

「アルが探知出来なくなったら終わりだもんな！　んじゃ草刈りして、そこで休むか！」

ベイトが剣を一本引き抜いて、伸びている草を切り払っている。開けた場所を作り、そこに座って少しだけ休もうという魂胆である。

しばし待つと、あっという間に刈り取られた芝生のような空間が生まれた。ふふん、と鼻を鳴らして、ベイトが鞘《さや》へと剣を納める。

アルは背嚢《はいのう》を下ろし、そこにフラフラと腰掛け——

「……っ！　アル！」

「え？」

——何かが、座り込んだアル目掛けて伸びていた。草刈りを終えたばかりのベイトは、額の汗を拭っていてそれへ気付くのに遅れた。スカイツもまた、アルではなく周囲を見ていた。

気付いたのは声を出したシアだけだ。反射的に彼女は、アルを守るように立ちはだかり——

「……、…………!!」

——無数に伸びた茨に、一瞬で絡《から》め取られた。

「シアッ!!　ベイト、剣抜け!!　お前だけが——」

「分かって――――」

　ベイトが構えた時には、既に遅かった。大部屋の奥にある扉が少しだけ開き、シアを絡《から》め取った茨はそちらへ引っ込んでいく。触手が獲物を捕えるような、そんな生き物じみた茨の動きは、彼らが反射で反応出来る速度を超えていた。

「この部屋……！　罠《わな》、なのか……⁉」

　何もないハズレ大部屋。その思い込みは、油断だったという他ない。

　入り込んだ《昇降者》を捕える為《ため》の茨が潜んでいた、罠《わな》部屋。それがこの部屋の正体だった。

　しかし、その正体に気付いたところでもう遅い。ザザザ……と、何かが遠のく音がする。臥《ふ》せっていた他の茨が、満足したとばかりに奥の扉へ撤退する音だ。

　残った三人は、もう必要がないということなのか。

「ぼ……ぼくの……せいだ。ぼくが……休もうなんて言うから……シアちゃんが……っ！」

「ど――どうすんだ、スカイツ」

「…………ッ」

　普段は先走るベイトが、スカイツに意見を仰いでいる。それだけで、スカイツの胃は握り締められたかのように痛んだ。こういう時こそ笑ってくれと、ワガママを心中で呟《つぶや》く。

　あれは、魔物の一種だ。それも、自分達では到底敵《かな》わないような、格上の魔物。その魔物の罠《わな》に、シアがアルを庇《かば》って捕えられた。この先へ進めば、その魔物が居る。

　だが、どうやってシアを助け出せばいいのかは分からない。スカイツ達は幸運にも見逃された。ならばその幸運を、むざむざ捨てるような真似《まね》は――

「――クズか、俺はッ！　シアを見捨てられるわけないだろうが！」

　自分自身に対して、スカイツは叫ぶ。最低の考えが、頭に浮かんでしまったからだ。

「す、スカイツくん……」

「誰のせいでもない！　これは《ストラト・スフィア》全員の油断が招いた結果だ！　なら、ここで迷ってる暇なんてないんだよ！　すぐにシアを助けに行くぞ！」

「……多分、やべーのがいるぜ。いいのか？」

「このまま逃げ帰ったら、俺達は一生クアラに合わせる顔がない。そうだろ」

「そりゃ……そうだな。うっし、なら俺が超絶頑張るわ。すまん、スカイツ！」

「いいよ。それよりもアル。アブラのおっさんの方角はどうなってる」

「え、あ……えっと。その奥の扉の方みたい……」

　シアが連れ去られた扉の先に、アブラージュも居る可能性がある。

　スカイツは頷《うなず》くと、その扉に向けて一歩踏み出した。

「なら、先におっさんと合流すれば、まだ何とかなる。死んでねえんだろ、あのおっさんは」

「当たり前だろうが！　俺の師匠だぞ！」

「よし。じゃあ俺とベイトで行く。アルはここで待ってろ」

「…………。やだ。ぼくも行くよ。ダメって言われても、ぜったいに」

自分を庇《かば》った結果、シアが捕えられた。そのことにアルは責任を感じているのだろう。

スカイツとベイトはあえて何も言わなかった。それが罪悪感から来るものだとしても、覚悟を決めたのならば尊重すべきだからだ。

――扉の先に何が待ち構えているのかは、分からない。恐怖心がないわけでもない。

だが、三人が最も恐れているのは、仲間を失うということだ。

シアを助け出す為《ため》に、無謀にも死地へと飛び込む――上等だった。

《ストラト・スフィア》にとって、最初の試練が今、訪れる――

＊

「な……なに、これ……」

かつてない程の広さを誇る部屋が、三人が辿《たど》り着《つ》いた先だった。ほうぼうに伸びていた足元の草は、その背を低くした代わりに、鋭い棘《とげ》を持った茨に置き換わっている。

茨はさながら絨毯《じゅうたん》や壁紙のように、床や天井、壁一面に敷き詰められ、繋《つな》がる根元を追っていった先に――『それ』は鎮座していた。

茨の塊か、或《ある》いはそれで出来た巨大な卵のようであると、スカイツは思った。天井や壁に向けて、無数の茨を伸ばし、時が止まったように部屋の中央で固定され、静止している。

だが、アルが驚いたのはその『卵』ではなく、この部屋の状態そのものだろう。

「人間が、壁の中に……これ全員、《昇降者》なのか……⁉」

「信じらんねーぜ……。んだよ、こりゃ……！」

「もしかして、まだ調査部隊が誰も戻ってないのって……⁉」

茨が絡《から》み付《つ》き、だまになった状態で囚《とら》われた人々が、壁と一体化するように埋め込まれている。蜘蛛《くも》は獲物を糸で絡《から》め取り、ゆっくりと時間を掛けて捕食するというが、それに近いものを彼らは感じた。

部屋の中央にある『卵』が、このラストフロア一帯に茨を伸ばし、捕えた獲物をこの部屋で保管している。その理由は、捕食行動なのか。或《ある》いは等間隔に壁に埋められている者達を見ると、さながら収集目的のようでさえあった。

「オイ！　まさか、師匠もこの壁ン中にいるんじゃねえだろうな⁉」

「迂闊《うかつ》に動くな、ベイト！　アル、シアとおっさんの詳細な位置が分かるか？」

シアやアブラージュが壁内に居ると踏んだスカイツは、アルに再探知の指示を出す。

すぐにアルは改めて二人の位置を探る。

「ぼ、ぼくらから見て正面に、あの茨の塊がいるよね？　あれを正面とするなら、シアちゃんは左側の壁、アブラージュ先生は右側の壁に反応が……！」

「そんな！　師匠、あのクソミドリにやられちまったんすか……!?」

「落ち着け。まだおっさんが死んだとは決まってないだろ。なあ、アル……もしかしなくても、あの茨の卵は一階層の番人なのか？」

歯噛《はが》みするベイトを宥《なだ》めすかしながら、スカイツはアルの方を見ながら言う。

部屋は広く、『卵』の奥に扉がある。昇降機の位置を示すアルの矢印は、その扉を示していた。

「そうだと思う……。ぼくらは、まだラストフロアの浅い部分しか調べてないと思っていたけど、実際のラストフロアの構成は、大部分がこの部屋で占められていたみたい……」

「つまりここは、番人の為《ため》の個室……ってわけか。贅沢《ぜいたく》な話だな」

「……でも、クソミドリはまだ襲って来ねえぞ。寝てんじゃねえのか」

いつでも双剣を抜けるように警戒しながら、ベイトが思ったことを口にする。

『卵』は外観上、目や耳など、それらに類する器官が見当たらない。部屋に踏み込んだばかりの三人に対して、威嚇行為などもしてこない。それどころか、本当にこちらに気付いているのかも分からない。眠っている、と評したベイトの表現も、あながち間違ってはいないだろう。

「襲って来ないなら、それに越したことはないだろ。とりあえず壁伝いに、おっさんを先に探そう。あの卵……番人には極力近付かない方がいい。距離を詰めたら、起きる可能性がある」

「うん……。この壁にも、あまり触れたくないけど……」

「でも壁の中のこいつら、これ……生きてんのか？　身動き一つしてねえぜ……？」

茨で覆われた隙間から、辛《かろ》うじて囚《とら》われた者の姿が見える。それだけでは、生きているとも死んでいるとも判断がつかない。嫌な予感が頭の中に浮かび、スカイツは一度だけかぶりを振って、慎重かつ迅速に壁際《かべぎわ》を進む。

「……！　居たぞ、アブラのおっさんだ！」

「し、師匠ッ！」

「い、生きてるよね……？　死んでない……よね？」

「知らねえよそんなこと！　うおおおおッ！」

何度も双剣を振るい、ベイトが壁に絡《から》まる茨を落としていく。強度自体は、外で見る茨とそう大差はないらしい。アブラージュを覆うそれも、あっという間に剝がれ落ちた。

壁より投げ出されたアブラージュを、スカイツはすぐに受け止める。その身体《からだ》は冷え切っており、ともすれば死人のようだった。しかし、僅かに胸が上下したことを感じ取る。

「息は……してるぞ！　アル、気付け薬だ！」

「わ、分かったよ！」

クアラ曰《いわ》くとっておきの救急箱から持ち出した、かなり強めの気付け薬。

小瓶に満たされたそれを、アルは背嚢《はいのう》から急いで取り出し、アブラージュの口に含ませる。

――瞬間、アブラージュの身体《からだ》がバコンと跳ねた。

「ツッツ、おぶぇほッ‼　ま、マッッズ‼　何だ⁉　何なんだ⁉」

「しょおおおおおおおお‼」

凄《すさ》まじい効力があった気付け薬で、あっという間に息を吹き返すアブラージュ。その大きな胸板へ、涙を流しながらベイトが飛び込んでいく。遠慮無しの行動だった。

「うおッ！　お前、ベイトか⁉　それに、スカイツにアル嬢も！　テメェら――」

「ひいっ！　ごめんなさい！」

「……説教なら、終わってから幾らでも聞くよ。それよりもおっさん、ここで何があったのかを教えてくれ。普通じゃないだろ、この部屋」

「……！　あァ、そうするぜ」

スカイツの目を見た瞬間、アブラージュは大体の事情を察したらしい。

本人には直接伝えていないが、リーダーとしての素質は、スカイツが最も秘めている。

ここまで来られてしまったのは、恐らくスカイツが居たからなのだ。そう判断し、泣きじゃくるベイトを払《はら》い除《の》け、ふらつきながらアブラージュは立ち上がった。

「あのクソミドリは、一階層の番人――じゃねェ。それに成り代わった、別の何かだ。恐らくは、二階層に居るはずの魔物……それの、突然変異種だろうな。まず間違いなく、一階層をうろつく程度の実力しかねェ《昇降者》は、歯が立たない」

「じゃあ、おっさんなら余裕のはずだろ」

「俺一人だったら、問題はねェさ。だが、クソミドリは《管理組合《オブザーバー》》の魔物図鑑にも載ってない、全くの新型らしい。アレに近いヤツは居るがな。だから暫定的に、俺を含めた調査隊は、あのクソミドリをその種の突然変異種とした。が、功を焦《あせ》ったクソボケ野郎が、情報を集める前に先んじて突っ込んじまった。元々、急造のパーティーだ。チームワークなんざありゃしねェが……そっからはジワジワと、こっちが追い込まれたってオチだ」

「し、師匠がクソミドリに負けたってことっすか⁉」

「負けてねェよ！　そのクソボケ野郎が罠《わな》に引っ掛かったから、身代わりになってやったんだ！　見たところ、そいつもその後に囚《とら》われたみてェだけどな！　クソ、見殺すべきだったぜ！　俺一人だったら問題ねェってのは、そういうこった！」

シアと同じように、アブラージュも反射的に誰かを庇《かば》ってしまったのだろう。憎々しげに吐き捨てているが、どこの誰とも知れない者を助けてしまうような性分なのだ。

また、アブラージュ程の実力があっても、あの罠《わな》に引っ掛かれば自力での脱出が不可能である、ということも分かった。スカイツは少しだけ思案し、アブラージュに伝える。

「シアもあいつに囚《とら》われた。おっさん、手伝ってくれ」

「シア嬢の姿が見えねェと思ったら、やっぱりそういうことか。……恐らく、シア嬢はまだ大丈夫だ。あのクソミドリは、見て分かるように《昇降者》を捕獲する。で、必要に応じて捕えた獲物の養分を吸い出し、能力の強化や傷の回復に充《あ》てる。今のあいつは休眠状態……お前らが生きてるってことは、まだ交戦してねェってことだからな。最近の獲物は手付かずだろう」

「……俺達じゃ勝てない相手なのか、やっぱり」

「今は絶対に無理だ。単純に、情報の一切無い未知の魔物とやり合いたいなら、今居る階層よりも二つ上ぐらいの実力が要る。つまり、三階層をうろつける俺ぐらいでようやくだ」

「あの茨の塊って、そ、そんなにすごい魔物なんですか……？」

「凄《すご》いかどうかすら分からねェから怖いんだ。これは心構えの問題でもあるんだぜ、アル嬢」

幸運と言うよりかは、全員の悪運が強いのだろう。

偶然、相手が休眠状態であり、一度も交戦することなくアブラージュを助け出せた。更に、シアも恐らくは無事である。

勝てない相手に対し、絶対に勝つ必要が無いのならば、その場より撤退することは何ら恥ではない。それもアブラージュの教えであり、そしてその教えに則《のっと》るのであれば、スカイツ達はシアを救出して速やかにこのフロアを離れるべきだった。

「で、アル嬢。シア嬢はどこだ？」

「こ、ここからちょうど反対側の壁です……」

「分かった。お前ら、絶対に騒ぐなよ。シア嬢を助けたら、全速力でここを離脱するぞ。俺もお前らと一緒に一旦《塔》を出て、《管理組合》《オブザーバー》に報告と増援要請を出す。いいな？」

未《いま》だ本調子ではないだろうに、それを一切顔に出さず、アブラージュが指示を飛ばす。

自分とは違い、その言葉の端々に、言い様のない安心感がある。それを感じたスカイツは、己の実力の無さを改めて痛感し、同時にこの《準先駆者《ニアトレイラー》》を強く尊敬した。

他の二人も同じようで、黙って強く首を縦に振る。

「さて。そうと決めりゃア、とっととやることやって——」

——こちらから仕掛けない限り、相手は休眠状態より醒《さ》めることはない。

それもやはり、都合の良《い》い思い込みだったのだろうか。もしくは己の捕えた獲物を、曲がりなりにも一つ奪われたことに、怒りを覚えたのだろうか。

スカイツの背中から、ぶわりと嫌な汗が噴き出る。何かをされたわけではない。

ただ、あの『卵』が蠢《うごめ》き、こちらに向けて茨を数本伸ばしただけだ——

「ベイトぉッ!!　絶対に俺より前に出るなッ!!　アル嬢はとにかく下がりながら、部屋の入り口まで行け!!　コイツの攻撃は全部俺が引き付けて捌《さば》く！　その隙を狙って、スカイツはシア嬢のところまで走れ!!　ベイトは俺のフォローだけでいい!!」

「りょ、了解！」

三人の声だけが揃《そろ》い、しかし行動は一人ずつ違っていた。

『卵』に向けて突進するアブラージュの背を、双剣を引き抜きながら追うベイト。青褪《ざ》めた顔をしながら、必死で入り口まで走るアル。そして、わけもなく《投刃《ダート》》を数本握り締め、ジリジリと反対側の壁を目指すスカイツ。

強敵との戦闘において、リーダーの指示は絶対だ。そこに疑問を差し挟むのであれば、そもそもリーダーとして成り立っていない。

　故に考えるよりも先に、スカイツ達は行動に移ることが出来た。

『卵』は異様な魔物だった。自身を中心とし、天井や床から無数の茨を手足の如《ごと》く伸ばし、外敵を攻撃するらしい。ただ、その量が尋常ではないのだ。絡《から》み合《あ》った茨は大木の幹の如《ごと》く膨れ上がり、それが風切り音を上げながら幾度となく振るわれる。一撃でもまともに喰《く》らえば、人間など簡単に肉の塊になってしまうだろう。ベイトは自身の双剣でその攻撃を捌《さば》くことは不可能であると本能的に悟り、全力で回避行動のみを取るしかなかった。

　一方で――アブラージュは違った。腰に差した柄に手を掛け、引き抜く。

　現れたのは、鍔《つば》と、剣身の根本のみ。その剣は、どう見ても完全に折れている。藪《やぶ》を払うことすら難しいだろう。なまくらや、錆《さ》び付《つ》きとはまたわけが違う、完全に寿命の尽きた剣《死んでいる》。

　だが、どういうことなのか。その死んだ剣をアブラージュが一度薙《な》いだだけで、巨木じみた茨の集合体は、バッサリと両断されたのだ。

《職《ジョブ》・刃輝煌聖《グロリアス》》――剣の道を極めた者の、到達点の一つ。

　彼らは己の想念が宿った刀剣を用いて、闘気による幻刃を作り出す。生まれた幻刃はまさに変幻自在、自らの意志があらゆる刃を具現する。《準先駆者《ニアトレイラー》》であるアブラージュを含めた僅か数名のみが、その《技能《スキル》》を扱えるという。折れた剣の根本から伸びる青白い刃は、偉丈夫であるアブラージュの数倍の長さになり、『卵』の乱撃を完全に斬り伏せていた。

「す、すっげぇ……師匠の本気、久し振りに見た……」

「気ィ抜くなバカ弟子！　俺はまだ本気でも何でもねェよ！　無論、クソミドリ側もな！」

ただ一つ違う点があるとするならば、長時間捕縛されていたアブラージュは絶不調であり、休眠状態から醒《さ》めた『卵』は絶好調である、というところだろうか。

よって、こちらは挨拶するだけでいい。ぶちのめすのはまだ先だ、とアブラージュが吼《ほ》える。

大概の魔物は、その時一番の脅威となる《昇降者》を優先的に襲う。目立つ者や弱っている者も狙われやすいが、魔物も一つの生き物である。自分にとって一番危ない者を退けたい、という考えが根底にあるのだろう。ガンガン攻める前衛が基本的に標的となるのは、それが理由だとされている。故にアブラージュは『卵』にとって圧倒的な脅威であり、スカイツは『卵』から完全に注目を外されていた。

「シア……！」

入り口付近に退避したアルが、シアの位置を示す矢印をスカイツの眼前に飛ばしてくれた。なので、シアを見付けること自体は容易だった。

「クソッ、やっぱ《投刃《ダート》》じゃ斬れない……！」

だが、助け出すことが困難なのである。

どちらかと言えば刺突に特化している《投刃《ダート》》では、シアに絡《から》んだ茨は切り落とせない。しかし、この状況下でベイトの剣を一本借りる、というわけにもいくまい。

ナイフの一本でも常備しておくべきだったと、今更になってスカイツは後悔する。

「――あああぁッ！　持ってないものはないんだよ！　ちくしょうッ！」

そうして追い込まれたスカイツが取ったのは、素手で茨を無理矢理に引《ひ》っ摑《つか》み、引きちぎるという、原始的にも程がある方法だった。案の定茨は硬く、短いが鋭い棘《とげ》が生えているようで、強く握ると皮膚が破れて手から血が流れた。

「シア！　起きろ！　おい！　シアッ‼」

だが、決してスカイツは何も考えていないわけではなかった。

少しずつだが茨は剝がれ、シアの小さな顔が全て露《あら》わになる。間髪入れずにスカイツはその頬をぐにっとつまみ上げ、大声で彼女の名を呼び続ける。

長らく囚《とら》われていたであろうアブラージュが、気付け薬ですぐ目覚めたのならば、まだ囚《とら》われて時間の経《た》っていないシアならば、多少の刺激で目を覚ますはず。そう考えたのである。

「起きろこの早起き！　守銭奴！　毒舌！　……チビ‼　貧乳‼　幼児――」

声掛けが罵倒に変化した瞬間、目を閉じていたシアが、突然パチっと瞳を開いた。

……綺麗《きれい》な翡翠《ひすい》色の瞳だ。いつもは気を張っているのか半眼に近いが、起き掛けはどうやらしっかりと開くらしい。「幼児？」という彼女の反芻《はんすう》に対して、スカイツは「よう、じゃあこれで」と誤魔化し――爆炎で吹っ飛んだ。

「熱《あづ》アァッ!!」

「不届き千万。天罰覿面《てんばつてきめん》」

「て、テメェ、助けてやったのに……！」

スカイツが茨を破れないのであれば、シアが破ればいい。

その目論見《もくろみ》は、若干ズレがあったものの成功した。的確に炎をコントロールし、自らの縛鎖のみを焼き尽くすのは、《構術師《アリス》》として前途有望なシアだからこそだ。

尻餅をついた状態から立ち上がったスカイツは、腰を数回撫《な》でる。その両手から赤い血が滴《したた》っていることに、シアが気付いた。

「……！　スカイツ、手が」

「ああ、別に痛くも何ともないって。それよりお前、フラフラだな。ちょっと担《かつ》ぐぞ」

「え？　ひゃ！」

捕縛された時点で、すぐに死にはしないものの、ある程度体力を奪われるのだろう。頑強さも化け物級のアブラージュとは違い、シアは歩くのもやっとな様子だった。

なので、スカイツは彼女をひょいと前抱きし、入り口に向けて走った。

『卵』はやはり、こちらに一切注視していない。二人が注目を引いてくれているからだ。

「ま、待って。歩ける、自分で……」

「のんびりしてられる状況じゃないんだよ！　我慢しろ！」

「………」

「おっさん！　ベイト！　シアは助けた！　離脱してくれ‼」

何か言いたげなシアを、スカイツは無視した。この状況下においては、恐らく自身の判断の方が正しいと思ったまでだ。入り口はもう目と鼻の先、そしてアブラージュならばベイトを逃がしつつ、問題なく殿を務めることが出来るだろう。どこまで『卵』が追って来るかは不明だが、自走出来ないようなので、隣の部屋まで茨を伸ばすのが限度に違いない。

「スカイツくん！　シアちゃん！」

「待たせたな、アル。後でシアの手当てを頼む」

「うん……！　あ、シアちゃん……そのお姫様抱っこの件については後で釈明してね……？」

「ご、誤解。というより、怒る理由が不明」

ひとまず入り口に辿《たど》り着《つ》いたスカイツは、アルと合流しつつ、シアを下ろす。何やらアルから妙な怒気を感じたが、スカイツは我関せずを貫いた。

「うおおおおおッ！　あのクソミドリやべえ！　師匠もっとやべえ！　超やべえ‼」

「ベイト！　無事だったか！」

全速力でこちらに駆けてきたベイトは、汗だくで息が上がっていた。相当な緊張の中で戦っていたのだろう。軽傷が所々に窺《うかが》える。が、命に別状はなさそうだ。

「ボサッとしてんじゃねェ、ヒヨッコ共！　さっさと来た道戻りやがれッ！」

全員が無事に再会したことを喜んでいる暇はない。『卵』を牽制《けんせい》しているアブラージュが、こちらに対して怒鳴っている。「師匠は絶対大丈夫だ」とベイトが言うので、先に四人である程度この部屋から離れるべきなのだろう。

「……っ、目眩《めまい》。先行して、みんな」

まだシアは立っているだけでやっとのようだ。先に行けと三人に言うが、こんな調子で走れるとは思えない。スカイツはもう一度、彼女を強引に抱えようとし――

「――――!?」

――今から戻るべき道を、『それ』が塞いでいることに、真っ先に気付いた。

(何で――コイツが。あの、『茎』が……!?)

理由は分からない。『卵』は、戦闘になると配下を呼び寄せる習性でもあるのか。

……否、『茎』には斬られた痕がある。恐らくそれは、ベイトの斬撃の痕。つまりこの『茎』は、前のフロアで倒したはずの個体であり、それが蘇《よみがえ》り、再び襲撃してきた。もしくは、この『茎』そのものが、あの『卵』の操る何かで――

いずれにせよ、気付いたのはスカイツだけだ。完全に緩んでいる隙を突かれた。

ああ、やはり自分達はまだまだ甘いのだなと、他人事《ひとごと》のようにスカイツは思う。

それでも身体《からだ》は反射的に動いており、アルを蹴っ飛ばし、シアを突き飛ばし、飛び込むようにしてベイトの前に立ち、《投刃《ダート》》を敵に対して雑に投げた。

敵が果たして誰を狙っているか、全く分からなかった。

ならば――自分を狙わせるしかない。この四人の中で、一番価値が無いのは己である。

だから遅かれ早かれ、この自己犠牲は発生したのだ。後悔は無い。むしろ、どこかでこのような事態を想定していたからこそ迅速に動けたのだと、納得した。

――飛び掛かった『茎』が、大きく口を開き、スカイツの側腹部のほとんどを食い破る。

(あ……やっぱそうか。相手は殺す気だもんなぁ。痛いとかそういうのじゃない、これ)

仰向けに倒れたスカイツは、緑の絨毯《じゅうたん》へと沈む。瞬間、三人の悲鳴と怒号が混ざり合い、『茎』はスカイツの視界の端で細切れになって、爆炎に包まれ消滅した。

それと同時に、アルが泣き叫びながらスカイツの抉《えぐ》れた脇腹を手で押さえている。止《と》めどなく流出するスカイツの命が、ゆっくりと何もかもを血染めにする。

「……、…………‼」

(声が聞こえない。アル、泣いてんな。あ……ベイトとシアもか。シアの泣き顔は貴重だ)

意外と思考はハッキリとしていた。ただ、肉体が一切命令を受け付けないだけだ。

アルが背嚢《はいのう》を引っくり返して、手を尽くそうとしている。無駄だ、と言ってやりたかった。

ベイトが師を呼ぼうと、『卵』の部屋に戻ろうとしていた。やめろ、と言ってやりたかった。

大粒の涙を零《こぼ》しながら、シアがスカイツの手を握っている。すまん、と言ってやりたかった。

だが、もう言葉は出ない。腹の殆《ほとん》どを、持って行かれた。夥《おびただ》しいほどの血が、流れ出た。

（寒気がする……。死ぬって、冷たくなるってことなのかな……）

「……!!　………!!」

シアが何かを伝えようとしているが、スカイツには理解が出来なかった。そのシアを押し退《の》け、遅れて合流したアブラージュがスカイツの顔を覗《のぞ》き込み、グッと息を呑《の》む。

やがて、小さく何かをスカイツに向けて呟《つぶや》く。

その言葉は不思議と、理解が出来た。「頑張ったな」と、言ってくれたのだ。

身体《からだ》が浮き上がる感覚がした。いや、アブラージュがスカイツを抱きかかえた。死に掛けのお荷物など置いていけばいいのに、律儀《りちぎ》なものだった。《昇降者》など、毎日両手で数え切れないくらいの人数が死んでいる。その中の一人に、今日スカイツが入っただけだ。

（……眠い。あー、クソ、最後にみんなの顔は見れたけど……。クアラの……顔だけ……）

彩《いろど》られ、明瞭だったスカイツの視界は、今や下手な水彩画のように淡く崩れている。

聴覚が絶え、視覚が潰れ、嗅覚が終わり、触覚が消える。最後に残った味覚だけ、どういうわけか冴《さ》え渡《わた》る。底の知れない闇の中へ、ゆっくりと沈んでゆくスカイツは、口の中にある妙な甘みを味わい、それが死の味だということを理解して——果てた。

親の顔は覚えていない。茫漠《ぼうばく》とした記憶の中にあるのは、自分を置いて去っていく男女の背中だけだった。男は匹夫だったのか、女は娼婦《しょうふ》だったのか、いずれにせよろくでもない連中であることだけは、幼心に深く刻まれた。

「今日からここで暮らすことになった、スカイツくんだ。皆、仲良くするように」

隣に立つ老爺《ろうや》が、しわがれた声でそう言った。しかし、スカイツと紹介された少年は、ぼんやりとしたまま動こうとしない。

端的に言うならば、彼は心が死んでいた。親からまともに愛されず、与えられるのは餌と呼ばれるような粗雑な食事だけで、他には何もなかった。股から出てきただけの肉塊が、偶然大きく育っただけで、幼少期に形成されるべき大切なものは微塵《みじん》も育っていない。

老爺《ろうや》が溜《た》め息《いき》をついた。その理由は知れない。だが、その溜《た》め息《いき》に反応するように、何名かの子供達がスカイツへと近寄った。

「よっす！　おれベイト！　スカイツだっけ？　よろしくな！」

「ねえねえ！　スカイツはどのへんに住んでたの？　あ、ウチはクアラっていうの！　これからいっしょにガンバってこーね！」

「あ……えっと、ぼくは……アル、です。よろしくお願いします……」

「……………」

　年の頃はスカイツ含めて、全員同じぐらいだろう。それぞれベイト、クアラ、アルと名乗った少年少女達は、畳み掛けるようにしてスカイツを囲む。

　それすらも無表情、無感情で彼は受け止めた。

「丁度いい。スカイツくんはまだここでのルールを何一つ分かっていないから、お前達で教えてあげなさい。彼は……無口だが、喋《しゃべ》れないというわけではないからね」

「はーい！」

　元気良く返事したのは、ベイトとクアラの二人だった。アルは小さく頷《うなず》いている。

　――ここは《塔下街》に点在している、孤児院と呼ばれる施設であり、身寄りのない多くの子供達が暮らしている。老爺《ろうや》はこの孤児院の院長で、ここで一番偉い人間だ。

《塔下街》はその性質上、流れ者が寄り集まる。彼らの交流は刹那的であり、そこには肉体の関係も含まれる。行きずりの女と作った子供が、裏路地に捨てられるなどありふれた話だ。

　その棄児を集めて、再利用する。慈善事業ではなく、何かしらの打算に基づいて、孤児院は運営されている。もっとも、子供達にとっては素知らぬ話だが。

「ここがおフロ！　ウチね、おフロがだいすき！　あとでみんなで入ろうね！」

「あっちは食堂な！　あ、シンイリはおれにおかずを一つよこすこと！」

「だ、ダメだよベイトくん……。そんなことしちゃ……」

「………」

騒がしい連中だと、スカイツは思った。同年代の人間とこうやって触れ合うことなど、今まで一度たりともなかった。脳裏に浮かぶのは、親らしき人間が交わす罵声や怒声、そしてその後に情欲のまま乱れ飛ぶ嬌声《きょうせい》ぐらいだ。

故に、彼らの言葉は、不思議と全く嫌ではなかった。同じ騒がしさでも、その性質が違う。

彼らの瞳には、しっかりと映っているのだ。スカイツという存在が、確かに。

ならば自分は、ここに在っていい。誰かの瞳に、映っているなら。

「………」

そのことにようやく気付いた時、スカイツは自然と涙を流していた。

空虚な彼の心は、あまりにも容量が小さく——たったそれだけで、溢《あふ》れ出《で》てしまうのだった。

「うわっ！　あ、ちょっ、なんでいきなり泣いてんだ⁉」

「べ、ベイトくんがおかずを奪おうとするからだよ……！」

「おれのせいじゃねーって！　あれウソだってば！　お、おれのおかずゼンブやるから！」

いきなり涙したスカイツを見て、ベイトとアルが慌てふためいている。これは迷惑なことであると、スカイツも何となく分かってはいたが、それでも涙は全く止まらない。

その時——不意に、優しく抱き留められた。

「……ひぐっ……うぅ……」

クアラだ。彼女が、スカイツを抱きしめながら、小さい身体《からだ》を震わせ嗚咽《おえつ》を漏らしている。

「なんでおめーまで泣いてんだよ、クアラ！」

「クアラちゃんも、なにかあったの……？」

「ち、ちがう、けど……でも、スカイツを見てたら……ウチ、なきたくなって……。だって、ここのみんな、おんなじだから……。スカイツと、おんなじ……」

これは、スカイツが後から聞いた話になるが——クアラも、ベイトも、アルも、似たような理由でこの施設に居る。親から愛されず、捨てられて、過程は違えどここに流れ着いた。

けれども、そんなことはどうでも良かった。

人間は、柔らかくて温かい。そのことを、スカイツはこの時初めて知ったのだ。

そうして、施設内の誰もが驚くような大声で——彼も、ひたすらに泣いた。

【アー、キミでいいカナ。どうせなら、才能が無いヤツの方がイイ】

「…………？」

【誰でも良《い》いけど誰でもナイ、そしてどこかの誰かである哀れな何カ。ご機嫌いかがカナ？】

「……お……れ……」

【キミは実に運がイイヨ。なんてったって、こちらが選んであげるのダカラ。死という安寧から抜け出したキミは、こちらの手駒となり、クソッタレが打ち込んだあの楔《くさび》を駆ケル】

「な……に……を……」

【マ、その分手駒には手駒として、よく喰《た》べよく奪いよく戦ってもらうケド。これからキミは、間違いなく辛《つら》くて苦しくて逃げ出したくなる目に遭う――が、手駒の感傷とかこちらはどうでもいいので、誰よりも速く果てへと至って欲シイ】

「…………」

【じゃあ、そろそろ始めヨウカ。手駒としての、キミの新たなる物語をネ――】

《第二章　罪のはじまり》

「……きて」

「…………ん」

「起きてってば、スカイツ！」

「うわ！」

ベッドから転がり落ち、スカイツと呼ばれた《昇降者》は、夢の中より引っ張り出された。どのような夢だったのか思い返すことすら出来ず、床へしたたかに打ち付けた頭を寝癖と共に撫《な》で付《つ》けながら、ぶすっとした表情で彼は同居人を睨《にら》み付《つ》ける。

「……朝はもっと丁寧に起こせって言ってるだろ、クアラ」

「だって、スカイツいっつも中々起きないんだもん。文句は受け付けないよ！」

「あれ……」

「どうしたの？　ベッドから落ちて頭打ったの、そんなに痛かった？」

「いや、それも痛いんだけど……。何だっけ……俺、確か……」

頭の中に霞《かすみ》が掛かったように、上手《うま》く最近の出来事を思い出すことが出来ない。自分の名前はスカイツで、新米の《昇降者》で、ギルド《ストラト・スフィア》に所属していて、そこで

《射手《シューター》》としてしょっぱく貢献している。

　その辺りは問題なく思い出せたのだが、では眠る前まで自分が何をしていたのかが、全く記憶に無かった。酒に酔い潰れてしまった時のような、そんな後悔にも似た前後不覚。

「昨日も起こした時に頭打ってたもんねえ。ごめんごめん、次からは気を付けるね！」

「……昨日……」

　その言葉が妙に頭へ響く。打ち付けた痛みとはまた別の、鈍い頭痛がした。

「とにかく、朝ごはんできてるんだから！　顔を洗って、早く来てね！」

「あ、ああ……分かった」

　曖昧に返事をしたスカイツを見て、クアラは一度頷《うなず》き、笑顔を見せて去っていった。

　クアラの笑顔は、いつも通りだ。底抜けに明るく、それでいて皆に気配りが出来て、一通り家事もやってくれることから、《ストラト・スフィア》にとって母親みたいな存在になっている。とはいえスカイツと同い年なので、面と向かって母親扱いすると怒るだろうが。

　ひとまず、朝食を食べよう。そう考えたスカイツは、身支度を整えて、食堂へと降りた。

「おはざーっす」

「遅い。怠惰」

「……すまん、シア」

　食堂に居るのは、相変わらず朝っぱらからクールな顔付きをしたシアだけだった。

いつも通り自分の席に着いたスカイツは、食卓に並んだ朝食を見て、疑問を零《こぼ》す。

「ん……？　おい、何で飯が人数分無いんだ？」

「………」

「まあいいか……って、朝っぱらから睨《にら》むなって。ちゃんと顔は洗ったぞ」

朝食が三人分しか並んでいない。まだクアラが準備中なのかもしれないと思い、ひとまずスカイツは疑問を脇に置いたが、今度はシアが自分の顔をじっと見ていることに気付く。もしや眼脂《がんし》でもくっついているのではと考え、目元を腕で擦る。

「ごめーん、ちょっとフルーツを準備してたら遅くなっちゃった！」

皮を剝《む》いた果物を皿に山盛り載せたクアラが、炊事場から小走りで食卓にやって来る。そのまま卓上に皿を置いて、彼女も指定席に座った。

「それじゃ、スカイツも来たことだし、食べよー！　いただきまーす！」

「いただきます」

「……はあ？　クアラ、お前遂《つい》に数も数えられなくなったのか？」

「え、数ぐらい数えられるもん！　悪口は調味料じゃありません！」

別に悪口を言ったわけではないのだが、クアラはサラダを食べながら怒っている。クアラもシアと並んで早起きだが、もしや寝ぼけているのではないか。

スカイツは朝食に手を付けず、溜《た》め息《いき》混じりに訂正した。

「まだ、おっさん達が起きてないだろ。全員揃《そろ》って飯を食うってのが、俺達のルールだ。腹減ったのは分かるけど、ルールを無視して先に食べるなって」

「…………」

当たり前のことを言ったはずのスカイツを、クアラはきょとんとした顔で見つめている。シアも同様で、朝食こそまだ食べていないものの、スカイツをひたすら注視していた。

非常に居心地が悪い。座学で講師より当てられ、答えられなかった時のような気分。

「な、何だよ。俺は別に間違ったことなんて言ってないだろ」

「……えっと、スカイツ。やっぱりさっき、頭を強く打ちすぎたの？」

「いや、別にそんなことはないけど。そっちこそ、何でそこまで心配するんだ」

「だって――もう全員揃ってるでしょ？」

頭を打ったか、或《ある》いは熱でもあるのではないか。そんな心配そうな顔で、クアラは何気なく言ってのけた。

スカイツにとっては、全く理解が出来ないことを。

「は……あ!?　お前、俺をからかってんのか？　朝イチで言っていい冗談じゃないぞ！」

「冗談を言ってるのはスカイツじゃないの？」

「何がだよ！　アブラのおっさんと、ベイトのバカと、泣き虫アルがまだ来てねえっつってんだよ！　それが冗談ってんなら、さすがに俺も怒るぞ！」

「……それ、誰……？　ウチの知らない、スカイツの新しいお友達……？」

苛立《いらだ》つスカイツに気圧《けお》されながらも、クアラは本気で分からないと言った顔で、そう答えた。

クアラは昔から嘘《うそ》が下手だった。ベイトと並んで明るく、そしてベイトと並んで正直者だったのだ。嘘《うそ》が地味に得意なのはアルで、そもそもシアは口数が少なかったから、発言が嘘《うそ》なのか本当なのか分からないことが多かった。

故に、クアラがスカイツを騙《だま》す為《ため》に、嘘《うそ》を必死でついている——とは、思えない。そもそも、そんな意地の悪い冗談を長く続けるような、悪趣味の持ち主ではない。

だから本当の本当に、彼女はスカイツが何を言っているのかが分からないのだろう。

だが、これで「そうですか」と納得出来るわけがない。本当に分からないのであれば、恐らくクアラは何か頭の病気に罹《かか》ったのだ。ならば、すぐに医者へ診せるべきである。

スカイツは助け舟を求めるように、静観していたシアへと顔を向けた。

「おい、シア！　クアラがおかしくなっちまった！　どうする⁉」

「……理解不能」

「そりゃ俺だってそうだよ！　だから医者に診せないと——」

「違う。理解不能なのは、スカイツ」

「は……？」

「その男性三名の名に、わたしも覚えがない。ただ、無関係な人間をギルドハウスに朝から招くのは、非常識。故に、何かへ罹患《りかん》した可能性があるのは、スカイツ」

冷ややかに、シアが言い放った。いや、元々シアはこういう喋《しゃべ》り方だった。突き放すような物言いに聞こえたのは、スカイツが彼女の言うことを信じたくなかったからだ。

「ま……待てよ。お前まで何言ってんだ、シア……？　何だよお前ら……俺をからかって、泣かしたいのか？　そういうのは……アルにやるべきだろ……？　なあ……？」

「スカイツはそんなに仲良しなの？　その、アルっていう人と……？」

「あ、アルだけじゃねえ！　俺達の周りには、いつも明るくて騒がしいベイトが居ただろ⁉　小うるせえが頼りになる、アブラージュのおっさんは⁉　たまに気持ち悪いけど、死ぬほど優しくて良いヤツなのがアルだったよな⁉　何で知らねえんだよ、お前ら⁉」

「錯乱。クアラ、スカイツの様子が変。休養を提案」

「そう、だね……。スカイツ、お医者さん行く？　一緒についてってあげるから……」

「医者嫌いだったのは、俺じゃなくてベイトだッ‼」

——そうだった、はずだ。叫んだスカイツだが、それを肯定されることはなかった。

二人は自分を騙《だま》していない。付き合いが長い故に、そのことだけは信じられる。しかし、この反応も理解出来ない。

では、おかしくなったのは二人ではなく、スカイツ自身なのか。本当に頭を打って、気が違えたのか。今までの日常は全て、まやかしだったのか。

（違う、違う、違う‼　俺は間違ってない‼　俺は正気だ‼　俺は――）

その時、スカイツに天啓が降って湧いた。言って分からないのであれば、見せればいい。

思い立ち、すぐに席を立ったスカイツが向かったのは、クアラの私室だ。勝手に各自の部屋に入るなというルールだが、そんなもの緊急事態には関係ない。

自分の部屋と違い、小物や人形が多い部屋だったが、スカイツが探したのはクアラの文机《ふづくえ》だ。

「あった……！《焼け付き《メモリア》》……！」

捜し物は、一冊の本だった。中身は、《焼け付き《メモリア》》を収納する為《ため》に、ページごとにスリットが入っている。《焼け付き《メモリア》》保管専用の本――クアラの趣味の一つだ。それをスカイツは引っ摑《つか》んで、食堂へと戻り、机上に叩《たた》き付《つ》けるようにして置いて、開く。

「見ろ！　六人全員が写ってる《焼け付き《メモリア》》だ……！」

二人に見せたかったのは、《ストラト・スフィア》結成当初の《焼け付き《メモリア》》だった。

ギルドハウスの前で、アブラージュがベイトとスカイツの頭を引《ひ》っ摑《つか》んで笑っている。ベイトは満面の笑みで、一方スカイツは不服そうな作り笑い。そのスカイツに寄り添って、控えめに微笑《ほほえ》んでいるアル。クアラは破顔し、シアに抱き付いて一番目立っていた。シアは無表情だったが、どことなく楽しそうに見えるのは、気のせいではないだろう。

スカイツは今でもハッキリと思い出せる。自分達の最初の一歩、その記憶の中身を。

だから自分は、間違っていない。二人も、間違っていないはず――

「なにこれ……。ウチ、こんな《焼け付き》《メモリア》持ってないよ……？　でも、ウチが写ってる……？　え、なんなの、誰なの……？　この、人達……？」

「謎。……偽造《焼け付き》《メモリア》？」

「…………あ、あああああああああああああああああッ‼」

——もう限界だった。これが二人の悪戯《いたずら》ならば、スカイツは絶交を言い渡す。だが、三日でそれを解く。だから悪戯《いたずら》であって欲しい。悪戯《いたずら》なら最後は笑って済むからだ。

そうでないことぐらい、もうスカイツは理解しつつあった。

分からないのは、自分だけが味わっている、記憶を揺るがす疎外感。何が正しく、何が間違っているのか。スカイツはギルドハウスを飛び出して、ただ本能の赴くままに走った。

残った考えは、一つだけ。

目指す先は——《管理組合》《オブザーバー》の、本部。

＊

「ギルドメンバーの照合？　ええ、出来ますよ。そちらで手続きして下さい」

「……分かり、ました……」

《昇降者》を認定する関係上、《管理組合》《オブザーバー》は全てのギルドを書類で把握している。

そこには当然、認定された《昇降者》が登録されている。《ストラト・スフィア》ならば、未資格のクアラを除いた五人が正式に登録されているはずだ。スカイツの望みはそこにあった。

手続きを済ませ、最後に自身の《昇降者》証明証を提示する。

「《ストラト・スフィア》さんは……現在五名の登録がありますね」

「やっぱり……！」

おかしくなっているのは、やはりクアラとシアの記憶の方だ。《焼け付き》《メモリア》を見せても、全く居なくなった三人を認識出来なかったのだから。《焼け付き》《メモリア》もそうだが、書類上でもやはり三人は存在している。最初から居なかったわけではないのだ。

「――それでは、三名の登録を抹消しておきますので。わざわざありがとうございました」

「…………。は？」

「え？」

受付の発言に、スカイツは素っ頓狂な声で反応する。相手も同じような声を出した。

「あの、ギルドの現状を、書類上最新のものに刷新するのでは……？」

「何で……そんなことする必要があるんですか」

「何でって……。この三名の男性の方は、現在まで一切《昇降者》として活動されていませんよね？　証明証発行以降、《ストラト・スフィア》さんで活動されているのは、《構術師》《アリス》の方と貴方様《あなたさま》だけです。《管理組合》《オブザーバー》規約上、届け出なくその活動を一定期間休止した《昇降者》

は、ギルドメンバーより抹消することが義務付けられていますので……」

てっきり、その為《ため》の照合かと——受付はスカイツの気迫に気圧《けお》されたのか、声を小さくしながらもそう述べた。

《昇降者》として活動すれば、嫌でも証明証を出す機会があり、それが巡り巡って《管理組合《オブザーバー》》に伝わる。ギルドハウスも抜き打ち調査が入ることもあるし、《昇降者》が存命かどうかなど、あっさりとバレてしまう。

つまりは——アブラージュ達三人は、現時点を以《も》って、《昇降者》として死亡した。

＊

その後のことは、よく覚えていない。スカイツは無言で《管理組合《オブザーバー》》本部より立ち去り、ギルドハウスへと帰り、二人を無視して、部屋に戻って、そのままベッドへ倒れ込んだ。

（夢だ、こんなの）

アブラージュと、ベイトと、アルが、まるでこの世界から消えてしまったかのように、誰もその存在を認識出来ない。彼らが実際に居たという痕跡はあっても、全く意味が無い。

三人の顔と名前と声と仕草を覚えているのは、スカイツただ一人。

（俺、おかしくなったのかな……。狂ってんのは、俺で……。今までの日々は全部……）

そんなことはありえない。と、もう言い切ることは不可能だった。

己が異常者であるかどうかを決めるのは、自分自身ではなくて、自分以外の他者なのだ。

それで言うならば、今日という日で間違いなく、スカイツは異常者の烙印《らくいん》を押されたことになる。誰も知らない三人の男と、幼少期から過ごした記憶を持つ、並大抵の《昇降者》。

そして誰一人として己の記憶を肯定してくれないという、言い様のない不安。

悪い夢だと己に言い聞かせる。もう一度朝を迎えれば、何事も無かったかのように、クアラが自分を起こして、そして食堂で六人揃《そろ》って朝食を食べ、《塔》へと向かう、そんな毎日が戻ってくる。そう信じることでしか、最早《もはや》スカイツは己の精神を守ることが出来なかった。

【――素敵な一日だったロウ？】

「…………!?」

部屋の扉や窓は閉め切っている。室内に誰かが潜んでいるのかと思い、ベッドから跳ね起きて周囲を見回したが、人の気配は無い。

しかし、ハッキリと声がした。クアラやシアとは全く違う、女声とも男声ともつかない声。

【初日はどうしても疲れるカラネ。戯《たわむ》れにキミの記憶を少し抜いて、好きに歩かせてミタ。疲れも癒えたし、そろそろ本格的に話をしようじゃナイカ。手駒とその使い手として、ネ】

「なんだ……!? 誰だ、おい!? どこに居る!?」

【サァ、返してあげヨウ。キミの思い出、その甘い死の記憶ヲ――】

どくん、とスカイツの心臓が一度大きく跳ねる。

次いで、頭蓋が締め付けられるような酷《ひど》い頭痛に、スカイツは顔を歪《ゆが》めた。

その瞬間、幻視する。アブラージュの安否確認の為《ため》に四人で《塔》へ向かい、一階層のラストフロアでシアが囚《とら》われ、『卵』に遭遇し、アブラージュを助け、シアも助け、そして――『茎』の不意打ちにより致命傷を負って、やがて息絶えた、昨日の光景。

「あ……ああ……！」

どうして忘れていたのか。いや、忘れていたとしても、では今居る自分は何なのか。

スカイツは――死んだ。あの時、間違いなく死んだのだ。

しかし今日、彼は死者ではなく生者として一日を過ごした。

説明がつかない。何もかもに、説明が。

【まずは自己紹介からしておこうカ。こちらのことはイェリコ……とでも呼ぶとイイ】

「お、俺は……、俺は…………どうなっているんだ……!?」

【アー、その辺りも含めて、今から全部説明スル。まず、キミは手駒としてこちらに選ばレタ。選ばれたからには、相応の『力』を与エル。キミに与えたのは、《礎《イシズエ》》の力。早い話が、キミはこの力を持っている限り、あのクソッタレの打った楔《くさび》……アア、キミ達が言うところの

《塔》では、死なナイ。当然、それに発動条件はあるケドネ】

「……いし、ずえ……」

混乱する最中で、スカイツはイェリコと名乗った存在の声が、自分の頭の中に響いていることに気付いた。自分の声を、離れた仲間の誰かに届かせる《技能《スキル》》があると聞いたことがあったが、それに近いものなのだろうか。

【《礎《イシズエ》》の発動条件は大まかに三ツ。一つ、手駒に正式な仲間が居るコト。二つ、その仲間達と《塔》の中に居るコト。三つ、その《塔》内部で、キミが死ぬコト。以上を守れば何度でも、キミは迎えた死を乗り越えて、晴れて次の日からまた《塔》に再挑戦が可能ナンダ！】

「…………」

楽しげに語るイェリコとは対照的に、スカイツはどこか他人事《ひとごと》のようにそれを聞いていた。

全てに理解が追い付かず、これはまだ悪夢の続きではないかと思い始めている。落ち着きを取り戻すにつれて、どういうわけか夢見心地な気分に陥った。

【ただ、これだけだと凡百の力に過ぎナイ。こちらとしては、手駒には誰よりも速く、あの《塔》の果てへと至って欲しいンダ。だから、蘇生《そせい》にとびっきりのオマケを付け加エタ】

――そう。このイェリコは、楽しげなのだ。

それはつまり、己の言葉でスカイツという『手駒』がどのような反応をするのかが、予想出来ているからに他ならない。

【キミが《礎《イシズエ》》の力を使って死を乗り越える度に――キミと一緒に《塔》へ挑んでいた仲間達は、その全員に存在ごと消えてもらうことにシタヨ。だから誰も彼らを思い出せナイ】

「……ッ!?」

コイツは今、何と言った。スカイツは姿なき声の主を、またも血走った目で探す。

【こちらは手駒の傍《そば》に在るが、手駒の傍《そば》には居ナイ。探しても無駄ダヨ。で、説明の続きだケド――別にこれは嫌がらせじゃあナイ。ちゃあんと、特典があるンダ。キミは何と、消えた仲間の《技能《スキル》》とやらを全て引き継いだ上で、再び生きて《塔》に挑めるノサ!】

「お前は、何を……、言っている……?」

【だから正確性を加味した上で、もう一度キミの《理外の力》――《礎《イシズエ》》について表現ショウ！　手駒よ、キミは何度でも死ネル！　そしてその度に、仲間を存在ごと喰《タ》ベル！　やがてキミは誰よりも強くなり、《塔》の果てへ一番に至ル！　ってコトサ！】

無茶苦茶なことを、イェリコが言っている。《理外の力》……《礎《イシズエ》》の力など、スカイツは授かった覚えもない。使った覚えもない。そもそもそんな得体の知れない力、欲《ほっ》してなどいない。だから、これは質の悪い冗談に過ぎない。

「そ、うだ……！　お前の言っていることは、おかしい……！　お前の言うことが事実なら、シアだって消えてしまうはずだ……!!　でも、シアは……!!」

【アア、それネ。きちんと力が発動しなかっただけジャナイ？　力を与えたらこちらも疲れち

やうし、稀《まれ》によくあることサ】

「……んだよ、それ……!!」

【マ〜ダ理解を拒むのカイ？　じゃあ、今日あったことを、ゆっくりと思い出すとイイ】

スカイツの内心を、この声は見透かしているのだろうか。

有り得ないと、何度も強く頭の中で否定するスカイツだったが――じわじわと、布に水が染《し》み込むように、現状と語られた理屈が結び付いていく。

死んだはずのスカイツが、生きている。生きていたはずのアブラージュ達が、誰の記憶からも消えている。それらは全て、《礎《イシズエ》》の力がもたらしたものだとするならば。

「あ……あああ………！　お、おれ……俺の、せいで……みんなが……？」

【こちらは常に、キミのことを見ているカラ。明日から手駒として、頑張ってくれタマエ】

ぷつり、と糸が切れるような音が、頭の中で響いた。イェリコがスカイツから『離れた』音なのだろう。今のスカイツにとっては、どうでもいい音だったが。

――スカイツの胸中に渦巻くのは、圧倒的な罪悪感だった。

イェリコの言葉を、頭から信じたわけではない。明日起きたら、何もかもが元通りになっている可能性だって、捨て切れない。

だが、もし明日になっても、クアラとシアが三人を思い出せないのならば――イェリコの言うことは、あまりにも状況と合致する。

そして合致したら、スカイツは文字通り、仲間を犠牲にして生き残ったことになる。

本来は、あの場でスカイツは死ぬべきだったのだ。シアを助け出し、そして彼女を含む幼《おさな》馴染《なじみ》達を守って、呆気《あっけ》なく人生に幕を下ろしたはずなのだ。別段、あそこで死にたかったわけではない。だが、あの時自分が死ぬことに対して、後悔や不満はなかった。

それを……下りたはずの死の暗幕を、イェリコは無理矢理に引き上げた。

そうしてスカイツは、何食わぬ顔でその生の舞台へ上がり、一日掛けて道化を演じた。

本来生きるはずだった──生きるべきだった、恩師と幼馴染《おさななじみ》二人を、身代わりにして。

己の死すら忘れ、間抜けのように。

「……っ、うぐ、おえぇ」

たまらず、込み上げたものをスカイツはベッドの上にぶち撒《ま》けた。胃が引っくり返ったかのように、何もかもを吐き出した。更に吐きながら、滂沱《ぼうだ》の涙が流れた。ぜえぜえと、吐き終わった後は異音に等しい喘鳴《ぜんめい》が部屋に響き、身体《からだ》が悪寒《おかん》で震え上がった。

アブラージュは自分達を導く、父親にも似た存在だった。それをスカイツは殺した。

ベイトは自分と気の合う、悪友と呼べる存在だった。それをスカイツは殺した。

アルは自分によく懐《なつ》いていた、弟と呼べる存在だった。それをスカイツは殺した。

──そう、殺したのだ。自分が、何故《なぜ》か生きてしまったばかりに。

彼らの未来どころか、今日まで在った一切の過去や尊厳すら喰《く》らい尽くしてしまった。それがどれだけ罪深いことなのか、考えるまでもない。今すぐに、スカイツは断罪されるべきだ。

だが、存在が消えてしまった彼らを殺した罪など、他の誰も裁けないだろう。

ならば、己の罪は――己で償わねば。

ベッド脇に、《投刃》《ダート》の入ったポーチがある。無造作に一本引き抜き、喉元へあてがう。

「……う、うう………」

嗚咽《おえつ》だけが漏れて、言葉は出なかった。ごめんなさいと、一言、謝りたかったのに。

もう、謝ることすら、出来はしない。

それでもスカイツは、右手を思い切り引いて――

「だめぇっ!!」

――いきなり部屋の扉が開き、飛び込んで来た誰かが、スカイツの身体《からだ》を抱き締めた。

いや、誰かなど分かり切っている。クアラだ。身体《からだ》が冷え切り、震えていたスカイツに、彼女の抱擁はあまりにも暖かだった。そのような温《ぬく》もりなど、スカイツには過ぎたものだ。

「スカイツ……」

右手に握った《投刃》《ダート》が、するりと取り上げられる。

視線を逸《そ》らすと、唇を噛《か》み締《し》めたシアが、取り上げた《投刃》《ダート》とスカイツを交互に見ていた。

「クアラ……。シア……。なんで……?」

「スカイツが、ずっと今日おかしかったから！　外から帰ってきたとき、真っ白い顔をしてたから！　ウチもシアも、ずっと心配で！　それでさっき、何だか嫌な予感がしたから、寝る前に一緒に二人でスカイツの様子見ておこうと思って、それで！　それでぇ……っ！」

「没収。この部屋の刃物……自殺に使えるものは、全部預かる」

「あ……ぁ……！」

シアがポーチごと《投刃《ダート》》を回収し、スカイツは未練がましい声を出した。

それがなければ、己を罰することが出来ないではないか。

そんな自罰的なスカイツの未練に、抱き付いたままのクアラがすぐ気付く。

「こんな……！　こんな震えて、冷たくなって、げー吐いて！　なのに、泣きながら死のうとするなんて……おかしいよ！　スカイツ、今日、朝からずっと変だよ！」

「……俺は……」

「話してよ！　お願いだから……！　辛《つら》いことがあったんだよね？　悲しいことがあったんだよね？　ウチ、スカイツのその気持ち、ぜんぜん分かってあげられないから……！　だから、話して……お願い……」

黄金色の瞳が、潤んでいる。潤んだ上で、真《ま》っ直《す》ぐにスカイツを捉えて離さない。

スカイツが泣いているから、クアラも泣いたのだ。彼女は、そういう性格をしている。

誰かが楽しんでいたら、一緒に同じかそれ以上に楽しむ。誰かが笑っていたら、そいつよりもっと笑う。クアラは他人の感情に、誰よりも敏感で——そしてそれは、悲しみについても同様だった。きっと、クアラはスカイツの事情など一欠片《かけら》も分からない。本人も、正直にそう答えている。だが、スカイツが泣いているというだけで、彼女にとっては自分のこと以上に、悲しむべきことだったのだろう。

——無償の優しさ。今のスカイツにとっては、その優しさは何よりも、痛みに等しい。

「……ベイトは……昔っからバカでさ。座学が全くダメで……認定試験は、筆記で落ちるんじゃないかって言われてて……でも、俺達で必死に教えたら、ギリギリいけて……実技は、トップクラスに優秀だったから……《昇降者》になれたんだ……」

「うん……」

だが——痛みを負っても尚《なお》、その優しさに、スカイツは身を委ねたかった。

「アルは……小さい頃からいつも、俺の後ろばかりついてきて……。他の連中からは、女みたいなヤツって、ずっとからかわれて……。でも、アルは絶対に、誰も傷付けなかった……。最初は魔物すら傷付けるのを嫌がるぐらい……優しくて……。俺、それがすごいって……。傷付けなくて済む方法を考えるのとか、アルはいつも思いつくのが得意で……」

「うん……」

それは最早《もはや》、懺悔《ざんげ》であった。声も身体《からだ》も震わせて、スカイツはただ、己が消してしまった大切な者達の過去を、思いつく限り述べていく。

彼を優しく抱き締めたままのクアラは、その一つ一つに相槌《あいづち》を打つ。

「アブラのおっさんが居なかったら……俺やベイトは、《昇降者》になんてなれなかった……。昔さ……俺とベイトとアルの三人で、夜中にこっそり《塔》へ行ったんだ……。《昇降者》になりたくて、憧れてて……それで、弾みでさ……。でも、下手打って、魔物に見付かって……多分、このまま全員死ぬんだって……。そう思った瞬間、魔物を斬り飛ばしたのが……アブラージュのおっさんで……。おっさんは、俺達を怒鳴ってぶん殴って……それで……弟子にしてくれたんだ……。面倒見てやるって……一人前に、なるまで……」

「うん……」

「…………」

いつの間にか、シアもスカイツの隣に椅子を引っぱって腰を下ろし、手を握っていた。

二人分の温《ぬく》もりが、凍《い》て付《つ》きかけたスカイツの心を、ゆっくりと溶かしていく。

スカイツの懺悔《ざんげ》は、空が白みかけるまで、ずっと続いたが——二人は嫌な顔一つせずに、それに付き合ってくれた。

＊

「……落ち着いた？」

「……」

優しく微笑《ほほえ》むクアラの問いに、スカイツは首肯して返す。

正直に言えば、まだ己の中で整理などついていない。いや、つくはずがない。クアラもシアも、今のスカイツが語ったことを欠片《かけら》も理解出来ないだろう。自分ですらよく分かっていないのだから、彼女達に分かるはずもないのだ。

それでも、この二人が居る限り、自死という手段だけは取ってはならないと、そう思えるくらいにはスカイツの心は蘇《よみがえ》っていた。

「あーあー、こんなにシーツも汚しちゃって！　これ洗うの誰だと思ってるの？」

もう大丈夫だと判断したのか、クアラがゆっくりとスカイツから身体《からだ》を離し、汚れたベッドシーツを見て顔をしかめる。少しだけ、離れてゆくのが名残惜しいと思ってしまった。

「……自分で洗うよ」

「だーめ！　落ち着いたけど、スカイツはまだまだ休まなくちゃ！　ほら、今から替えのシーツ持ってくるから、これは回収！　ちょっと待っててね！」

ベッドから色々と剝ぎ取って、クアラは部屋を急いで出て行く。その後ろ姿をぼんやりとスカイツは見送り――未《いま》だに自分の手を握っているシアに気付いた。

「……すまん、シア。迷惑かけた。もう……大丈夫だから」

「分かった。自殺企図については、不問にする。でも、没収の件については無効。わたしとクアラがいいって言うまで、《投刃《ダート》》は返さない」

「……それでいいよ。ああ、あともう手も握らなくていいから……」

「些事《さじ》。気にしなくていい」

「あ、そう……」

そうまでして、スカイツの手を握りたい理由があるのだろうか。他の三人と違って、シアは本当に昔から考えが読めない。だが、決して無感情というわけではない。

あの時――スカイツが死んだ時、シアは今まで見たことない程に、泣いていた。

だから、シアも優しい子であると、スカイツは分かっている。それで充分だろう。

「ありがとう……シア。ごめんな……」

「………人違い。その言葉を掛けるべきは、クアラ。わたしは、対象外」

「そんなことないだろ。俺……」

「指先までの温《ぬく》もりを確認。保温は充分。離す」

あっという間に、シアが握ったスカイツの手を離した。言われてみれば確かに、凍り付いたように冷えていた先程と違い、爪の先まで温まっている。

シアは《投刃《ダート》》用のポーチを両手で抱え、立ち上がり、スカイツに背を向けた。

「今のスカイツに必要なものは、休息と安眠。ゆっくり休んで、元気になって」

「そう……なればいいんだけどな。悪い、約束はあんまり……出来ない」

元気になるという言葉は、どこまでの意味を含むのだろうか。ただ、日々を過ごすことだけは、今後何とかスカイツも出来るかもしれないが――少なくとも《昇降者》としては、もうスカイツは死んだも同然であると、自分自身で感じていた。

故に、シアの言葉へ、消極的な返答しか出来なかった。

背を向けたまま去っていくシア。しかし部屋の扉の前で、足を止める。

「……アブラージュ。ベイト。アル。スカイツの語った、その三人。世界中の誰もが知らない人だったとしても――少なくとも、あなたの中だけでは、きっと生き続ける。どこにも居なくたって、思い出の中で、あなたが死ぬまでは……ずっと」

「シア……？」

「だから生きて。死なないで、スカイツ。それが、わたし達の願い。……おやすみなさい」

スカイツの返事を待つことなく、シアは部屋を出ていった。背中を向けていたから、その表情は全く見えなかった。

数秒後、彼女と入れ替わるようにして、新しいシーツを抱えたクアラが、きょとんとしながら現れる。

「スカイツ……？　シア、どうしちゃったの？」

「何がだ……？」

「え？　あ、ううん。別に思い当たらないのなら、いいの。ほら、どいたどいたぁ！」

スカイツをベッドから追いやって、クアラが手際《てぎわ》良くベッドメイクをする。何やら言いたげな様子だったが、今の弱り切ったスカイツに、彼女を追及することは出来なかった。

「ただ……泣いてたの。あの子が――」

そして、このクアラの呟《つぶや》きも、スカイツの耳には届かない――

＊

――おうスカイツ！　どっちが早く飯食えるか競争しようぜ！

――いいけど……味わって食べないと、クアラが後で怖いぞ。

――スカイツくん……。良《い》い身体《からだ》してるよね……。食べちゃいたい……。

――いきなり身体《からだ》をベタベタ触るのはやめてくれ……。食えねえよ俺は……。

――おう、坊主《ぼうず》。しっかり飯は食えよ。食いたくなくても食え。生き残りたかったらな。

――だからって注文しすぎなんだよおっさんは……。残った分誰が食うんだよ……。

――スカイツー！　新作クッキー作ったの！　食べて食べてー！

――ああ。ってマッズ!!　何だこの味!?　食えたもんじゃねえぞ!?

――スカイツ。今日はわたしが晩ごはんを作る。献立希望、受付中。

――シアが作るのか……。そっかぁ……。じゃあ食べられるものなら何でも……。

食べる。食う。食べない。食べられる。食べたい。食べろ。食べた。食べて。

おまえが喰《く》った

「ああああああああああああああああああああッ!?」

絶叫と共に、スカイツは上半身を起こし、周囲を見回す。何ら変わりない、自分の部屋。

そう、変わりはないのだ。アブラージュも、ベイトも、アルも——どれだけ夜が明けたところで、三人の存在が戻ってくることなど無かった。イエリコの言っていたことは、いよいよ本当のことであると、嫌でもスカイツは理解する。理解した上で——自分が彼らを『喰《く》った』という罪悪感に苛《さいな》まれ、その罪悪感は悪夢となり、最悪の寝覚めを迎える。

「スカイツ!?　大丈夫!?」

扉の向こうから、心配そうなクアラの声がする。

あの夜から数日が経過していたが、スカイツの選択は、二人を拒絶するというものだった。

いや、拒絶という表現は少し違っているだろう。スカイツは今のクアラの問いに、「大丈夫」と返したし、決して二人のことが嫌いになったわけではない。

むしろ、感謝してもしきれない程に、二人にはこれまで以上の恩義を感じている。

だが、それでも、スカイツは部屋に鍵を掛けた。自殺するつもりはないし、そもそもそれに使えそうな道具は本当にシアが没収した。今この部屋にあるのは、ベッドと文机《ふづくえ》だけだ。

「……じゃあ、ご飯、ここに置いておくから。何かあったら、すぐにウチを呼んでね？」

「……ありがとう」

本来は、そんな小間使いじみたことを、クアラにさせてはならないのに。

だが、頭では分かっているつもりでも、実際に二人の顔を見ると、膨らむ罪悪感に押し潰されてしまうのだ。クアラもシアも、アブラージュとベイトとアルのことが大好きだった。

しかし、二人から彼らを奪い去ったのは、他ならぬスカイツだ。クアラとシアが彼らのことを思い出せないからと言っても、それは言い訳にしかならない。奪ったという事実は、スカイツから決して消えない。その罪を抱えたまま、のうのうと彼女達と一緒に過ごすことは、『喰《く》って』しまったあの三人が、絶対に許さないはずだ。

故にこの拒絶は、スカイツにとっての自罰であり——逃避であった。

「………………」

日がな一日、ベッドの上で過ごす。怪我人《けがにん》か病人にでもなったようだ。実際は罪人でしかないのだから、こうやって休むことすら、じくじくと胸を刺すような痛みがある。

それでもスカイツは、極力外の世界を己の中から断った。死ぬつもりはなくとも、そうすればいつか、自分もこの世界から消え去ってしまえるのではないか。

そんな夢想を、半ば本気で抱いている。幼子の抱く、淡雪のような叶《かな》わぬ夢を。

少し時間が経《た》ってから、部屋の扉を開ける。廊下には、クアラの料理がトレイの上に並べられ、寂しそうに置かれている。スカイツは緩慢な動作で部屋にトレイを持ち込み、残さず食べる。食べないということは、作ってくれたクアラに失礼であるし、何よりクアラとシアを余計に心配させてしまう。それは、スカイツの望むことではなかった。

「…………」

日が昇り、傾き、沈む。一日の当たり前の流れだ。誰もがそこに、異議を唱えることなど出来ない。善人悪人構わず、時というものは平等に進んでいく。

そこから取り残されるのは、死者だけだ。死んだ者だけが、この世界から零《こぼ》れ落《お》ちる。イェリコの話では、スカイツは条件を満たせば、その『零《こぼ》れ落《お》ちる』ことから逃れられるらしい。

ただし――大切なものと引き換えに。

それはどこまでも卑怯《ひきょう》な、他者の尊厳を踏みにじる力。

称して、《理外の力》……《礎《イシズエ》》の力だと、あれは言っていた。

（もう……俺が、《塔》に行くことはない。いや、行っちゃダメなんだ）

本当にその《理外の力》をスカイツが手にしているのならば、絶対に《塔》へと行くべきではない。行ってしまえば、力が発動してしまうかもしれないから。

故にこれは、スカイツなりの抵抗だった。イェリコと名乗った、意味の分からない存在に対する、自分なりの抵抗。果たしてこの抵抗に意味があるのかは不明だが、奇妙な力を手に入れたからといって、バカ正直に《塔》へ挑むような狂った人間性など、持ち合わせていない。

それにもしかしたら、起こってしまった事象に対して、スカイツが納得する為《ため》に無理矢理に脳内で生み出した存在が、あのイェリコなのかもしれないと、そんな考えがよぎる。

実際、あの日以降、イェリコはスカイツに語り掛けて来ない。

それはつまり、イェリコなど本当は居ないという証明になるのではないか。

（ははは……。別に、どっちでもいいんだ。三人が、帰ってくるわけじゃない。なら、イェリコなんて居ても居なくても、一緒なんだよ。ただ、俺は、怖いだけだ……。大切な人が、俺のせいで失われてしまうことが……死ぬよりも、怖い）


【――そう否定されると、無性に現れたくなるヨネ】

居ないものだと信じようとしたら、いきなりイェリコがスカイツの『中』に現れた。

「…………」

【オヤ？　驚かないとはネ。出てくるタイミングを誤ったかもしれナイナ】

「……無意味だからな」

【何ガ？】

「……お前の存在そのものがだ。俺は、お前のことなんてどうでもいい。お前が言っていたことの、半分も理解してない。ただ、《塔》に昇れってことだけは、何となく分かった。けど、無駄だ。俺はもう、あそこには行かない。お前の力があろうとなかろうと、絶対に」

【だから無意味だ、ッテ？ ハハ、赤ん坊の抵抗みたいで、可愛《かわい》いモノダ。そりゃ出来れば、力を得た次の日に喜び勇んで《塔》に行くようなバカの方が、手駒として相応《ふさわ》しいケド。キミはどうやら、そうじゃなかったようダカラ。慎重な性格ナノ？】

「何とでも言えよ。《塔》に行けば力が発動するなら、行かない。力なんて嘘《うそ》っぱちで、お前が俺の生み出した妄想の存在だったとしても、もう行く意味なんてない。消えろ」

《昇降者》としてのスカイツは、『茎』から仲間達を庇《かば》った時点で死んだのだ。

今ここに居るスカイツは、云《い》わばその抜け殻が意思を持って何となく動いているだけ。

大切な人達を悲しませたくないから、生きているフリを一生懸命しているだけ。

ただそれだけの、無益で無価値な――無害でありたい存在。

イエリコはスカイツのそんな言葉を聞き届け――哄笑《こうしょう》した。

【ク、クク、ハァーハハハハハ！ いや、手駒だけに、結構手が掛かるネ！ 実に愚カダ！しかし、こちらとしてはその愚かさは嫌いではナイ！ ならば待ツ！ いつマデモ！】

「……好きにしろ」

【分かってナイ！ 分かってナイヨ！ あのクソッタレが作ったアレが、キミ達人間の為《ため》のモノだとデモ⁉ 大いなる勘違いダヨ！ アレに魅入られている時点で、もう人間など絶滅する

までアレから逃れられないノサ！《理外の力》を得た者ならば、尚更《なおさら》ネ！】

「………」

【だから待ツ！　そして予言スル！　手駒、キミは絶対に、あの《塔》に行くヨ！　結局、そうなってしまっているンダ！　その時改めて、こちらはキミを可愛《かわい》がってアゲル！】

何がそこまで楽しいのか、イェリコのことなどスカイツは興味がない。まあ、ますます自分がイカレてしまったのであるなら、この妄想もいい加減にすべきではあるが。

【生きている限り、世界は生き者を逃さナイ――ベッドの上からじゃ分からないカナ？　マア、時が来たらまた来るヨ。それじゃあネ～】

ぶつん。スカイツの中で、やはりまた何かの接続が切れた。

「……クソッタレは、てめぇだろ」

この呟《つぶや》きは果たして、イェリコに届いているのだろうか。

そんなことを考えたが、しかしスカイツはかぶりを振って、ベッドに身体《からだ》を横たえた――

＊

それからまた、数日が経過した。相も変わらず、スカイツは自室に閉じ篭もったままだ。

クアラもシアも、スカイツへの干渉を避けている。それをスカイツが嫌がっていると知っているから、あえてのことだろう。性格的に、クアラはすぐにでもスカイツを外に引っ張り出し、気分転換と称して買い物にでも連れ回すようなタイプだからだ。そうして、「お日様を浴びなきゃ腐っちゃうよ！」と、本気か冗談か分からないようなことを言うに違いない。

スカイツはそこまで幼馴染《おさななじみ》の思考を追い掛け、自嘲気味に鼻で笑った。

「……引っ張り出して欲しいんだろ、本当は。女々しいったらないな……」

元々、毎日顔を合わせていた仲だ。スカイツにとってクアラもシアも、家族に等しい存在である。どれだけ罪悪感に苛《さいな》まれ、一緒に居ることが辛《つら》いと思っても、何日も会わないでいると、二人のことが恋しくなる。要はスカイツの女々しさで、そして単なるわがままだった。

己の醜さを理解しているスカイツは、横たわり目を閉じる。

時間は既に曖昧で、朝も昼も夜もあったものではない。悪夢さえ見なければ、スカイツにとって睡眠は、手放しで受け入れられるただ一つの安らぎに他ならない――

「スカイツ！　スカイツっ‼　起きてるよね⁉」

――クアラが自分を呼ぶ声がする。微睡《まどろ》みかけていたスカイツは、その声ですぐに覚醒した。声色に、焦《あせ》りと不安が混じっている。何かあった――いや、何かがなければ、そもそもクアラは今の自分を呼ぼうとは思わないだろう。すぐにスカイツは返事をする。

「起き、てるよ。何だ？」

「お願い、手伝って！　シアが……」

そこまで聞いた時点で、スカイツは部屋の鍵を外し、扉を開いていた。

「シアが、どうしたんだ？」

「怪我《けが》……してるの。だから、救護室まで一緒に運んで欲しい。ごめんね……」

申し訳なさそうに、目を逸《そ》らしながらクアラが言う。

謝る必要はない――と、言い掛けたが、どの口がそれを吐くのかと思い、スカイツは口ごもった。彼女を謝らせているのは、全てスカイツの在り方に因《よ》るのだから。

「……シアはどこに？」

「まだ、玄関……」

「分かった。じゃあ俺がシアを運ぶから、クアラは救護室で準備していてくれ」

そう言うと、クアラは少し目を見開いた後、スカイツの顔をしっかり見て、そして力強く頷《うなず》いた。スカイツもすぐに、玄関に向かって走る。

（シアが怪我《けが》をしたって……何があったんだ？）

昔からシアは要領がいい。料理以外は何をやらせても大体上手だった。

当然勉強も出来たし、意外と身のこなしも軽い。危機管理能力にも長《た》けており、常に危なっかしいベイトと、それに付き合うスカイツやアルがトラブルに巻き込まれる前に、ひっそりと離脱しては安全地帯からこちらを眺めていた。

だからスカイツにとって、シアは怪我《けが》とは無縁の存在のように思えたし、自ら怪我《けが》をするようなことは絶対にしないはずだった。

「……ッ！　シア！」

玄関先で崩折れ、壁にもたれ掛かり、シアはぐったりと顔を伏せている。頭部を出血しているのか、空色の髪の毛が赤い血で染まり、腕や足からも流血していた。むしろ、よくここまで独歩で戻って来られたものだ。並の人間ならば、痛苦で動けなくなるはずだろう。

「……大丈夫。軽傷、問題……ない」

「なら、問題ないってことを証明する為《ため》に、救護室まで運ぶからな」

辛《かろ》うじて意識はあるのか、シアはスカイツに向けて強がってみせた。

その意地を軽く躱《かわ》して、すぐにスカイツはシアを抱きかかえ、救護室に運ぶ。

自分の服にべっとりと彼女の血が付着したが、全く気にならなかった。

「ここに寝かせてくれたら、後はウチが応急処置するから」

「医者は呼ばなくていいのか？　何なら、今から俺が……」

「……不要。出血箇所が、多いだけ。一つ一つは、大したこと、ない。止血すれば……いい」

「だからってお前、何でこんな――」

「運んでくれてありがと、スカイツ。でもここから先は、シアの服を脱がす必要があるの！　だから男子禁制！　お医者さんが必要かどうかは、その後また言うからね！」

クアラがスカイツを押し出すようにし、救護室から追いやった。応急手当は、五人の中だとクアラが一番得意だった。血がダメなアルや、雑なベイトは全く不得手で、スカイツは程々と言ったところか。なのでここは、クアラの言うことに全て従うべきだろう。

——結局、医者を呼ぶまでの傷ではないとのことだった。本人が言うように、一つ一つの傷は浅く、頭部は少しの怪我《けが》でも多く血が流れてしまうから、重傷に見えただけらしい。

その報告を聞いて、良かったと安堵《あんど》するスカイツだが、自分には安堵《あんど》する資格も無いような気がしたので、その後は黙って部屋に戻ることにした。

＊

シアが怪我《けが》をして、二日が経過した。もうすっかり、スカイツは引き篭もることにも慣れた。今では自分が《昇降者》だったことすら、遠い昔のことのように思える。

朝、コンコンと自分の部屋にノックの音が響く。クアラが朝食を持って来たのだろう。

少し前に起きていたスカイツは、「置いといてくれ」とだけ伝えた。が、聞こえていないのか、コンコンコンコン……と、扉はずっとノックされ続けている。流石《さすが》にもういいだろうと思ったスカイツだったが、ノックは更に激しさを増して、ガンガンとさながら扉を足蹴にするような音に変わっていた。今から襲撃でもされるのではないかという予感すらした。

「わ……分かったよ！　開ければいいんだろ！」

「……来客の応対が下手」

「扉蹴っ飛ばしてたであろうお前がそれ言う？」

長いノックの時点で察していたが、クアラはそんなことをしない。本当にスカイツに出て来て欲しかったら、扉の前で大声を出すからだ。

となれば、あんなチンピラじみた行為に走るのは、当然シアだ。

扉を開くと、彼女はトレイを持ったまま、スカイツを睨《にら》み付《つ》けるようにして待っていた。

「朝食。持って来た。入れて」

「……ここで受け取るよ。わざわざありがとな」

「お邪魔します」

「ああ普通に無視するんだね」

するりと扉の隙間を、小柄なシアが抜けていく。出て行け、とは強く言えないスカイツは、何とも言えない表情を浮かべたまま、ベッドに戻って腰掛けた。

シアは手に持っているトレイを、剣でも突き出すかのようにスカイツへ差し出す。

「作った。食べて」

「……。…………。クアラは？」

「今日は早朝から不在。夕刻には戻る予定。従って、朝昼の餌やりはわたしが担当」

「え？　お前らって俺に飯出すこと餌やりって呼んでんの？　ひどくない？」

「いいから食べて」

「食べるけど今の疑問に答えてくれないと、今後の俺らの関係に響くぞこれは」

「呼んでる」

「速攻で響かせてんじゃねえよ」

スカイツは泣きながら布団《ふとん》に潜りたくなった。部屋から出ない穀潰しなど、既にペット以下の存在なのだろう。そう呼ぶのもやむなしではあるが、悲しみは誤魔化せない。

シアはちょっとスッキリしたとでも言うように、小さく鼻を鳴らして告げる。

「冗談」

「嘘《うそ》だろ……。冗談っていう冗談だろ……」

疑心暗鬼に陥るスカイツだったが、更に気掛かりなのはシアが作った朝食である。

何かこう、全体的に茶色いのだ。パンとかサラダではなく、茶色いものが二皿、トレイの上で存在感を主張している。食べないわけにはいかないが、食べたら後悔するのも必至だった。

「一応訊《き》くが……これなに？」

「朝食」

「種族名じゃなくて――」

「超朝食」

「凄《すご》みを増す意味ある？　ああもういいや、食べるよ。ありがとな」

「どういたしまして」

（コイツやっぱ俺に嫌がらせしてるんじゃないのか……？）

昔からシアは料理だけが出来ない。そこだけボッコリと才能が抜け落ちたのか、とにかく料理全般のセンスがない。焼き魚にフルーツジャムを塗りたくり、美味《おい》しいものが二つで美味さ四倍とか言ってしまうのである。当然、冗談ではなく本気で。

その割に、ベイトやスカイツが正直にクソ不味《まず》いと言うと、へそを曲げて数日間無視される。こと料理という分野において、シアはとにかく面倒臭い性分だった。スカイツはそれを承知した上で、極力己の味覚を殺し、表情筋を強張《こわば》らせ、最大限噛《か》まずに掻《か》っ込んだ。

「おいしい？」

「ウン」

「安堵《あんど》。自分自身の成長を実感」

（結婚するならクアラだな……。しないけど……）

嫌がらせは、多分していない……はずである。

シアとしては、何もかもが本気だったのだろう。なのでスカイツは、自分が大人になったことを痛感しながら、望ましい対応をした。

食事的な何かが終わり、空になった食器をシアが回収する。そのシアの身体《からだ》中には、巻き直したばかりの包帯が目立った。スカイツは気になっていたことを、ふとシア本人に訊《たず》ねた。

「なあ、シア。どうしてそんな怪我《けが》したんだ」

「…………。黙秘する」

「何でだよ」

「スカイツが知ることじゃない。あなたは、無知のままでいい」

「そう言われて、はいそうですねって答えると思うのか、俺が」

「返答如何《いかん》に拘《かかわ》らず、黙秘に変更はない」

「……《塔》での負傷だな」

　この二日間、何も考えなかったわけではない。シアが怪我《けが》をした理由など、少し考えれば限られてくる。スカイツが理解出来なかったのは、それに至るまでの彼女の思考だ。

「俺は、バカでグズだけど……それでも、シアがあそこまで怪我《けが》をするなんて、まずあり得ないことだと思ってる。だから、裏を返せば、お前はあり得ないことをしたんだ」

「…………」

「シア、お前——一人で探索してるのか」

「…………」

　何も答えないシアだったが、僅かに身体《からだ》が動いたことを、スカイツは見逃さなかった。

《構術師《アリス》》であるシアは、《塔》の探索において、基本的には後衛で戦う。構術は発動まで時間が掛かり、その間は全くの無防備となる。前に立つ前衛が敵を引き付け、充分に時間を稼いでくれるからこそ、その性能を最大限発揮する。《構術師《アリス》》が単独で探索するなど、魔物の脅威にわざわざ身を晒《さら》しに行くようなものである。普通では考えられない愚行だ。

「お前は優秀だ。どこか人手不足のギルドに、共同探索の提案ぐらい出来るだろ。何で、そんなわざわざ危ない橋を渡るような真似《まね》をしたんだ。一歩間違えれば、お前——」

「スカイツには、関係ない」

「関係ないわけ——」

言い掛けて、しかし言《い》い淀《よど》む。関係ないわけがないと、そんなことを何故《なぜ》シアに言えるのか。彼女に文句を付ける資格など、スカイツには存在しない。今のスカイツは、それこそ物を盗《と》らぬ《地這い人《ボーガー》》のようなものだ。《塔》へ赴くシアを、ただ見上げるだけ。

「——あなたの休養の邪魔になる。わたしは、これで失礼する」

「……………ああ。悪かった、色々うるさくして」

二人の会話はこれで打ち切られた。スカイツはベッドに横たわる。そして目を閉じる。

今、何かを考えてしまうと、イエリコの哄笑《こうしょう》が頭の中に響くだろうから——

＊

翌日。クアラが朝食を用意してくれた。が、どういうわけか、今日からは朝食と昼食を、朝の時点で一緒に出していくことにするらしい。

扉越しにそれを聞き、曖昧にスカイツは返答した。口を開けているだけのひな鳥……それをもっと醜くしたような男が、今の自分なのだろう。

クアラとシアに何か意見する資格は、やはり一切持ち合わせていない。

充分眠っているはずなのに、それでも惰眠は幾らでも貪れる。人間とは実に愚かな構造をしている。堕落することに、こうも簡単に特化出来てしまうなど。その堕落に対して、全く抗《あらが》えないなど。本当に救えない生き物だ——どうして、まだ生きているのか。

「……ああ……」

最近は、それも曖昧になってきた。どうあっても死ぬべきだと、泣きながら選んだあの日の自分が、全くの他人だったのではないかとすら思える。いや、存外これは、スカイツにとって思惑通りの状況なのかもしれなかった。

赤ん坊よりも、今のスカイツはクアラとシアに甘えている。二人に生きていて欲しいと思われているから、という理由をでっち上げて、堕落の極みにある。

しかし、そうすればいつか、二人はスカイツを見限るのだ。

その時本当の意味で、スカイツには死の権利が与えられる。スカイツは狡猾《こうかつ》にも、その権利が付与されるのを、今か今かと待ち構えているのだろう。とんでもない寄生虫だった。

（そうだ——俺なんて、元々無価値な存在だったんだ）

クアラにもシアにも、幸せになって欲しい。本心からそう願っている。

だが、二人の幸せの邪魔になるのは、間違いなくスカイツ自身なのだ。今のこの状況は、あの二人をただただ疲弊させるだけだ。

毎日スカイツの世話をするクアラと、何故《なぜ》か一人で《塔》を探索するシア。特にシアは危ない。何とかして、他のギルドに入れて貰《もら》えるようにしなければ。

ああ、その時クアラも一緒に引き取って貰《もら》えれば、晴れてスカイツは死の権利を得る。

新たな権利獲得の皮算用を脳裏へ思い浮かべた時、スカイツの腹が鳴った。

いつの間にかもうすっかり日が沈み、夜になっている。時計を見るのも億劫《おっくう》だったので、正確な時刻は分からないが、クアラはとっくに夕食を置いているだろう。

スカイツはドアを開けて、廊下を見た。夕食はない。

……いや、ギルドハウスに明かりすら点《つ》いていない。つまり、今誰も、居ない。

(二人とも出掛けてるのか？　シア……は探索だろうけど。クアラは、買い物……？)

こんな夜まで、買い物に出ることがあるのか。

引っ掛かるものはあったが、スカイツは部屋に戻り、時計を眺める。そして、息を呑《の》んだ。

(おい……もうすぐ、日付が変わるじゃないか。有り得ないだろ、遅すぎる……！)

思わず部屋から出て、二人の名を呼ぶ。虚《むな》しく自分の声が屋内に響いた。

心臓が大きく跳ねる。嫌な予感がした時は、すぐ心臓が反応する。その分、妙に思考が冴《さ》えてしまう。スカイツは、急いでクアラの私室に入った。

またも無断だが、そんな些細《ささい》なことを気にする余裕などない。彼女の文机《ふづくえ》に置いてある手書きの予定表を、スカイツは食い入るように見た。

(ああ……そうだ、やっぱり……!)

昨日、クアラが朝から不在だった理由。本来ならば、スカイツも知っていて当然だった。己を腐らせる日々の中で、愚かにも忘れてしまっていたのだ。

(昨日、認定試験だったのか……!)

《昇降者》として認められる為《ため》に受ける、認定試験。クアラのみが未《いま》だ合格していない。

昨日、クアラはその認定試験を受験し——遂《つい》に合格したのだ。

だから今日早速、シアを伴って《塔》の探索に出ている。シアのみならず、クアラの帰りも遅いのは、それ以外の理由が考えられない。スカイツの推察は、恐らく正しい。

(バカかあいつらは……!　どっちも、後衛だろうが……!)

だから間違っているとすれば、それはそもそも、あの二人で探索に出たということだ。

怪我《けが》がまだ治っておらず、本調子ではないシアと、探索の経験が一切無いクアラ。

よりにもよって、どちらも後衛で、二人を守れる前衛は——自分が喰《く》ってしまった。

初めての探索で、クアラを夜通し連れ回すような真似《まね》を、シアがするはずない。今二人が帰還していないというのは、それはそのまま二人が帰れない状況にあるという証左だ。

率直に言うと——もう手遅れの可能性が、高かった。

「バカか……！　バカか……バカか、俺はッ!!」

スカイツは全力で叫び、自分の頬を仇《かたき》のようにぶん殴った。一気に口の中が血の味で満たされ、しかし唾と一緒に思いっ切り飲み込む。そしてすぐに、探索用の装備に着替えた。

「何が死の権利だ!!　何が無価値だ!!　自分に価値がねえのはとうに知ってんだよ!!　死にてえならその時勝手に死ね!!　けど、そんなもんより……!!」

自分か、それともそれ以外の誰かに向けてか、スカイツは怒声で独りごちる。

着替えたらすぐに、シアの部屋を勝手に開けて、大股で入り込む。己の武器となる《投刃《ダート》》ポーチは、自死を防ぐ為《ため》に彼女が取り上げてしまったからだ。

「あいつらが俺より先に死んじまったら、もうどうしようもねえだろうが……!!」

今のスカイツは、あれの掌《てのひら》の上で踊っている。自分でもその自覚がある。

しかし、最早《もはや》そんなことはどうでもよかった。自分に価値がないのであれば、少なくとも自分より価値のあるものを、命ある限り尊び、守り続ける。

それが、無価値な己に課された、単純な命題であった。

そのことに、あまりにも遅れて気付いたのだ。

失ってしまった大切な者。未《いま》だ失われていない大切な者。

選ぶべきは、今触れられるのは、後者だ。クアラと、シアが、まだ生きているのだ。

（待ってろ、すぐ行く。無事でいろ。魔物が居たら逃げてくれ。俺が行く。そいつを殺すから。絶対に守るから。悪かったから。謝るから、だから……！）

シアの部屋には、自身の《投刃《ダート》》ポーチが無造作に置かれていた。

すぐに装備し、スカイツはふと気付く。

（ベイトの双剣、おっさんの剣、アルの背嚢《はいのう》……）

彼らが、愛用していた品々。三人の存在を静かに証明する、物言わぬ忘れ形見。

それらは装飾品のように丁寧に磨かれた上で、シアの部屋の壁に飾られていた。

どうして三人の武器や道具が彼女の部屋にあるのか、それを考えるのは後回しだ。

――ちゃあんと、特典があるンダ。キミは何と、消えた仲間の《技能《スキル》》とやらを全て引き継いだ上で、再び生きて《塔》に挑めるノサ！――

今はただ、イエリコの言葉が、脳裏をよぎる。

スカイツは無造作にベイトの双剣を摑《つか》み取《と》り、無理矢理腰へと装備した。

冷たいその武器から、不思議と温かさを感じた――気がする。

（ナイフは、持っていた方がいいからな――）

そう自分に言い聞かせ、死んだはずの《昇降者》は、真夜中の《塔下街》へと飛び出す。

その瞳は、これ以上なく生者としての輝きに満ちていた。

＊

「ご、ごめんね、シア……。ウチが、もうちょっと頑張ろうなんて言わなかったら、こんなことになんて、ならなかったのに……」

息を切らせながら、クアラがシアに謝罪する。

先程から、事あるごとに彼女はシアへと謝罪を繰り返していた。

「無関係。責任の所在は、誰にもない。最近、《塔》の内部構造に起きている異変——その異変に、わたし達は偶然巻き込まれただけ。何度も、そう説明したはず」

「でも……もっと早く、エントランスに戻っていれば……」

クアラの初探索は、当然のことながら安全重視で行われた。一階層フロア1の、浅い部分だけを見て回る。そのつもりでシアはクアラと行動していた。だが、一階層ラストフロアで起きている異変——その余波が、最下層であるフロア1にまで及び始めたのである。

石造りであるはずの一階層は、今や全フロアが緑に覆われてしまった。しかも、今日は本来日付変更時にしか発生しない内部構造の変化が、偶発的に発生した。

それに巻き込まれた結果、二人はフロア1の深いところまで迷い込んでしまったのだ。

《塔導師《タワーメート》》が不在であるこの二人にとって、エントランスにまで戻るのは、残念ながら当てずっぽうによる行動しかない。

「今はとにかく、慎重に進んで、他のギルドを探し合流する。余計な思考は、不要」

よって、地図なき迷宮を抜け出すには、地図を持った存在を見付ける他ないだろう。

シアの行動指針と不器用な励ましを受けたクアラは、眉尻を下げて微笑《ほほえ》んだ。

「うん……ありがとう、シア。よし、元気出してかなきゃ！　《昇降者》の基本だもんね！」

「疲弊したら、すぐ報告。わたしが警戒するから、クアラは休息を取って」

「大丈夫だよ。まだまだ歩けるから！　むしろシアこそ、疲れたら言ってね？　ウチ、頑張って見張っちゃうから！」

「……無謀。でも、嬉《うれ》しい」

《塔》の探索は、心が折れた時点で終わりだと言われている。

体力の他にも、気力や精神力など、いわゆる心に関係する力は、絶対に絶やしてはならない。

心が折れて、絶望に飲み込まれた時、《塔》はあらゆる要素を以《も》って、《昇降者》に牙を剝《む》く。

故にシアは、仮に手足が全部折れたとしても、クアラの前で弱音は吐かないと決めていた。

共感力に優れるクアラは、こちらが元気なら元気良く振る舞い、こちらが気落ちすれば、同じく気落ちしてしまう。先にシアの心が折れたら、間もなくクアラも折れてしまうことが、簡単に予想出来た。だからシアは、クアラの前では、さながら熟練の《昇降者》のごとく振る舞っている。それは単なる虚勢ではあったが、今の所有効そうだった。

「それにしても、一階層のフロア1でも、こんなに広くて複雑なんだね。ウチらのギルドハウス何個分の広さなんだろう……」

「異常。本来は、もっと狭くて単純。蔦《つた》や蔓《つる》も生えていない、一番楽なフロア」

「やっぱり《塔》も、怒ったり悲しんだりするのかなあ？　だから異常なのかも」

「……………。クアラの発言の意図を、読解出来ない」

「え？　だって、この《塔》って生きてるでしょ？」

「…………………。新説？」

「説っていうか、ウチの直感？　口での説明は……できません！」

「クアラは鋭いところがある。多分、それで正解のはず」

あくまで建造物の一つでしかない《塔》は、生き物には分類されないはずである。

が、クアラがそう言うのなら、そうなのだろう。あまりそっち方面に、現状思考のリソースをシアは割けなかった。雑談が出来るのなら、まだ互いに余力はあるということだが。

「次はこの未探索の部屋を調査。油断厳禁」

「シア、よく道覚えてるよねぇ……。《塔導師》《タワーメート》にもなれるんじゃ……？」

「無理。燃やすのが一番楽しいから」

「楽しいんだ!?」

つい本音を漏らしてしまったが、クアラ相手ならば良いだろう。そう割り切ったシアは扉に手を掛けて、少しだけ開く。中で魔物が待ち構えているような部屋ではないようだ。

内部の様子を簡単に窺《うかが》った後、すぐに扉を全部開いて、警戒しながら一人先に侵入する。

「クアラ。部屋内の危険度は低い。来て」

「了解！」

この何もないであろう部屋を突っ切ろうと、中央辺りを通り過ぎた時だった。

ガチン、とシアが踏み締めた地面が、一部分だけ他よりも一段押し込まれた。

「な、何の音!? 嫌な感じの音!!」

「……正解。ごめん、クアラ。罠《わな》、踏んだ」

本来、《構術師《アリス》》は探索中に先頭を歩かない。気配には敏感だったシアだが、罠《わな》の感知においてはほぼ経験がなかった。意外にもそれは、前衛のベイトが得意としていた分野である。

もっとも、クアラが先頭を歩いたとしても、同じく罠《わな》を踏んだだろうが。

「ま、魔物の感じがするよ!?」

「魔物喚《よ》びの罠《わな》。今一番……踏みたくないやつ。ちっ……」

シアは舌打ちするが、それで魔物が帰っていくはずもない。

草生《む》した地面を突き破って現れた魔物が、次々と二人を取り囲む。数にして十は超える。

鮮やかな毒々しい花弁を持つ、花型の魔物。茎から繋《つな》がる根が露出しており、それがさながら節足のごとく機能し、自走を可能としているらしい。目や口にあたる器官は見当たらないが、花弁の一枚一枚が刃のように鋭く研がれている。

「この魔物は……？　シア、見たことある？」

「皆無。本来一階層に存在しない種の可能性大」

「た、戦うしかない……よね？　囲まれちゃってるし……」

「……動かないで、クアラ。不動を意識。わたしが全部、燃やし尽くすまでは」

「りょ、了解！」

唯一ありがたいのは、相手が植物型であり、シアの炎と相性が良《い》いことだ。

不運なのは、クアラは戦闘に関する《技能《スキル》》を持っておらず、花型の魔物の情報が一切無く、その上数が一人で捌《さば》くには異様に多く、シアの手袋《グローブ》にある宝石に限界が来ていることだろうか。

長時間の探索により、もうシアが撃てる構術は残り僅かとなっている。

だが、シアは弱音は吐かないと決めていた。撃てる回数に限りがあるのならば、一度の攻撃で複数を燃やし尽くしてしまえばいい。温存は厳禁、今を乗り越えねば、未来はない。

「灰になれ……！」

正確な位置に、適切な威力の構術を撃つには、あまりにも準備時間が足りない。

接近されれば為《な》す術《すべ》がない以上、シアは速度重視で構術を構築し、適当な範囲でぶっ放す。

クアラにさえ飛び火しなければそれでいい。初手の一撃は、実に五体もの魔物を飲み込み、灰へと還《かえ》した。続いて、後方に向けて、見もせずに構術を撃つ。

囲まれているのなら、どこを狙った所で当たるだろう。いちいち振り向いてもいられない。

「シア！　よ、横から来てる！」

「大丈夫……！」

三発目。そろりと接近していた一体を、寄らば燃やす勢いで滅ぼす。

——ぱき。手袋《グローブ》の赤い宝石に、ヒビが入る。否、もうそれは宝石とは呼べず、路傍の石と比べても分からないぐらいに、くすんで輝きを失っていた。

「まだ……！　あと、二回は、もって……！」

「……っ！　シア！　あっちの花が、ふ、膨らんでる！」

「……⁉」

こちらと距離を置いた一体が、クアラの指摘通り膨張していた。魔物が、意味もなく膨らむわけがない。何か行動を起こしたということは、それは全て《昇降者》への攻撃行為となる。

シアは四発目の標的を、迷いなくその膨張した一体に定めた。

迅速な判断により、先に攻撃を当てたのはシアだった。だが——肝心の火力が、足りない。

「あ——」

絶命に至らず、単に焦げ付いた状態で、膨張した一体が何かをシアに向けて噴射した。

それは、花粉を押し固めて、砲弾のようにしたものであった。花粉の砲弾は、シアの右肩を撃ち抜き、爆《は》ぜる。衝撃でシアは吹き飛び、二度三度と地面に転がった。

爆風の如《ごと》く広がった花粉が、倒れたシアに降り注ぐ。

（……っ、右腕が駄目になった……けど……！）

右肩が着弾の衝撃で外れたが、足は動くはずだ。ならばまだ戦える。心は、折れていない。

（!?　……う、ごけ……ない……!?）

しかし、シアの身体《からだ》は、一瞬で痺《しび》れに支配され、あらゆる行動の指令を受け付けなかった。

花粉の砲弾に、追加効果があったらしい。対象の肉体を麻痺《まひ》させる、最悪の効果が。

「シアっ!!」

クアラが急いでシアに駆け寄って、覆《おお》い被《かぶ》さった。戦闘経験が無いクアラは、シアを庇《かば》うことぐらいの考えしか、土壇場《どたんば》で思い付かなかったのだ。

自分を犠牲にしてでも、シアを生き延びさせる。そんな、捨て身の行動。

（ち、がう……。クアラ……。ここは、わたしを、見捨てて……逃走……）

だが、クアラの行動は、死ぬ順番を前後させるだけだ。彼女が先に屠《ほふ》られ、次いでシアが後を追う。その程度の効果しか持たない。故にシアは逃げろと告げたかったが、声は出ない。

「大丈夫、大丈夫だから……！　絶対、守ってあげるから……！」

クアラは震えている。当たり前だろう。じわじわとにじり寄る魔物の群れに、今から無抵抗で嬲《なぶ》られ、殺されるのだ。身体《からだ》の痺《しび》れさえなければ、シアだって震え上がる。

（だめ……。折れたら……だめ……。わたしが、折れたら……）

だが、どうしろというのか。構術はもう撃てず、何より身体《からだ》が一切動かない。

唯一逃したい幼馴染《おさななじみ》は、自分を庇《かば》ってしまった。誰かの助けは望めない。他に《昇降者》の姿は見当たらない。

心は折れるものではない。こんな状況下で、心を強く保つことなど、出来るはずがない。

しゅるりしゅるりと、魔物達の鋭い花弁が回転する。それを以って、対象を切り裂くのか。

死が目前まで迫る。命乞いなど無意味な相手。ただ無力に待つは、二人の少女。

彼女達は示し合わせたわけでもなく、末期の偶然として――同じ男の名を呟《つぶや》いた。

(スカイツ……)

「スカイツ……!」

「――っっっあああ!!

死ぃねえええええええええええええええええええええええああああああああああああッッッ!!!」

――喉が潰れそうな程の絶叫と共に、一対の白刃《はくじん》が煌《きら》めいて、花弁を両断した。

猿叫。裂帛《れっぱく》の気合を叫び声に乗せながら、相手を斬り付ける剣術の一種。

それを、乱入者が意図的に使ったわけではない。手にした双剣を振るった経験がなく、見たことのない魔物が何体も居て、傷付いた幼馴染《おさななじみ》二人が追い詰められているのを確認し、そうしてわけも分からず叫びながら突っ込んで、殺意だけで斬り付けたに過ぎなかった。

——クアラとシアの想《おも》いに応えるようにして現れたのは、スカイツだった。

二人を助けようと、彼は《塔》の中を遮二無二駆け抜け、今こうして追い付いた。

無我夢中ではあったが、しかし偶然や勘に頼ったわけではない。

(俺は……！　《塔導師《タワーメート》》の《技能《スキル》》なんて使えないのに……！)

クアラとシアの元まで、スカイツは導かれたのではない。自分自身で導いたのだ。

そんな芸当、《塔導師《タワーメート》》でもなければ出来ない。

スカイツは《射手《シューター》》だ。二人の居場所など本来は分かるはずなかった。

しかし——今こうして、二人に辿《たど》り着《つ》くことが出来ている。

即《すなわ》ち、己の中に、《塔導師《タワーメート》》だったアルの力が息衝《いきづ》いていることを、彼は痛感した。

(双剣だって俺は上手《うま》く扱えない……！　あいつみたいな動きは、出来ないんだ……！)

魔物達の注意が、一斉にスカイツへと向く。無抵抗な獲物を狙う傍《かたわ》らで、外敵が暴れるという状況を、魔物は良しとしない。

だがスカイツは、魔物の攻撃を全て両手の剣で捌《さば》き、身を翻《ひるがえ》して斬り付け、思い切り振り抜いて斬り飛ばした。《射手《シューター》》では到底有り得ない、前衛として敵を引き付け、攻撃を往《い》なし、その上で真正面から相手を斬り伏せる戦法。

即《すなわ》ち、己の中に、《双剣士《デュアル》》だったベイトの力が息衝《いきづ》いていることを、彼は痛感した。

「邪魔だあああああぁッ!!」

右手の刃で相手の動きを牽制《けんせい》し、左手の刃で一刀両断する。

一体、また一体と、花型の魔物は斬り刻まれ、文字通り花弁と命を散らす。

かつての自分では出来ない動きが出来る。出せないモノを操れる。持ち得ぬ《技能《スキル》》を行使している。自己評価が低いスカイツには分かった。そんなことは有り得ない。

有り得るとするならば、イエリコが語った《理外の力》――《礎《イシズエ》》の力を以《もっ》てして、その《技能《スキル》》の所有者を、スカイツが喰《く》らったということだ。

「す……スカイツ！　向こうの！」

「……！」

事態が全く飲み込めないクアラだったが、目の前で戦っているのは夢でも幻でもなく、部屋に閉じ篭っていたスカイツ本人であることは分かった。

なので、シアを撃ち抜いた個体が再び膨れ上がっていることを、スカイツへ伝える。

(でも、許してくれ……！　二人を守る為《ため》に、お前らの力を借りることを……!!)

脳裏にベイトとアルの姿を浮かべたスカイツは、吐き気がする程の罪悪感を抱きながらも、手近に居た一体を片付ける。残るは、膨張しスカイツを狙う、後方の個体――最後の一体だ。

そのまま走って近付けば、接近前に相手の攻撃が来るだろう。スカイツは左手の細剣だけを

鞘《さや》に納め、その場で大きく一歩踏み出し、剣を持ったままの右手を振り上げる。

膨らんだ個体が何をしてくるのか、スカイツには分からなかったが、される前にしてやろう、と考えたのだ。振りかぶったスカイツが、剣を思い切り投擲《とうてき》する。

「剣士が剣を手放すのは、女を抱く時と死んだ後だけだぜ」――ベイトがいつか、そう偉そうに語っていたことを、ふと思い出す。当然、全てアブラージュからの受け売りだ。

しかし、スカイツは剣士としての矜持《きょうじ》など欠片《かけら》も持っておらず、一方《射手《シューター》》としての癖や考えは、未《いま》だ身体《からだ》と頭に根強く残っている。

即《すなわ》ち――《双剣士《デュアル》》×《射手《シューター》》の、合わせ技。

己の剣を躊躇《ためら》いなく投擲《とうてき》するという奇襲は、見事に最後の一体を貫いた。

それで照準がズレたのか、明後日《あさって》の方向へ花粉の砲弾が放たれる。

続け様にスカイツは《投刃《ダート》》を数本引き抜き投げて、花弁へトドメを刺した。

「はぁ……ッ、はぁ……！」

全ての魔物が、霧状に散っていくことを目視で確認する。息を荒らげながら、スカイツは投げたベイトの剣を拾い上げた。《投刃《ダート》》はほとんど使い捨てに近いので、諦める。

その後出現した《恵み》は無視して、スカイツはクアラとシアの傍《そば》へと寄った。

「……もう、敵は居ないよな……。よし……一応は、これで大丈夫だ……」

「スカイツ……どうして？」

座り込み、シアをぎゅっと抱いているクアラが、顔だけ上げてスカイツを見つめる。

「二人が、心配だった。お前も言いたいことは色々あるだろうけど……先に、シアを頼む」

「あ――うん、そうだね。ごめんね、シア。すぐに治してあげるから」

ゆっくりとシアを地面へ寝かせて、クアラは立ち上がり、腰に差している一振りの杖《つえ》を構える。まだ若く瑞々《みずみず》しい生木を削り出して作ったらしい杖《つえ》は、伸ばした腕ぐらいの長さしかなく、歩く時の補助には短くて使えない。殴打《おうだ》用の武器にしても、細くて頼りないだろう。

クアラは瞳を閉じて、杖《つえ》を天へ捧《ささ》げるように掲げた。

その瞬間、どこからともなく現れた光の雪が、シアの周囲に優しく降り注ぐ。

雪華はシアの身体《からだ》に辿《たど》り着《つ》くと、粒子となって虚空《こくう》へと霧散してゆく。

相変わらず綺麗《きれい》な光景だと、横で眺めるスカイツは素直に感じていた。

《職《ジョブ》・星光雪華《ルミナス》》――構術の中でも、特に治癒という一分野のみに特化し、光の雪華を操ることで術を発動する《技能《スキル》》の持ち主をそう呼ぶ。

治癒関係の《技能《スキル》》は習得が難しく、更に本人の才能や資質に強く影響を受ける為《ため》、探索における需要はあっても、扱える者の絶対数が少ない。一流の《昇降者》よりも、三流の治癒《技能《スキル》》持ちの方が希少価値がある、とすら言われている程だ。

仮にクアラがどこのギルドにも所属して居なかったならば、《星光雪華《ルミナス》》であると公表した時点で、あらゆるギルドが取り合いをするだろう。

「凄《すご》いな。ホント何でお前、今まで試験受からなかったんだ」

「いやあ、知らない人達がじーっと見てると、どうもダメなんだよねぇ。あ、もう終わったからね。シア、どこも痛くない？　まだ足りなさそうなら、もっと治しちゃうから！」

「無問題。痺《しび》れも怪我《けが》も完治。クアラの力量は確か」

シアの右肩と、全身の痺《しび》れは、どちらもほぼ治っていた。

一方で、クアラの杖《つえ》は一部分が枯木のように変化——枯死——してしまっている。

「それじゃあ、戻るか。もうすぐ日付が変わって、内部構造も変わるし——」

「…………」

「…………」

何となく流れでそのまま済ませられそうだった気がしたスカイツだったが、流石《さすが》にそれは都合が良すぎたらしい。

クアラとシアが、穴が開きそうな程に彼をじーっと見つめている。

周囲を警戒し、魔物の気配が無いことだけを確認したスカイツは、唐突に二人へ頭を下げた。

「——ごめん‼　その、俺、二人にめちゃくちゃ迷惑掛けて、何ていうか餌を毎日もらっては、寝るだけの穀潰しで……。いや、それだけじゃなくて、もっとこう色々……」

言葉が全く足りない。謝りたい気持ちは先行しているのだが、それを上手《うま》く伝えられるだけの口を、スカイツは持っていなかった。

こういう時、相手がベイトやアブラージュならば、自分を思いっ切り一発ぶん殴って済ませてくれるだろう。まさか殴られる方がありがたいと思う日が来るとは。この二人はそう暴力的ではないので、望むべくもないが。

クアラとシアは互いに顔を見合わせて、一度だけこくりと頷《うなず》く。

「えっと、顔を上げてね、スカイツ。その……《塔》に来て、大丈夫なの？　今日まで《塔》っていうか……外にすら出たくない感じだったよね？」

「あ、ああ。大丈夫だ。もう、覚悟は決めたから。《昇降者》として、これからは俺も二人と一緒に探索に入るよ。だから俺への餌やりは、今後必要ない。毎日一緒に、食べよう」

「その覚悟が、自暴自棄に類するものなら、スカイツの存在はわたし達に不要」

「自暴自棄でもない……と、思う。俺は、絶対に死にたくないから」

「そうなんだ。でも、うーん……参ったなあ」

悩ましそうな顔をするクアラ。今まで散々引き篭もり、その世話をさせておいて、いきなり復帰すると言っても、虫の良い《い》話である。スカイツは思わず「ごめん」と謝った。

「あ、違うの。ウチとシアで、決めたんだよね。これから一生、スカイツの面倒を二人で見ていこうって。そのためにはやっぱり、ちゃんと稼がないとダメだから、こうして二人で探索をしてたんだけど……。でも、スカイツが一緒に来てくれるのなら、そのウチらの誓いは無駄になっちゃうなー、って」

「他のギルドと共同で探索すると、取り分が減る。非効率的。わたしが一人で探索していたのは、実入りを重視したから。無謀なのは承知の上だった」

「……男の尊厳ってヤツを、今まさに痛感してるよ。ヒモの中のヒモじゃん、俺……」

「相違ないはず。ここ最近のスカイツは、わたしとクアラのヒモ――ヒモヒモ」

「……すみませんでした……」

「でも、意外と可愛《かわい》かったかも。普段よりもスカイツ、素直だったし！」

自分だけの世界に閉じ篭もっていようと、それでも自分以外の誰かは何かを考え、そして動き、ずっと生き続けている。

クアラとシアは、どうもスカイツの面倒を一生見るつもりだったらしい。

それを恥だと思える程には、スカイツには男としてのプライドがあった。

何とか立ち直って良かったと、心から思う。

「っていうかお前ら、ホントすっげえ優しいのな……。俺なんか……」

「ストーップ！　スカイツの悪い癖！　ウチと一緒にいる時は、そういうの言わないで！」

「同意。スカイツはわたし達の家族。家族の面倒を見るのは、当然。スカイツが思っている以上に、わたし達はあなたのことが大事。覚えていて」

（……泣きそう……）

どこまでも真《ま》っ直《す》ぐに、二人は優しい。鼻の頭がツーンと痛むスカイツだったが、何とか我慢した。これ以上二人の前で醜態は晒《さら》したくないし、何より泣いてしまったら、また二人が自分を甘やかす気がしたのだ。スカイツはわざとらしく咳払《せきばら》いをし、気を取り直す。

「と、ともかく、俺が絶対に、二人を守るから。その、言ってなかったけど——俺、《塔導師《タワーメート》》と《双剣士《デュアル》》の真似事《まねごと》が出来るようになったんだ。だから、探知と前衛は任せてくれ。あ……もちろん、前に出て死にたいわけでもないからな。二人が長生きして、それで二人が幸せに死んだら、俺も後を追って死ぬよ」

「す、すっごい長期的な考えをスカイツが持ってる……！」

「老後は安心」

「つっても、あくまで心構えだけど……ダメか？」

「ダメじゃないよ！　これからはみんなで一緒に、頑張ってこ！　楽しみ！」

「安定。実情的に、スカイツが前に出られるのなら。心情的には……嬉《うれ》しい。待ってた」

「クアラ。シア。……ありがとう」

自身が濯《すす》ぎ切れない罪を背負ったことは分かっている。

しかしそれでもスカイツは、残されたこの二人を、己の命ある限り守り続けていたい。

それが、何の因果か生き延びてしまった自分の役目であると、そう思うのだ。

罰は、その役目を終えてから、地獄で受ける。どんな罰でも、甘んじて。

そうすれば、天に居るであろう三人も、きっと自分を許してくれるだろう。

スカイツの言葉で、少し湿っぽい雰囲気になる。すると、クアラは思い付いたかのように、懐《ふところ》から何かを取り出して、突き出すようにしてスカイツへと見せた。

「ほら、見て見て！　これ、ウチの《昇降者》証明証！　どう⁉」

証明証には所有者本人であると分かるように、本人の上半身のみを写した小さい《焼け付き》《メモリア》が一緒に載っている。証明証の中のクアラは、満面の笑みであった。今から誕生日パーティーでもされるかのようである。

「……いい笑顔だよ。ごめんな、言うのが遅れて。合格おめでとう――クアラ」

素直にそう言うと、クアラは少し驚いた顔をしたが、すぐに笑顔になる。

奇《く》しくもそれは、証明証の《焼け付き》《メモリア》と同じ、花が咲くような笑顔だった。

「じゃあ、明日はウチの合格祝いね！　宴《うたげ》じゃ宴《うたげ》じゃ！　やっほーい！」

「外食希望。ヒモでなくなったスカイツの奢《おご》りで」

「て、てめぇ……。いや、喜んで謹んでお受けしますけどもね……」

「やったぁ！　何食べよっかな～？」

互いを受け入れる。互いに受け入れられる。かつてのあり方を、三人は取り戻す。

大切なモノが幾つも欠けてしまったが、それでももう一度、《ストラト・スフィア》はここより始まっていくのだ。

スカイツは、決心と共に、掌《てのひら》の上に矢印を作り出す。

「それじゃあ――帰ろう。俺達の家に」

＊

二人はギルドハウスに帰るや否《いな》や、食事も取らずにフラフラと部屋へ戻っていく。

相当に疲れているのだろう。帰還中も二人はずっと気を張っていたが、今はその必要もない。

ゆっくりと身体《からだ》を休めて欲しいと、スカイツは二人の背中を見守りながら思う。

【――アア、良《い》い話だったナァ。何が良《い》い話なのかって問われると、言葉に詰まるケド】

「…………。来ると思ったよ」

【そりゃあ、《塔》へ行ったら可愛《かわい》がる宣言をしたからネ。だから、まずはありがとう、手駒ヨ。これからも、こちらの為《ため》に一生懸命働いてくれタマエヨ】

イエリコの声が頭の中に響く。結構な声量だと思ったが、この声はクアラとシアには聞こえていないのだろうか。自室に戻りながら、ふとそんなことをスカイツは考える。

これまでのイエリコとの会話に比べると、今回はかなり冷静さを保てていた。

「お前の為《ため》じゃない。クアラとシアの為《ため》だ。勘違いするな」

【ア、ソウ。別にどうでもいいケド。ただ、それはつまり、キミは《礎《イシズエ》》の力を金輪際使う気はない……ってコト？　それはちょっと困るナァ】

「二人と一緒に《塔》へ昇るのなら、二人はずっとその力の範囲内に入るんだろ。でも、俺があそこから逃げ続ければ、探索に出る二人を守れない。だったら、俺は絶対に《塔》で死なない。生き続けて、二人を守り続ける——それだけだ」

【……フゥン。言っておくケド、元々のキミの才能だと、誰よりも速く果てへと至るのは絶対に不可能ダヨ。分かっているダロウ？】

当たり前の話だ。もちろん、頂点へ行きたいという気持ちは、今でもスカイツの中にある。しかし、『行きたい』と『行ける』、というのは別の話だ。スカイツは頂点へは行けない。それを成し得るだけの才能が、恐らくは存在していないから。

「だから、俺があそこへ行くのはお前の為《ため》じゃないって言ってるだろ。俺が頂点に行けないのなら、それは別にいい。そもそも、頂点に行くつもりもないからな」

別に頂点に行かなくとも、三階層を探索出来るぐらいになれば、その内に一生涯遊べるぐらいの金は稼ぐことが出来る。夢は夢として見るだけでいい。

現実を見るのならば、スカイツは充分に金を稼いだ後に、ギルドを解散するつもりだった。

そして、クアラとシアには、彼女達自身《じしん》の平穏な幸せをそれぞれ追い掛けてもらいたい。

それが——それだけが、スカイツの願いだ。

【たまーに居るんダヨネ。《理外の力》を得ても、消極的な手駒ッテ。肝っ玉がナイヨ】

「何とでも言え」

【だからこそ、こちらは手駒を可愛《かわい》がる必要がアル。今ここで誓うヨ。もしキミが、誰よりも速く果てへと至れたのなら――キミが『喰べた』者達を、全員蘇らせることをネ】

「…………は…………？」

イェリコが言った意味を理解するのに、スカイツはたっぷり十秒掛かった。

【都合が良すぎるし、嘘《うそ》だと思いたいカイ？　ならばこれは、一つの報酬だと思ってイイヨ。手駒が手駒として、最高の働きをしたのならば、褒美《ほうび》があって然《しか》るべきダロウ。それにキミは、失った者達のことをずっと気にしているからネ。悪い話じゃあないハズ】

「待て……お前、何でそんなことを……！」

自分の中で、一つの決着を付けたはずだ。しかし、もし本当に、それであの三人が戻ってくるのならば。そうすれば、全てが元通りに――

【何より――この報酬があると分かれば、キミは遠慮無く好きなだけ喰べることが出来ル。そうダロウ？　《礎《イシズエ》》のもたらす罪悪感を、最後は帳消しに出来るのダカラ！】

イェリコのその言葉は、スカイツの心の奥底へ、無情に突き刺さる楔《くさび》となった。

最初に果てへと至れば、『喰べた』者が蘇《よみがえ》る。それは、つまり、どれだけ喰べても――

「やめろッ‼　何、考えたんだよ、俺は……ッ⁉」

【《塔》へと昇る意義が、また一つ増えたカナ？　彼女達の力は便利そうだからネ～】

「だ、まれ……！」

【ウン。今日のところは、そうさせてもらうヨ。それじゃあネ～】

プツン。イエリコが、スカイツから離れていく。それと同時に、スカイツはベッドに倒れ込んで、自分の頭を掻《か》き毟《むし》るように両手で引《ひ》っ摑《つか》んだ。

（嘘《うそ》だ……！　あいつが、俺を騙《だま》しているだけに決まってる……！　惑うな……！　俺が第一に考えるべきは、クアラとシアのことだけだ……！）

何度も己にそう言い聞かせる。イエリコの言葉はまやかしだ。誰かを掌《てのひら》の上で弄びたいだけだ。本当に蘇《よみがえ》るかどうかなど、どこにも保証がない。考えるだけ無意味だ。

それでも――スカイツはこの夜、一睡もすることが出来なかった。

《第三章　生死を分かつ投刃》

――スカイツが引き篭もりから復帰した、その翌日の探索中におけることである。

「おお、何か可愛《かわい》いお花発見！　ねえねえ、これって持って帰ったら売れるかなあ？」

通路脇に咲いている、毒々しい色をした花。その花へ、クアラが無邪気に接近した。

先頭を歩くのはスカイツであり、その後ろをシアとクアラが追うという形で、現在は隊列を組んで探索を行っている。が、クアラはまだ《昇降者》になりたてであり、《塔》にある何もかもが目新しく映ってしまうのだろう。こうして、彼女は隊列を外れることが多々あり――

「お前、それ！　明らかに罠《わな》ァ!!」

「ふぇ？」

――何かしら問題を引き起こすのであった。

慌ててスカイツがクアラの首根っこを掴《つか》んで抱き寄せ、後方へと跳ぶ。一拍遅れて、花は花芯から紫色の煙を噴き出した。スカイツが動かねば、クアラにその煙が直撃し、何かしらの異常を引き起こしていただろう。その後、花はきっちりとシアが燃やした。

「クアラは……平静さが皆無。野兎《のうさぎ》みたいに跳ね回らないで」

「いやあ、ごめんごめん！　次からは気を付けるから、許してねっ！」

「そのセリフを今日で十回は聞いたんだが？　お前三歩歩いたら全部忘れんのか？」

「だってぇ、楽しいんだもん！　三人でこうやって探索するの！」

「忘れてる」

「ンの野郎……！」

三人で、というクアラの言葉にチクリとした痛みを覚えつつも、その笑顔は紛れもない本物である。《昇降者》になれたこと、《塔》を本格的に探索すること、何よりスカイツとシアと一緒に行動すること、それらが本気で嬉《うれ》しくて仕方ないのだ。

何の臆面もなく破顔されると、スカイツに湧いた怒りもどこかにすっ飛ぶ。もし、これをやっているのがクアラではなくスカイツだったら、きっとシアは遠慮無く燃やしてくるだろう。

「おいシア！　このバカにキッツいこと言ってやれ。もうそれでいいから」

「バカじゃないもん！　座学の点数はウチとスカイツあんまり変わんなかったじゃん！」

「……一階層なら、致命的な罠《わな》はない。今の内に、クアラの好奇心を満たしておくべき」

が、相手がクアラだからこそ、シアもそこまで強く出られないらしかった。

「甘やかしてんじゃねえよ！」

「甘やかしてない。むしろわたしが甘やかしたのは昨日までのスカイツ。毎日餌をやり、泣いていたら慰め、どれだけ冷たく対応されても我慢した。さながら赤子の如《ごと》く甘やかした」

「キッッッッツ」

「シアは優しいなあ～」

こうなってしまってはもう、スカイツに威厳などありはしない。口論でシアに勝てるわけもなく、グシャグシャと頭を掻《か》く。今し方、よそのギルドが傍《そば》を通り抜けて行ったが、スカイツ達を見てクスクスと笑っていた。

「……と、ともかく。勝手に動いて、隊列をいきなり乱すな。分かったか？」

「はーい！」

このように何事もなければ、全部笑い話で済ませても構わないのだが――

「シアッ！　タワーラットとゴブリン、そっち行ったぞ！　両方いけるか⁉」

「……っ、構築が間に合わない」

「わ！　わ！」

――こと戦闘面においては、笑ってもいられない。

目の前のゴブリンを斬り付けたスカイツの両脇を、別のゴブリンとタワーラットが駆け抜けていく。注目が完全にスカイツへと向いておらず、後衛の二人に向いているのだ。

慌ててシアに指示するものの、シアは自分に来たゴブリンの刃を何とか避け、構術を放とうと苦心している。一方タワーラットは、クアラを追い掛け回していた。

（俺の経験不足もあるけど……！　単純に手が足りない……‼）

身体《からだ》を旋回させて、スカイツは眼前の外敵の首をすぐに刎《は》ねた。そのまま回転の勢いを利用し、片手の剣をクアラに迫るタワーラットへ投擲《とうてき》する。ラットの胴は見事に貫かれ、続けてスカイツはポーチから抜いた《投刃《ダート》》でトドメを刺した。

それと同時に、シアも自分を狙うゴブリンを焼却する。

「お、終わった……か。怪我《けが》はないか、お前ら？」

「平気。掠《かす》り傷」

「ウチは大丈夫――って、シアもスカイツも怪我《けが》してる！　すぐ治すから！」

軽傷ではあるが、クアラが急いで二人の傷を治す。

淡い光の雪華が自分に降り注ぐ中で、スカイツは思考した。

（今はまだ、何とかなる。でもこの先は、三人じゃ厳しいか……）

かつてはベイトが前に立ち、スカイツとシアとアルが後ろから援護していた。それに、いざとなったらアブラージュも控えている。威力は乏しいがすぐに放てるスカイツの《投刃《ダート》》と、威力はあるが連発が出来ないシアの構術も、上手《うま》い具合に互いを補完していたと言えるだろう。

（アルの背嚢《はいのう》は、クアラが引き継いだ。道具の管理と治癒はクアラがやるけど、アルと違って俺との連携は出来ない。そもそも、俺は前に立つから《射手《シューター》》としてほぼ動けないしな……）

「これでよしっと！　二人とも、痛むところはない？」

「ああ、ありがとう。でも、そろそろ今日の探索は切り上げるか。単純な疲労は治せないし、時間も夕刻だからな」

「賛成。無理は禁物」

二人を守る為《ため》に必要な、考えるべきこととやるべきことは、まだまだ大量にある。

それを一つずつ脳裏に浮かべながら、スカイツは帰還を提案した——

＊

《塔下街》における飲食店は特に、遅く帰還した《昇降者》を相手にする為《ため》、夕刻から早朝までの営業時間を主とする。なので、酒場が数多く並ぶこの通りは、夜でも昼間以上の賑《にぎ》わいを見せている。

探索から帰還後、スカイツ達三人は、その通りを歩いていた。

三人は少し身体《からだ》を休めた上で、昨日の宣言通りスカイツの奢《おご》りでクアラのお祝いをする為《ため》に、店を現在探しているのである。

「いやあ、楽しみだなぁ。探索の後の一杯ってやつ！　昨日はすぐ寝ちゃったもんね！」

「普通はもうちょっと探索後ってくたびれるっていうか、疲れるもんなんだが……」

「今日ずっと、クアラは元気。驚異的体力」

慣れない内の探索は必要以上に気を張る必要があり、初心者は帰還後に体調を崩すことすらある。が、クアラはとんでもなく元気が残っており、全くその気配はない。ある意味では大物——あのベイトすら最初はクタクタだった——かもしれないと、スカイツは思う。

（……ベイト、か）

不意に、イェリコのあの言葉がフラッシュバックする。嘘《うそ》か真かは分からないものの、スカイツにとって一つの救いとなり得るかもしれない甘言。

だが、クアラとシアの顔を見ると、やはり自分の決心は揺るがない。

（切り替えよう。イェリコのことは忘れて、今は――二人のことだけを）

「ねえねえ！　あの店とかどう⁉　最近できたみたい！」

「わたしの情報網によると、あそこは高級店。スカイツの支払能力では怪しい」

「そっかぁ……そうだよね。スカイツのお金だもんね……」

「いや、別に気にしなくていいぞ。今日ぐらい豪遊しても何とかなる」

《投刃《ダート》》は消耗品なので、《射手《シューター》》は探索にランニングコストが掛かる《職《ジョブ》》である。

これもまた《射手《シューター》》の人気がない理由の一つであるが、それだけにスカイツは節制を常に心掛けており、蓄え自体はそこそこあった。

「違う。高価な店だと、わたし達も遠慮してしまい、結果的にスカイツの財布を助けることになる。手頃な店で暴飲暴食、そしてスカイツの財布を空にするのが、わたしの目標」

「鬼なの？　お前」

「じゃあ、あっちの店は？　ほら、全品お値打ち価格って書いてあるよ！　これならシアの言う通り、スカイツの財布をぼっこぼこにできそう！」

「適格——まさしく求めていた店舗」

「絶対お前らが吐くか泣くかまで飲み食いさせてやるからな……」

クアラはともかく、シアはかなり少食な方だ。それでよくスカイツの財布を空にすると言えたものである。が、何であれどんとこい、と今のスカイツは覚悟している。

その為《ため》に、今日はわざわざ全財産を持ってきているのだから。

「……とはいえ歩き回るのも疲れたし、あの店にするか」

＊

「——それじゃあ、ウチの《昇降者》デビューを祝って、かんぱーい！」

「自分で言うのか……乾杯！」

「乾杯」

店内は丁度四人席が空いており、三人はそこへ案内された。そしてさっき宣告した通りクアラとシアが、メニューで目に付いたものを片っ端から注文した。

最初にドリンクが運ばれて来たので、クアラが自分で乾杯の音頭《おんど》を取る。

三人は硝子《ガラス》で出来たジョッキを互いに打ち鳴らし——クアラだけが一気に飲み干した。

「ぷはぁ！　いやあ、探索後のりんごジュースは最高ですなあ！」

「さっき探索後の一杯って言ってたんだし酒飲めよ、お前ら。今日ぐらいはさ」

「酒類は明日の探索に響く。休養日前なら飲酒可能だった」

「そうそう！　明日スカイツが二日酔いで動けなくても、無理矢理《塔》に連れてくんだからね！　自己管理ができないやつは、《昇降者》失格だ～！」

（そいつはアブラのおっさんの口癖だったが……多分、分からないんだろうな）

もっと言うと、そう言いながら酒を浴びるように飲んでいたのがアブラージュである。

――どうやら、残滓《ざんし》のように消えた者の影響は残るらしい。

（シアが三人の武器や道具を持っていたのも、その影響ってことか……）

居なくなっても、彼らが在ったことに変わりはない。それが少しだけ懐《なつ》かしく、悲しい。

だが、決して表情には出すまいと思い、スカイツは麦酒《エール》を思いっ切り飲み下した。

「でも、ウチは安心したなぁ！　シアと二人で、これからどうやって活動するか、ずっと考えてたんだもん！　《ストラト・スフィア》は三人だけの小さい小さいギルドだからねぇ～」

「クアラは《昇降者》になれなかったら、昼間働きに出るつもりだった」

「……俺を養う為《ため》にか？」

スカイツがそう言うと、シアは静かに頷《うなず》きつつ「ヒモヒモ」とだけ呟《つぶや》いた。

一方のクアラは泣《な》き真似《まね》をしながら、よよよ……と語る。

「一時はどうなることかと思ったけど、スカイツが立派になって、お母さん嬉《うれ》しいよ……」

「献身的な餌やりが報われて、第二の母であるわたしも歓喜。子育て上手」

「返す言葉がねえのが悔しい……」

というか、どっちも母だったらしい。シアからは母性的なものを感じないのだが、それを言うと顔面にジュースをぶっかけられそうなので、スカイツは黙っておいた。

明らかに頼み過ぎだったが、次々と料理が運ばれてくる。「残ったら持って帰る」と二人は言ったので、まあそれならいいだろう。

食べ物は無駄にしないのが、《ストラト・スフィア》におけるルールの一つだ。

「……そう言えばさ。今後の探索についてだけど、二人にちょっと相談がある」

「なになに？　あ、お揃《そろ》いの装備品とか？　大手ギルドって、グッズ売ってるらしいよ！」

「財政管理のことならわたしとクアラの役目。スカイツは口出し無用。ヒモヒモ」

「最後に一発ぶん殴って来るのやめろ」

「ふぉれで、ふぉんははなひ？　んー、おいひい！」

チキンを頬張りながら、クアラが幸せそうに目を細めている。

割と真面目な話をこの場で言うのも憚《はばか》られたが、しかしスカイツは切り出す。

「率直に言うと、人員の問題だよ。クアラもさっき言ってたけど、俺達は――……三人しか、居ない。弱小ギルドだ。で、今日の探索でも分かる通り俺が前衛で、二人は後衛だろ？」

「――人手不足。探索、戦闘面含め」

パスタを一本ずつ食べているシアが、スカイツの意を汲《く》んだらしく補足する。もっと一気にいけや、と言いたいスカイツだったが、真面目な話を続けたいので黙って頷《うなず》いておいた。

「えーっ！　この三人で頑張ってくって、昨日誓ったじゃん！」

「……そりゃあ、俺だってそっちのがいいさ。けど現実問題、三人は厳しい。クアラだって、座学でその辺りのことは習っただろ」

「探索は五、六人で行うのが望ましい、だっけ？　なら、ウチはもっと大人数がいいなあ。ほら、友達を百人作って、みんなで一緒に探索に行くの！　そしたら捗《はかど》りそう！」

「不可能。昇降機に弾《はじ》かれる」

パーティーの人数が少ないと、一人に掛かる負担が増える。

ではクアラの言う通り、大人数のパーティーを組んで探索すればどうなるか。

答えとしては、シアが述べた通り、昇降機に弾《はじ》かれる――というものである。

大人数で昇降機を短時間連続で使うと、次のフロアに移動した時、ランダムでそのフロアの各所に一人ずつ飛ばされてしまうのだ。そうなってしまえば、合流の手間が掛かり、そして合流するまでの間に必ず危機に陥る者が出てくる。結果として探索どころではなくなり、従って大人数パーティーというのは非現実的であるとされている。

一度の探索でギルドから出る人数は、多くて六人。それが《昇降者》の鉄則だった。

しかし、その鉄則を守ることすら出来ないのが、《ストラト・スフィア》の現状である。

「最低でもあと一人、特に前衛をギルドに入れたい。もちろん、今すぐってわけじゃないし、しばらくはこの三人でやることになるだろうけど。頭に入れといてくれってことで」

「んー、なら、共同探索はどう？　盟友ギルドとかできたら、なんだか素敵！」

「断固拒否。あらゆる面で非効率的。諍《いさか》いの種になるだけ。新たな人付き合いが面倒」

「お前それ絶対最後のが本音だよな？」

「邪推」

シアが無理に一人で探索していた、本当の理由が見えた気がした。

しかし、スカイツの心情としては、頼れる前衛を一人加入させるのは急務だった。

前衛二人体制だと、後衛に魔物が向く可能性が更に低くなり、二人の安全も更に保障される。

口では追々増やすと言ったものの、可能なら今すぐでも増やしたいのが正直なところだ。

炒《いた》めたナッツをつまみながら、スカイツは自分達の今後を見据える。《昇降者》は数が多いが、ギルドに入らず、一人で自由にやっている者はほぼ居ない。一人で探索するなど、一階層以上の話になれば、《準先駆者《ニアトレイラー》》並の実力が必要になるからだ。

そんな逸材と呼べる者は遅かれ早かれ、どこかのギルドが既に仲間へ迎え入れている。

「次の認定試験が終わったら、新人を誰かスカウトしに行くしかないか……」

『ほう。坊《ぼ》っちゃんはそれまでの間、三人ぽっちで我慢出来やすかい？　どうあっても今すぐ、前衛を一枚増やしたいってえ顔をしてやすぜ』

「まあ、そりゃそうだけど。そんな簡単に俺達みたいな弱小ギルドへ入るヤツなんて、新人を除けばそれこそ余程の変人ぐらいだろうし……」

『そいつぁ都合がいいや。その余程の変人に、あっしは覚えがありやすぜ』

「いや、別に変人を入れたいってわけじゃないけどな」

「す、スカイツ……」

「無意識？」

「なんだよ。二人して変な顔するなって」

クアラがぽろりと、ミートボールを取り落とす。何か変なモノでも見えているのだろうか。まさか自分の顔にソースでも付着しているのか――と思ったスカイツだが、シアが無言で机を指差しているので、そちらに視線を動かす。そこには――

『このナッツの香りに心惹《ひ》かれてやって来てみりゃあ、こりゃイケる。うめえうめえ』

――机の上で、スカイツの頼んだナッツを口いっぱいに頬張っている、生き物が居た。

白と狐色《きつねいろ》のまだら模様の体毛に、つぶらな瞳と伸びた前歯。丸っこい体型は、掌《てのひら》に乗る程の大きさしかない。一見すると可愛《かわい》らしいが、しかし飲食店に居てはならない存在。

「ネッ……ネズミッ⁉」

『そりゃ勘違いってモンだ、坊《ぼ》っちゃん。あっしをネズ公と一緒にしてもらっちゃ困る』

「スカイツ、気付かなかったの？　さっきからずっと、そのネズミさんとお喋《しゃべ》りを……」

「抱腹必至」

「いやどこが面白いんだよ！　ネズミと喋《しゃべ》ってた自分が怖ぇわ！」

確かに、シアやクアラにしては喋《しゃべ》り方や声がおかしかった。思考に没頭していたので、すぐに気付かなかったのだ。何故《なぜ》ならネズミの声は、おっさんのような声だからである。

いや、声の質は最悪どうでもいい。ネズミはそもそも喋らない。なので、これは酔いが回って妙な声が聴こえているに違いなかった。とりあえずスカイツは店員を呼ぼうとする。

「ちょっと水もらって、ついでにネズミ駆除とクレームを……」

「えー、この子可愛《かわい》いよ？　ほら、ナッツお食べ～」

「野菜もある。食べて」

『おお、おお、ここは天国ですかい？　こんな可愛《かわい》らしい嬢ちゃん二人に御酌して貰《もら》えるなんざ、ダンナとの旅じゃ考えられねえや……』

「っていうか、そのネズミの声って……二人も聞こえてるのか？」

「うん。ばっちり！」

「外見に似合わず、声質は中年男性のよう」

「ええ……」

スカイツは多少酔っているが、それ以上にクアラとシアの方が悪酔いしているのではないか。

二人は酒を飲んでいないが、スカイツはそんな気がした。普通、ネズミと会話をするというのは——《塔》の中ならまだしも——外では有り得ないことだ。
ネズミを持《も》て囃《はや》す二人を尻目に、スカイツは店員に向けて手を——

「——待て。騒ぎになる。やめてくれ」


「へ……？」

——スカイツの手首を、いつの間にか誰かが摑《つか》んでいた。

スカイツは机に居たネズミの存在にも気付かなかったが、それはネズミが小さいからだ。

だが、今度は間違いなく大人の男なのに、それでも摑《つか》まれるまで一切気配がしなかった。

更に手首を摑《つか》むその力は強く、直感的に振《ふ》り解《ほど》けないと悟る。

焦《あせ》るスカイツとは対照的に、ネズミが机の上でぴょいんと跳ねた。

『おお、ダンナ！　ここ、席が空いてやすぜ！　今晩は一つ、可愛《かわい》い嬢ちゃん二人と楽しい夕《ゆう》餉《げ》を洒落《しゃれ》込みましょうや！　それに、うめえ話も一つありそうでさあ！』

気分良く語るネズミと真逆で、その男の表情は暗い。寝不足なのか、目の下に隈《くま》がある。

ボサボサの黒髪に、黒い外套《がいとう》で身を包み、顔の下半分を襟巻きで隠すその出《い》で立《た》ちは、《昇降者》に近いものがある。が、あまり同業者のニオイを、スカイツは男から感じなかった。

男はスカイツから手を離し、そのまま同じ手でネズミを上から引《ひ》っ摑《つか》む。それがあまりにも素早く行われたので、最初スカイツはネズミが消滅でもしたのかと思った。

「おれを置いて勝手に動くな。勝手に店へ入るな。他人に迷惑を掛けるな。分かったか」

『ギョエエエ！　ダンナ、ダンナ！　このままじゃあっしが……押しハムに……！』

（ハムじゃないだろお前……）

今にも握り潰さんとばかりに、男は怒気を孕《はら》んだ声でネズミを躾《しつ》けている。

それを見たクアラが、ムッとした顔で立ち上がった。

「あの！　ネズミさんをいじめちゃダメだと思います！　かわいそうです！」

「………」

もしこの男が逆上し、クアラに襲い掛かるのならば、護身用で常に一本持ち歩いている《投刃《ダート》》で、男をすぐ攻撃せねばならない。

そう考え緊張するスカイツだが、男は無言でネズミを握る手を緩めた。存外素直だった。

『ぶはぁ！　助かった……そこの桃色の嬢ちゃんは、天使か何かですかい……？』

「クアラって言います！　よろしくね、ネズミさん！」

『おお、可愛《かわい》らしい名前なこって。そっちの空色の嬢ちゃんは？』

「わたしはシア。よろしく」

（何で名乗る流れになるんだよ）

二人は警戒心が薄いのか、それともネズミが気になるのか、普通に名乗ってしまった。

礼儀とばかりに、ネズミは短い前脚をスッと折り畳んで名乗りを返す。

『あっしはシロハラって言いやす！　見ての通り腹が白いモンでね！　ほれダンナ、あっしのげっ歯類界最強の話術で、美少女二人の心を開いたんだ！　ここは遠慮なんざ捨て置いて、空いているそこの席に座るのが筋じゃないですかい⁉』

「いつも言っているだろう。おれはハクト以外の女に興味は無い」

『まーたそんな童貞臭いコト言いやがって、この超童貞！』

「……殺すぞ……」

男から殺意の波動を感じる。どうもネズミから事実を指摘されたようだ。

それに感じ入るものがあったわけではないが、取《と》り敢《あ》えずスカイツは男の為《ため》に椅子を引く。

このまま一人と一匹を追い返すと、クアラとシアの機嫌を損ねると考えたのだ。

こっそりと空いた手を《投刃《ダート》》へ這《は》わせながら、スカイツが促した。

「ここで会ったのも何かの縁だと思うんで、相席してもいいっすよ。それにほら、ちょっとこいつら、食い切れないぐらい料理頼んでるんすよ。減らすのに協力してくれません？」

「ならば、構わないが――それをいつ、おれに投げるつもりだ」

「…………ッ！」

「え？　スカイツ、何かやってるの？　ダメだよ！　知らない人を怒らせたら！」

「《投刃《ダート》》を握っていると予想。心配性故に」

『坊《ぼ》っちゃん。ダンナには武器を向けねえ方がいいですぜ。……童貞が感染《うつ》っちまう！』

「それは嫌だな……本気で……」

「……。どうやら、色々とこの腐れネズミが迷惑を掛けたようだ。済まなかった」

「あ、いや、こちらこそすいませんした。その、不審者である可能性は拭えないんで」

スカイツと男の両方が、同時に頭を下げる。男は取っ付きにくい外見と硬い喋《しゃべ》り方であったが、非常識というわけではなかった。むしろ常識や礼儀は弁《わきま》えている方らしい。

「いや――お前の判断は正しい。女を守るのは、男の務めだ。ただ、殺気の出し方が拙い。おれは生来、殺気に敏感でな。だからおれのような手合いを討ちたい時は、仕掛ける時だけ武器に手を掛けるようにしろ。武器に触れている、ということ自体を相手に気取られるぞ」

「は、はあ。精進します」

「何の話してるの？　スカイツとこの人……？」

「不明。男子特有」

男本人から、男自身を殺すコツを教えられたスカイツは、曖昧に礼を述べる。

常識人な側面はあるものの、やはりどこかこの男もズレた部分があった。

しかし、困惑するスカイツとは別に、男はどうやらスカイツのことが気に入ったらしい。

「女を守る為《ため》に動いたお前のことは、嫌いではない。同席させてくれないか」

『かたっ苦しいねえ、ダンナは！　座っていいって坊《ぼ》っちゃんが言ってんだから、遠慮なんざしなくていいんでさあ！　酒の席にすぐ遠慮を持ち込むのがまさに童てギュ！』

（懲りないネズミだな……）

シロハラと名乗ったネズミを再び握り締め、男は三人の顔をそれぞれ観察している。

やがて、シロハラを解放し、静かに名乗った。

「……申し遅れたな。おれの名前はクロヤ。お前達が言うところの、《昇降者》だ――」

＊

『――そういうわけで、あっしとダンナは元々流れ者の旅人でさあ。《塔下街》に来て、まだそこまで日が経《た》ってねえ。《昇降者》にゃなったが、この街のことも良く知らねえし、知り合いも居ねえときた。ダンナは見ての通りな性格なんで、仲良くしてやってくだせえ』

「……余計なことを言うな」

「仲良くするのは全然問題ないですよ！　シロハラさんにクロヤさん！」

クアラは了承し、シアは取《と》り敢《あ》えず頷《うなず》くだけに留まる。枯れ木のような見た目をしたクロヤだったが、今も黙々と料理を食べ続けているので、胃袋の容量はスカイツよりも上らしい。

「クロヤさんは何で《昇降者》になったんすか？」

「呼び捨てで構わん。スカイツと言ったか。お前はこのギルドの頭目なのだろう。ならば得体の知れないおれに、そうまでして謙る必要はない」

先程、スカイツも自己紹介で《ストラト・スフィア》というギルド所属の《昇降者》であることを、クロヤとシロハラに伝えた。本来、《ストラト・スフィア》のリーダーはアブラージュだが、彼が消えた今は便宜上かつ対外的に、スカイツがリーダーということになっている。

「……じゃあ、クロヤ。何で《塔》に昇るんだ？　差し支えなければ、教えてくれ」

《昇降者》同士で当《あ》たり障《さわ》りのない会話をする時、最初にこの話題が出ることは多い。

スカイツもご多分に漏れず、クロヤへその話題を振った。

「あの《塔》の中で、万病に効くとされる薬の材料が採れると聞いた。それが欲しい」

「その手の話は聞いたことあるけど……詳しくは知らないな。眉唾ものかもしれないぞ？」

「真偽など、己の目で見るまでは分からん」

「そりゃ確かに。でも、他にも目的ってあるだろ？　ほら、金儲《かねもう》けとかさ」

「…………」

スカイツの問いに、クロヤは何も答えない。言うべきことは最早《もはや》存在しないとでも言わんばかりだった。クアラが小首を傾《かし》げる。

「……あれ？　ってことは、以上ですか？」

「無骨。富や名声に無関心？」

「そんなものに興味は無い。それさえ手に入れれば、おれはこの街を去るつもりだ」

《昇降者》が《塔》を昇る理由は様々だが、クロヤはその中でも富や名声ではなく、一つの目的の為《ため》だけに動いているらしい。単純な行動原理は、ある意味では珍しい部類であった。

『おいおいダンナ。大切な部分を抜かしてますぜ？』

「…………」

『んじゃ、あっしが代わりに言いやすが、正確にゃダンナの連れが大病を患《わずら》っちまって。何とかそれを治す方法はないかと手を尽くした結果、あの《塔》に辿《たど》り着《つ》いたってわけでさあ。ま、市場にゃ出回らない希少な素材らしく、上の階層の方まで自力で採りに行く必要がありやすがね。目的はシンプルでも、あっしらは長期間腰据えて取り組む覚悟ですぜ』

「あ、あの！　それってもしかして……！」

「期待」

「な、何だよお前ら。目をキラキラさせて」

思ったよりもクアラとシアの食い付《つ》きが良い《い》。今のシロハラの補足に、果たしてどう感じ入る部分があったのだろうか。シロハラが前歯を露出させて笑う。

『流石《さすが》、思春期の嬢ちゃん達は勘が鋭いや。そう！　ダンナは愛する女の為《ため》に動いているッ！』

「やっぱり！　クロヤさんは恋人のために、自分が傷付くことすら構わず、ただひたすら《塔》に昇り続けるんですね！　その姿は儚《はかな》くも美しい……まさに愛の奴隷！」

「物語のよう。昔、その類の本をよく読んだ。女の子の憧れ」

「クアラとシアだったか。スカイツ、お前の女はどうも、夢見がちのようだな」

「そうみたいだけど……って、俺の女じゃないって。それに、別に間違っちゃいないんだろ？　こういうの、俺もカッコいいと思うよ」

「……。おれはそう思わんが。ただ、そいつを助けたいだけだ。外聞など知らん」

照れているのか、殊更ぶっきらぼうにクロヤが言う。

大病を患《わずら》ったのはクロヤの大切な女性で、そして彼女を救う為《ため》だけに、クロヤは《塔下街》までやって来た。理由が愛に根差すのであれば、行動原理が単純なのも頷《うなず》ける。この男にとって重要なのはそれだけであり、それ以外の事象については毛ほども興味が無いのだろう。

機は熟したと見たのか、シロハラがナッツを齧《かじ》りつつまたも跳ねる。

『そこでだ！　ダンナ、こっから先が重要なんですぜ！　どうも、坊《ぼ》っちゃん達は頼れる前衛を欲しがってるらしい！　ならダンナはまさに、打って付けじゃありやせんか？』

「ネズミ……最初からそれが目的か。余計なことをするなと言ったはずだ」

『いえ、最初はナッツを食いたかっただけでさあ。まあそれはともかく、いい加減ダンナも一人で動くのはやめて、協力者を募りましょうや！　そろそろ無理があるってもんだ！』

「クロヤ。まさかお前、今までずっと一人で探索してたのか？」

「……ああ。一人旅のまま、この街に来たからな。ネズミはともかく」

「そっかぁ。この街に知り合いはいないって、さっきシロハラさんが言ってましたもんね」

「経験談。一人探索は危険。気が休まらない」

シアは単純に人付き合いと実入りの関係で、危険を顧みず一人で探索に出ていた。

クロヤの場合、前者はともかく、後者の実入りをあまり気にしないように見える。

シロハラが言っていた変人とは、つまりクロヤのことなのだろう。その力量は不明だが、少なくとも気配察知と握力については常人離れしたものがあった。

一応、唾を付けるぐらいは――とスカイツは思ったが、既にクロヤは首を横へ振っていた。

「悪いが、もう遅い。ネズミが勝手にうろついている間、ギルド創成の申請を出した。おれとネズミで一つのギルドだ。故に今後、他のギルドへおれを売り込むのはやめろ」

『ダンナ！　何でまたそんな勝手な……』

「っていうかシロハラって《昇降者》なのか……!?」

「《管理組合《オブザーバー》》って意外となんでもありなんだね～」

「人語を操るネズミ。聞いたことない。珍種・《昇降鼠《しょうこうそ》》」

認定試験さえ突破すれば、《昇降者》としては認められる。動物を使った《技能《スキル》》を持つ《職《ジョブ》》は存在するので、別に人間のみ《昇降者》になれる、というわけではない。

まあ、ネズミが認められたという例は、恐らく史上初だろうが。

ざわつく三人を横目に、外套《がいとう》の中からクロヤが一枚の依頼票を取り出す。

「あまり、おれには時間が無い。今はまだ、そいつの容態は安定しているが、それもいつまで保つか分からん。だから、すぐにでも上に昇る必要がある。……見てみろ」

「これは――」

その依頼票は、《管理組合《オブザーバー》》が直接発令したものだった。『一階層における異変の大元。その元凶と思われる魔物の討伐依頼』……依頼票にはそう書かれている。

スカイツの頭に、あの茨で出来た『卵』の姿が想起された。

「現在、一階層のラストフロアは、《管理組合《オブザーバー》》によって探索が制限されている。その異変とやらが解決しないと、先に進むことすら出来ん。となれば、こちらからその異変の元凶を打倒し、進む他あるまい。従って――他の連中と足並みを揃《そろ》えている暇は無い」

『無茶ですぜ、ダンナ！　あんたは強いが、だが出来ないことも多い！　一人でその異変とやらの元凶をぶっ飛ばすってのか？　バカも休み休み言わねえと、本当にただのバカだ！』

「シロハラに一理ある。現在、一階層は異常事態。沈静化するまで待つのが得策」

「しばらくしたら、おっきいギルドが問題を解決してくれるかもですけど……」

「どうだろうな。大手のギルドは、一階層にほぼ行かなくなるから。無関心が多いぞ？」

今の異変も、待っていればいつか誰かが解決するだろう。

しかし、クロヤにとってその『いつか』とは、救いたい者が苦しんでいる期間が延びると同義である。その間、何もせず待っていることなど、この男には出来ないらしい。さっさと上に行きたい以上、日和見主義な数多くの《昇降者》など、仲間にする価値が無いのだった。

「この依頼はギルド所属者しか受けられない。だから作った。他人など当てにならん」

「おいおい……本当に一人でやるつもりなのか？　お前の強さは知らないけど、無茶だろ」

あの『卵』は、並大抵の実力では勝てない。少なくとも、スカイツでは無理である。

アブラージュにそう言われたことを思い出しながら、それとなくクロヤを引き留める。

スカイツとしては、《ストラト・スフィア》がこの異変に一枚嚙《か》むことは有り得ない。依頼票に記された報酬額は魅力的だったが、その為《ため》だけにクアラとシアを危険に晒《さら》すなど論外である。

これは『卵』のことを知っているからこその判断だ。どうせ、浅いフロアを探索していれば、その間に他のギルドが解決するだろう――まさにスカイツは日和見主義だった。

「無茶だろうが無謀だろうが、足を止めることは出来ん。ネズミがおれを売り込んだのかもしれないが、この通りおれは先を急いでいる。お前は――そうではないだろう」

「……ああ。その依頼は、俺達にはまだ早すぎるから」

クロヤは、スカイツがクアラとシアのことだけを考えている部分を、何となく見抜いているのかもしれない。依頼票を外套《がいとう》の裡《うち》にしまい、ゆっくりとクロヤが席を立った。

「少しばかりだが、話せて楽しかった。おれはもう行く。金はここに――」

『ダンナぁ……。何でそうあんたは頑固なんだ……』

「ま、待ってください！」

シロハラを強引に摑《つか》み、クロヤが金を置いて去ろうとした時だった。同じくクアラも立ち上がり、彼らを呼び止めたのである。スカイツとシアが、ぎょっとした顔でクアラを見た。

「ウチら《ストラト・スフィア》は、クロヤさんをお手伝いしますっ!!」

「お、おい、クアラ。お前何勝手に……」

「独断。ここはクロヤを黙って見送る場面」

「だって、危ないよ！　一人で探索するなんて！　それに、ウチらみたいな普通の《昇降者》と違って、クロヤさんは大事な目的があるから……そのクロヤさんの恋人を助けるために、何とかして力になりたいの。事情を聞いたからには、黙ってられないもん！」

『おお、おお、やっぱクアラの嬢ちゃんは天使の生まれ変わりでさあ……』

「……善意は受け取る。だが――」

（クアラの気持ちも、分からなくはない。けど、ここは退くべきだ。絶対に――）

スカイツが改めてクアラを制しようとした瞬間――スカイツの全身は唐突に硬直し、一切の身動きが取れなくなった。いや、それどころか、視界全てが灰色に変色し、今まで耳に届いていた店内の喧騒《けんそう》も、仲間達の声も、その全てが失われている。

【――ヤァ、悪いネ。楽しいお食事中だったノニ】

「お前……！　イエリコ……！」

【ちょっと言いたいことが出来たから、キミ以外の存在の時を止めたヨ】

無音の世界で響くイエリコの声。やはり、この状況を作り出した元凶だった。時を止めたと言うのは事実らしく、クアラもシアもクロヤもシロハラも、静止したまま動いていない。

つまり、今ここに存在しているのは、スカイツとイエリコのみということである。

スカイツは、唯一自由に動く口で、憎々しげに言葉を紡《つむ》いだ。

「このクソ野郎……！　何が、目的だ……？」

【率直に言うと、この外套《がいとう》の男に協力しろってコト。マア、狙いは男ではなく、男の持つ依頼票とやらの中身なんだケド。説明しておくと、《塔》に起こる異変って、要はクソッタレが気分で課したイベントなんだヨネ。出来るなら各自の手駒に乗り越えさせろ、って意味合いノネ】

「ふざけるな……！　何でてめぇに協力する必要がある……！」

【マアそう言うヨネ。でも、イベントを最初にクリアさせた方が、こちらとしても有利にナル。キミには関係ない話だケド。あ、報酬は別個で用意スルヨ。その異変、最初にキミが攻略したのなら、キミの仲間にだけ、キミが『喰った』者達の記憶を一部戻すヨ】

「…………!?」

【あくまで一部だから、蘇《よみがえ》るのは思い出ノミ。要は――死んだ連中の思い出話を、仲間と再び花咲かせてみないカ？　ってことダヨ】

それは、甘美な誘いであった。本当であれ嘘《うそ》であれ、クアラとシアにアブラージュ達の記憶が甦《よみがえ》れば、スカイツは真の意味で孤独ではなくなる。

どれだけ二人に救われようと、スカイツは心のどこかで孤独を感じていた。

誰もが知らないあの三人の存在を、その思い出を、彼女達と再び共有出来るのならば――

「お、お前が……！　それを守るとも、出来るとも思えない！　まやかしだ……!!」

【それではこちらをご覧くださサ～イ】

がくん、とスカイツはその場に崩れ落ちそうになる。

完全に硬直していた身体《からだ》が、急に動き出したのだ。同時に、世界に色と喧騒《けんそう》が戻る。

「スカイツ！　スカイツ！　ウチの話聞いてる？」

「え？　あ、いや、すまん。聞いてなかった……と、思う」

未《いま》だ、状況はクアラがクロヤを呼び止めた時のままだ。しかしクアラは、どうやらスカイツに何かを言ったらしい。覚えがないので、スカイツは曖昧に謝った。

「もーっ！　おじさんが言ってたでしょ！　困っているギルドがいたら、なるべく助けて恩を売れ、って！　おじさんはもういないけど、その教えを守れるのは、残ったウチら三人だけなんだから！　今こそ恩を売るために、困ってるクロヤさんを助けないと！」

「な……⁉　お前、今、なんて……？」

「ベイトもアルくんもいなくて、男手一つだから、ウチらが心配なのは分かるよ？　でも――」

「クアラ――――」

【ハイ終了～】

再び世界から色が抜けて、肉体が凍り付く。

だがスカイツの脳内は、クアラの反応だけが乱反射していた。

おじさん、ベイト、アルくん――彼女が用いていた、あの三人の呼び名。

【今のはいわゆる、お試し期間ってヤツ。ネ？　疑いようが無くなったんじゃヤナイ？】

「……ッ、…………、………………ッッ‼」

【アア、当然キミとした全ての約束は、絶対に守るヨ。それも、ルールだからネ】

話したい。クアラとシアと、もう一度、アブラージュの話がしたい。ベイトの話がしたい。

アルの話がしたい。

そして、彼らを『喰《く》った』自分の罪を、知って欲しい。

自分を糾弾し、断罪する相手が彼女達ならば、願ったり叶《かな》ったりだ。

スカイツは、そんな欲望に支配され、やがて世界はまた色付いてゆく――

＊

「それじゃあ、明日からよろしくお願いします！　クロヤさん、シロハラさん！」

『いやあ、こちらこそよろしく頼みますさぁ！　《ストラト・スフィア》の御三方！』

「クロヤに再度確認。あの条件を、本当に飲んでくれるのかを」

「依頼達成の報酬を、全額お前達に譲るという件か。ああ、何ら問題はない」

「……了承。なら、明日からは一蓮托生《いちれんたくしょう》。よろしく」

　結果として、《ストラト・スフィア》はクロヤとシロハラのギルド《無銘》と共同で、一階層の異変――その元凶となる魔物の討伐を決めた。クロヤは最後まで渋っていたが、クアラが《星光雪華《ルミナス》》であることを公表した結果、それが決め手となって協力を了解した。

　また、今後なるべく迅速に依頼を果たす予定だが、互いの連携を深めるために、ある程度は準備期間として共同探索を繰り返す。明日はその初日となる。これにもクロヤは難色を示したものの、最終的には口数の多いクアラとシロハラに丸め込まれた。

　シロハラがクロヤの頭上から、三人に短い前脚を振っている。クアラとシアがそれに手を振り返し、やがて雑踏の中に一人と一匹は消えていった。

　なお、《無銘》はギルドハウスを借りておらず、安宿に連泊しているとのことである。

「──でも、スカイツが意外に素直で助かったなぁ。ウチはてっきり、絶対にクロヤさん達に協力しないって言うと思ってたもん！」

「わたしも反対ではあった。ただ、あの報酬額は魅力的。それに、クロヤは恐らく強い。しかも金銭への執着心が皆無。協力関係を築けば、今後も有益と思う。利用価値大」

「………」

ギルドハウスまでの道のりを、三人で歩いて帰る。道すがら、クアラが嬉《うれ》しそうに話していた。クロヤの事情に心を打たれ、そしてそれに協力出来ることが嬉《うれ》しいのだろう。シアもシアで、打算的な考えが見え隠れする。一歩引いて、スカイツは二人を眺めていた。

翻意し、彼女達を焚《た》き付《つ》けて、クロヤに協力をするよう働き掛けたのは、スカイツだ。

何てことはない。スカイツはあの誘惑に負け──そして今、そのことを後悔している。

（軽率だった。俺は、なんてことを……。危険過ぎる……今からでも、やっぱり……）

自分の欲望を押し殺し、クアラの主張も上から潰して、それでクロヤと別れることが、最善策ではなかったのか。どうして自ら異変に飛び込む必要がある。

そんなことをすれば、みすみす二人を危険に晒《さら》すだけではないか。

「スカイツ！　スカイツってば！」

「え……」

「ギルドハウスに着いたよ？　鍵開けて！」

ずっと考えながら歩いていたら、いつの間にかギルドハウスに辿《たど》り着《つ》いていた。

スカイツは扉の鍵を言われるがままに開け、そして自室に向けて歩き出そうとし――唐突に足を止め、二人の方を振り向いた。

「……クアラ。シア。ごめん、ちょっと話がある」

「知ってるよ。ウチとシアが心配だから、やっぱり協力するのはやめよー、でしょ？」

「あ……分かる、のか？」

「顔色。スカイツ、クロヤ達と喋《しゃべ》っている途中から、おかしかった。前と同様。身体《からだ》ではなく、スカイツの心が、とても弱っている時の色」

確かに考え込んでいるのは事実だが、まさか顔色に出ていたとは。それに、楽しく二人で喋《しゃべ》っているように見えて、しっかりと彼女達はスカイツのことを見ていた。

自分の考えまであっさり見抜かれ、しかしスカイツは開き直るように語気を強める。

「なら、話は早い。ダメだ、どうしても。クロヤ達には協力出来ない。危険だ」

「……どうして？　あの時、スカイツも乗り気だったでしょ？」

「それは――気の迷いだよ」

「なら、今のそれも気の迷いじゃない？　今は顔色が悪いけど、クロヤさんに協力するって言った時のスカイツの表情、なんだかとっても嬉《うれ》しそうだったよ。宝物を見付けた時みたいな……」

その通りだ。まさに宝が見付かるのだ。思い出という宝が、二人に再び宿るというのは、スカイツにとって何にも代え難《がた》い甘美な誘惑になる。

「……最初は、嬉《うれ》しかったのかもしれない。だけど、結局、それも俺のわがままで……」

「何を選んでも、それはスカイツのわがまま。わたし達を危険から遠ざけたいのも、スカイツのわがまま。協力をしたいというのも、あなたのわがまま。どちらも同じ」

「だったら、俺は二人がより安全な方を選ぶよ。危ないことなんて、しなくていい。クロヤとシロハラには、明日俺から謝っておくから――」

「……もおおおおおおおおおおおっ!! シア！ スカイツの足持って！ あの作戦！」

「合点承知」

「は!? おい、なんだよ!? やめろって！」

何かを爆発させるかのように、クアラが大声を出して、そしてすぐさまスカイツの背後に回った。そのままシアと協力し、スカイツをぐいっと持ち上げて運び出す。想像よりもクアラの力が強い――毎日の家事で鍛えられていたのだろうか。

どこに連れて行かれるのかと思ったら、クアラはスカイツの部屋に突入し、「せーの」という掛け声でスカイツをベッドにぶん投げた。

「うおあ！ な、え、は……ぶえ!?」

ベッドに転がされた直後、そこへ飛び掛かるようにして、クアラがスカイツを思いっ切り抱き締めた。柔らかい彼女の胸元に、スカイツの顔が押し付けられる。自分とは全く違う、何だか甘い匂いがした。昔からよく知っている、クアラの匂いだ。

とはいえ、クアラといきなりベッド上でもつれあう予定など、スカイツには一切ない。

彼女から距離を取ろうとしたが、その時背中側にも何やら温かい感触がした。当然のことながら、シアである。いつの間にか背後に回り、スカイツに密着している。意味が分からなかったが、状況だけ整理すれば、スカイツは幼馴染《おさななじみ》二人から挟み込まれている。

「スカイツは！　ウチとシアのこと！　好きすぎ！」

「重い愛を痛感」

「……ぶは！　い、意味の分からんことを、何でこんな形で言うんだ……⁉」

少しだけクアラが力を緩めたので、喋《しゃべ》れるくらいには顔を胸から離す。

それでも身動きすると、どちらかの身体《からだ》がスカイツの身体《からだ》に触れた。

「意味は分かるよね。ウチとシアのこと、好きじゃないの？」

「……………。好きすぎではないけど、好きに決まってるだろ。だから、俺は……」

「その先の思考が、辛苦の根源」

「シアと二人で決めてたの。もし、またスカイツが辛《つら》そうだったら——添い寝作戦を発動して、一晩中スカイツを慰めてあげよう、って！」

「成功の約束された秘策。逃走は不可」

「……なにそれ……」

二人はいつも、スカイツに秘密で色々と決めている。この状況も、二人で練っていた作戦だと聞いて、スカイツは全身から力が抜ける思いだった。

しかし、彼女達の優しさこそ、スカイツが甘え続けてしまう理由だ。

ならば、と思ったスカイツだったが、それに先んじてクアラがぽつぽつと言葉を紡《つむ》ぎ始める。

「《昇降者》が危険なことくらい、ウチもシアも知ってる。養成所でイヤってほど習ったし。でも、知った上で、それを目指したから。夢……だったもん。子供の頃から。スカイツはこれからも、ずーっとウチとシアが危ない目に遭わないように、気を付けていくの？」

「……そうだよ。それが、俺の……」

「ありがとね、スカイツ。とっても嬉《うれ》しい。でも、その気持ちって、ウチも同じなの。ううん、シアだって同じ。みんながみんな、みんなのことを考えてる」

「スカイツの持つ漠然とした不安は、こちらも一緒。わたしは、クアラもスカイツも、傷付いて欲しくない。ずっと生きていて欲しい。心から、そう思う」

「だったら――その『みんな』で無理する必要は、ますますないだろ」

「あるよ。てっぺんに行きたいんでしょ、スカイツ」

クアラが言い切った。彼女の夢は、みんなの夢が叶《かな》うこと。では、スカイツの夢は――

「それは、あくまで目標っていうか、夢は夢だからこそ……」

「じゃあ、嘘《うそ》ついたの？　ウチとシアに」

「……嘘《うそ》じゃない。行きたいさ、頂点には。誰も見たことないものを、この目で見てみたい」

『みんな』で——と、スカイツは付け加えようとしたが、それは伏せた。

「そうそう、夢には素直じゃなきゃ！　そのためにも、ウチは《星光雪華《ルミナス》》として、みんなを絶対に死なせないように頑張る。どんな怪我《けが》も、《塔》を出るまでには治すから！」

「わたしも、あらゆる魔物を焼き払えるようになる。絶対燃やせない魔物でも、燃やす」

「だからね。スカイツは、ウチとシアを絶対に守れるように、もっと強くなって。みんながみんなのことを想《おも》えば、どんな時も怖くないし、危なくないよ。スカイツが助けに来てくれたあの時、ウチはそう思ったんだ」

二人を守るということは、二人を危険から遠ざけ続けることなのだろうか。

それを考えた時、少し違うのではないかと、スカイツはクアラの言葉を得てから思い至った。

どれだけスカイツが言った所で、二人は勝手に前へ進み続けるだろう。ならばその時、本当にスカイツがなすべきことは、その『力』を以《もっ》て二人を襲う危機を打ち払うことだ。

二人が逃げたいと思うならば殿を務め、進みたいと思うのならば先陣を切ることだ。

その代わり、スカイツが負った傷はクアラが癒《いや》し、スカイツでは倒せない敵はシアが燃やし尽くしてくれる。そうやって、お互いに足りない部分を補い合う。

そしてそれこそが——本当に二人を守るということに繋《つな》がっていく。

「……クアラ。シア。ごめん。やる前から逃げてちゃ、二人も嫌だよな。俺、お前らのことを考えてるようで、多分何も考えられてなかった」

「イヤだよ。でも、許してあげる！　今日はみんなで一緒に寝て、みんなの温かさを感じること！　そうしたら、もっともっと頑張れるよ！」

「その理屈はよく分からないが……まあ、いいか。もし俺が危ないと思ったら、引っ張ってでもお前らを連れて逃げるから。クロヤとシロハラも、それに文句は言わないだろうし」

「構わない。スカイツは、リーダーの適性がある。わたし達は、あなたの判断と指示に従う」

「じゃあ、明日のこともあるし、もう寝なくちゃ！　おやすみ！」

「いや俺風呂《ふろ》とか入りたいんだけど……」

「朝風呂《あさぶろ》。それに、昔はみんなで、固まってよく寝ていた。懐《なつ》かしい」

「あー……確かに、そうだな。ただ、くっつきすぎだけどね、お前ら……」

そこまで自分を甘やかさなくても、もう大丈夫だ――とは、言わなかった。

勇気と無謀、慎重と臆病、それらをスカイツは履き違えていたのだろう。

多少の無謀は勇気に置き換え、必要以上の慎重さは臆病と相違ない。

無理も無茶もせず、それでいて大胆に――アブラージュの言葉を、今また思い出す。

スカイツは目を閉じる。今のシアには分からないだろうが、昔は五人でよく眠っていた。

今は三人だが、この温《ぬく》もりを、スカイツは絶対に忘れないように心へ刻んだ。

二人を守る。自分も死なない。それでいて、前に進み続ける。少しでも夢の方を目指して、その為《ため》に強くなる。いつか立ち止まる時が来たとしても、その時は必ず両隣に、二人が居る。

ならば、これからやらなければならないことは、見えていた。

（……おっさん。多分、次は、あんたの力を借りることになるよ……）

こうして、夜はゆっくりと更《ふ》けていく。寄り添う三人の熱が、絶えることはない。

なお、自分の背にしがみついて動きを完全に停止したシアと、寝相が悪いクアラの拳により、スカイツは結局ほとんど眠ることが出来なかった――

＊

「それじゃあ《ストラト・スフィア》と《無銘》の初探索！　頑張ってこー！」

「おー」

「お、おう……」

「…………」

『はっは、クアラの嬢ちゃんが居なかったら、雰囲気が冬景色なパーティーでさぁ』

クロヤの頭上で、シロハラが呑気《のんき》にそう評した。クアラは気にせずニコニコとしている。

一方でスカイツは寝不足を隠せず、大きく欠伸《あくび》を一つしながら、エントランスの大階段を昇っていく。今日は両ギルドの相互理解を図る為《ため》の探索なので、多少寝不足でも問題はないだろう。クアラとシアが充分に睡眠を取っているのは、納得いかないが。

そうして始まった一階層フロア1の探索中、四人と一匹は簡単な情報の確認を行う。

「そちらの《職《ジョブ》》と大体の《技能《スキル》》は事前に聞いている。今日はおれ達が見せる番だな」

『スカイツの坊《ぼ》っちゃんが色々器用で、クアラの嬢ちゃんが《星光雪華《ルミナス》》、シアの嬢ちゃんが《構術師《アリス》》って言ってやしたな。となりゃあ、ダンナはまさに適材適所ってわけだ』

「クロヤさんは前衛なんですよね？　でも、えーっと……見た目が、軽いっていうか」

「丸腰。そして空手」

「宿に全部忘れてきたとかじゃないだろうな……？」

《昇降者》は軽装で行動するが、それでも最低限の防具は身に着けている。

また、各々《おのおの》の《技能《スキル》》に関係した武器を必ず携行する。しかし、クロヤは外套《がいとう》の下に何も防具を装備しておらず、更に武器の類も一切所持していない。前衛とのことらしいが、これでは前に出ても魔物の餌になるようなものだろう。スカイツは怪訝《けげん》そうな顔をクロヤに向けた。

「違う。が、実際に見た方が早い。魔物が現れたら、三人は手を出さなくてもいい」

「おい、本気か？　いくら何でもそれは――」

『ダンナ！　あっしのヒゲに震えありだ！　魔物が来やすぜ！』

「分かっている」

緑で覆われた床と壁から、ゴブリンと花弁型の魔物の群れが現れた。流石《さすが》に一人でこの数は厳しいと思い、スカイツはクロヤの言うことを無視して、双剣に手を掛ける。

が、スカイツが抜剣するよりも素早く、クロヤはゴブリンを獣のように襲撃し――

「え、えええええっ⁉　クロヤさん、素手だよ⁉」

「……衝撃」

「っつーか……真正面からゴブリンの首絞めてんぞ、おい。信じらんねえ……」

――己の腕力だけで、絞めたゴブリンの首を真逆にへし折る。更に、拳が振るわれるや否《いな》や、残ったゴブリンの顔面は陥没し、花弁に至っては引き千切れるようにして散っていく。

一度見ただけで分かる。圧倒的なその速度と膂力《りょりょく》は、並大抵のものではないことが。

『どうでえ、見事なモンだろう？　あれがダンナの戦い方だ。野蛮なことこの上ねえや』

「あ、シロハラさん！」

いつの間にか移動したらしく、クアラの頭の上にシロハラが寝そべっている。

クロヤがあの程度の魔物に後れは取らないと、戦う前から分かり切っていたらしい。

本来、何かしらの武器や術で戦う《昇降者》の中で、唯一素手のみで戦う存在が、最近《管理組合《オブザーバー》》によって特殊な《職《ジョブ》》として正式に認定された。それは手甲や手袋《グローブ》、帷子《かたびら》などの武具を一切装着せず、ひたすらに己の肉体と拳だけで、並み居る魔物を撃滅する。

《職《ジョブ》・無謀ノ拳《ラッシュ》》と命名されたその《職《ジョブ》》の《技能《スキル》》は、現在《塔下街》において、クロヤだけが持っている特例中の特例——まさに異能であった。

『ありゃあまさに、変人そのものだと思いやしやせんか、御三方？』

「変人っつーか……常識外れにも程があるぞ。どうなってんだ、あれ……？」

「豪力、俊敏、精確——全てにおいて高水準。やはり相当に強い。クロヤは」

「おれ一人でやるぞー、ってクロヤさんが言っちゃうの、ちょっと分かったかもだよ……」

『だが——頼れるぜ、ダンナは。こいつは嬉《うれ》しい誤算じゃねえのかい？　リーダーさんよ』

シロハラがクアラの桃色の髪の毛を、手で数本握ってぷらぷらと揺らし、遊んでいる。

が、その言葉は主人であるクロヤへの信頼に満ちており、実際にスカイツも、クロヤが前衛として自分より遥《はる》かに強力であることを、たった一度の戦闘で悟った。

十数秒後、現れた魔物を殲滅《せんめつ》したクロヤが、息一つ切らさずに戻ってくる。

「片付いた。《恵み》とやらは要らん。やる」

「い、いいんですか？　これ全部、クロヤさんが頑張った証《あかし》なのに……」

「気前が良《い》いのは余裕の証拠。遠慮なくもらおう、クアラ」

「おれは最低限の路銀さえ稼げれば、後は全てお前達の取り分で構わない。先に述べたように、薬の素材以外は他に何も要らん。その代わり、後に響く怪我《けが》は避けたい——条件通り、おれが負傷したら回復は頼む、クアラ」

「それはもう、任せてくださいっ！」

「何でこんな怪物が、今までどこのギルドにもスカウトされなかったんだ……？」

『決まってらぁ。げっ歯類界最強の話術を持ったあっしとは対象的に、ダンナの話術は人間界最低ときたもんだ。そりゃもう他人と喋《しゃべ》らないの関わらないの何のって。正直、御三方がダンナと上手《うま》いことやれそうってのは、あっし的には夢に出るくらいの衝撃ですぜ』

「茶化すな、ネズミ」

茶化したのではなく、事実でしかないのだが、クロヤはぶっきらぼうにそう言った。

息一つ乱さず、あれだけの魔物をあっさり撃退するのは、《準先駆者《ニアトレイラー》》並の実力があると言っても過言ではない。スカイツの中で、何かの光明が見えた気がした。

「っつーか単純に疑問なんだけど、素手で魔物殴って拳とか痛めたりしないのか？」

「硬い魔物とか、トゲトゲの魔物が現れたら、どうするんですか？　逃げちゃいます？」

「敵に背は向けけん。相手が硬ければ衝撃を徹《とお》し、棘《とげ》があれば触れずに打つ。それだけだ」

「どれだけだよ……」

「でも、確かにその通りかも！　敵が飛んだら叩《たた》き落《お》とし、地面に潜ったら引っ張り出す！」

それが簡単に出来れば苦労はしない。が、クアラの言葉に対し、無謀な男は頷《うなず》いた。

一方シアは、その規格外の男に付き従うネズミの方が気になったらしい。

「……シロハラも《昇降鼠《しょうこうそ》》。クロヤと違った《技能《スキル》》があるはず」

『おっと、あっしの話ですかい？　残念ながら、見ての通りあっしは愛されボディなもんで、戦闘は苦手でさぁ。もっぱら、ダンナの補助が役割と言っていいですぜ』

「補助……分かった！　つまり、クロヤさんの心を癒やすんだね！　愛されぼでぃで！」

「このネズミで癒やされた経験などありはしない」

「即否定」

「じゃあ何でお前ら組んでるんだ……」

人語を解する動物は多いが、解した上で操る動物は非常に珍しい。

それだけでもシロハラには一定の価値がありそうだが、クロヤはそこに価値を見出《みいだ》していない。動物が喋《しゃべ》って喜ぶのは、クアラのような性格をした者だけだろう。

シロハラはクアラの頭上から主人の頭上に飛び移り、ヒゲをピクピクと動かした。

『ダンナ。恐らく昇降機はあっちの方角ですぜ。ついでに、またも魔物の気配だ。御三方も、奴《やっ》らの襲撃に備えてくだせぇ』

「《塔導師《タワーメート》》――のようなもの。昇降機と敵の、探知」

「スカイツのとはちょっと違うんだね～」

「アル……いや、俺の《技能《スキル》》で敵の探知は出来ない。魔物が来るかどうかは、感覚で掴《つか》む感じだな。だからシロハラのそれは、俺の感覚よりもかなり鋭いみたいだ」

双剣を引き抜きながら、スカイツはシロハラを分析する。

恐らくあれは、動物的な直感で様々な探知をしているのだろう。クロヤが単独で《塔》を探索可能なのは、シロハラが《塔導師《タワーメート》》の役割を兼ねているからだ。

内部で迷う心配が無く、魔物の襲撃も予想可能なら、安全性は上がるだろう。

「ネズミを見ている場合か。魔物が現れた——おれは前に出るぞ、スカイツ」

「ああ、分かった。俺も出る。後れは取らないようにするから、遠慮なく暴れてくれ」

そう告げると、こくりと一度頷《うなず》いたクロヤは、またも獣じみた速度で敵へと向かう。

自分も負けてはいられないと、スカイツもその後を追った。現れたのはタワーラットとあの『茎』の群れだ。クロヤと二人で前に出れば、まず負けないだろう。

『ふっ……あっしをただの探知動物と思っちゃいけねえや。クアラの嬢ちゃん！　ここまでの間に、種や木の実を拾っていたろう？　そいつをあっしにくれねえかい？』

「ウチは道具係だから、拾える《恵み》は拾ってるけど……お腹空《なか》いたの、シロハラさん？」

再びクアラの頭上に移動していたシロハラが、ぺしぺしと頭を叩《たた》いている。

クアラは道中に拾った種や木の実を背嚢《はいのう》から取り出し、自分の頭の上に一個ずつ置いた。

『これが《眩《くら》み種》で、これは《紅唐の実《べにとう》》、こっちは《虚痛の殻《きよつう》》で《癒油種《ゆゆ》》！　あっしらと喋《しゃべ》りながら歩いて、よくもまあ目敏《めざと》く集めたもんだ！　ダンナに見習わせてえや！』

「えへへ。でも、食用に向くのは《癒油種《ゆゆ》》くらいで、他は食べられないと思うなあ」

『ハッハ、げっ歯類界最強の胃袋を持つあっしなら問題ねえさ。《眩《くら》み種》をいただきやす！』

「クアラ、シロハラ。戦闘中。よそ見厳禁」

構術を構築しているシアが、敵の方を見ながらもクアラの隣に並ぶ。前方ではスカイツとクロヤが、タワーラットと『茎』の群れを相手に奮闘していた。注目は二人が完全に集めているものの、不意打ちが来ないとも限らない。シアは眉根を少し寄せている。

「ご、ごめんね、シア。でもシロハラさんが、お腹《なか》空いたって言うんだもん」

「戦闘後、休憩を提案する。それまで我慢」

『まあまあ、そうシアの嬢ちゃんも怒りなさんなって。今からあっしの本領を発揮するから、嬢ちゃん達には……アーッ、キタキタキタ、キクキクキク……チュチュチュチュチュ!!』

《眩《くら》み種》を飲み下したシロハラが、クアラの頭上でガクガクと震えながら涎《よだれ》を垂らし、白目を剝《む》いて甲高い声を出す。完全にキマっている。何があったというのか。

「狂獣」

「し、シロハラさん!?　どうしちゃったの!?　子供が聞いたら泣いちゃう声してるよ!?」

『ウオアアアアアアア!!　ハムハムフラァァァァァーッシュ!!』

などと叫びながら、シロハラは引き絞られた矢の如《ごと》くクアラの頭上から飛び出し――敵陣の空中ど真ん中で、強烈な光を全身から発した。瞬間的に、クロヤだけが顔を腕で覆う。

「目……目がぁぁぁぁああ!!　目がぁああああ!!」

一方でスカイツは突然のシロハラによる利敵行為に、目潰しを真正面から食らった。

否、利敵行為と言う程でもない。何故《なぜ》ならば――魔物も全員眩《くら》んでいるからだ。原理は不明だが、目が無いはずの『茎』にすらも、シロハラの光線は効果を持っていた。

「す、スカイツ！　すっごい痛そう！」

「……構築完了。燃やす」

「ネズミごと殺《や》れ」

「了解」

動けないスカイツをクロヤが担《かつ》ぎ、急ぎ退避する。そして着地してキメ顔をしているシロハラと魔物ごと、シアは爆炎で焼き払った。跡に残ったのは、《恵み》と黒焦げのネズミだけとなる。

「ネズミの中にシロハラさんも含めちゃったの⁉　タワーラットじゃなくて⁉」

「スカイツの敵討ち」

「いや俺死んでねえよ……。目は眩《くら》んで見えねえけど……」

――《黄金覇武星《ゴールデンハムスター》》。シロハラの種族名である。決して《職《ジョブ》》ではない。

どうやら、ネズミとは似て非なる存在だという。ではネズミと明確に何が違うかというと……尻尾の長さぐらいだろうか。シロハラの尻尾は丸くて短い。

動物的、というか動物なので、ヒゲの震えや嗅覚で魔物・昇降機などの探知が可能。

また、一部の食べたモノに応じて、身体《からだ》全体に特殊な反応を起こし、様々な効果をもたらす。

尚《なお》、人語を操る件については謎らしい。普通の《黄金覇武星《ゴールデンハムスター》》は喋《しゃべ》れないそうだ。

——以上の説明を、クアラがスカイツとシロハラを治療する傍《かたわ》らで、淡々とクロヤが語った。

「今後、おれの戦闘中に余計な手出しをした場合、焼いて食うぞ。分かったか、非常食」

『へえ、すんませんでした、ダンナにスカイツの坊《ぼ》っちゃん……』

「クアラが居るからもう治ったけど、土壇場《どたんば》でアレやられたらホント終わりだからな⁉」

「うーん……でも、シロハラさんは食べてもおいしくなさそうだなぁ。小さいから！」

「一食分未満。骨が多くて筋張ってそう」

『嬢ちゃん達、そういう目であっしを見るのは勘弁してくだせえ……』

そんな雑談を交えながらでも、探索は順調に進む。

実質的に《塔導師《タワーメート》》が二人居るようなものなので、経験の浅いクアラを交えても、あっという間にフロア4まで辿《たど》り着《つ》いてしまった。共同探索の初回にしては、進み過ぎと言っても過言ではない程だ。何より、昨日までの三人だけでは到底叶《かな》わなかった。

（っていうか……クロヤに全く癖がないんだよな。戦い方はアレだけど、シアの構術に合わせてすぐ飛《と》び退《の》くし、俺含めて味方のこともよく観察してるし、こっちの指示にも普通に従うし、何より強い。ぶっちゃけベイトの完成形って感じのタイプだ。俺達に合わないわけがない）

パーティーの組み合わせとしては、これ以上無く良好だった。スカイツ達三人に足りていないものを、クロヤが全て埋め合わせる形になっている。シロハラの存在も、スカイツの《塔導師《タワーメート》》としての負担を減らせる要因となっており、賑《にぎ》やかし以上の価値があった。

「もうフロア4まで来ちゃったねえ。ウチらとクロヤさん達って、相性抜群かも？」

「上手《うま》く噛《か》み合《あ》っている実感がある。順調」

「だな。これも全部クロヤのお陰だよ」

「おれは普段と同じことをやっているに過ぎない。それを噛《か》み合《あ》うと感じているのならば、純粋にお前達の対応力が高いのだろう。もっとも、おれもいつもより疲労は少ないが」

『どうでぇダンナ！　それがチームワークってやつでさあ！　な、悪くねぇだろう？』

「喋《しゃべ》るなネズミ。和が乱れる」

『こんな畜生一匹の発言で乱れる和なんざ、最初からぶっ壊れちまえばいいですぜ』

「突然怖いこと言うなよ……」

「んー……そろそろ《恵み》もいっぱいだし、探索開始から時間も経《た》ってるし、休憩して帰らない？」

背嚢《はいのう》の中身を確認しながら、クアラがスカイツに提案する。全員、まだ体力気力に余裕があったが、初回に無理をする必要もないだろう。スカイツはその提案を素直に飲んだ。

「やった！　じゃあ、ウチがみんなにお茶淹《い》れてあげる！　シア、火の準備して！」

「了解。携行食も用意する」

フロアの途中にある小部屋で、クアラが鍋やカップを取り出した。

長丁場になりがちな探索において、最低限の調理器具や寝具を持ち込むのは定石である。食料と水については言うまでもない。《塔》内部でも湧き水の発見や可食に向く《恵み》は拾える可能性があるが、あくまで可能性であり、それを当てにして探索することは無謀でしかない。

シアが構術で火を熾《おこ》す。クアラが鍋に水を注いで、小瓶から茶葉を準備する。

スカイツとクロヤはそれを横目で見ながら魔物を警戒し——そんな折、クロヤがふと呟《つぶや》く。

「この目で間近に見るのは今日が初だが……便利なものだな、構術とやらは」

『火熾《おこ》しが楽なのは、旅人にとっちゃ垂涎《すいぜん》モノだ。羨ましい限りですぜ。ダンナも構術ってのが使えりゃいいのに』

「二人はその辺り、あまり詳しくないのか？」

「おれが《昇降者》になったのは、目的の為《ため》だ。《塔》やそれに関わる事象に、興味は無い」

『《塔の》基本的な知識は知ってやすがね。構術のような専門的な部分は、あっしらは全く』

「なら、覚えておいた方がいいかもな。構術の基礎部分は常識みたいなもんだから」

「さあさあ二人とも！　そんなとこに突っ立ってないで、こっちに来て座って！」

突っ立ってるのではなく、何かあったらすぐに動けるように警戒しているのだが、クアラにとってはお構いなしだった。服の裾を引っ張られ、スカイツとクロヤは火を囲むようにして座らされる。「今は大丈夫だ」とクロヤも言うので、スカイツも少し休むことにした。

クアラが淹《い》れたのはハーブティーだ。赤褐色の煮汁を、各々《おのおの》のカップへと注いでいる。

「疲労回復に効果ありだよ！　それと、苦味が強いから、もし気になるならこっちの蜂蜜をたっぷり入れることをオススメします！　ほら、シアはこのくらいだよね？」

「適量。ありがとう、クアラ」

「余ってる携行食はビスケットとチーズぐらいか。よし、食べ切っても大丈夫そうだな」

『スカイツの坊《ぼ》っちゃん！　ナッツは？　ナッツはねえんですかい？』

「騒ぐな。石でも喰《く》っていろ」

クアラの淹《い》れたハーブティーは、ギルドハウスで飲む時のものとは、また違った味がした。

茶葉は同じで、どちらも淹《い》れているのはクアラだが、環境が変わると味も変わるのだろうか。

身体《からだ》が内側から温まり、それに応じて疲れが溶け出していくような気になる。

「そうだ。構術についてだけど、二人でクロヤ達に教えてやってくれないか？」

「構わない。ただ、すぐには使用不可。相応の鍛錬が必須」

「ウチも、覚えるのに苦労したよ～。構術を簡単に使えたら、みんな楽できるのにねぇ」

「別に使いたいわけではないが——知識として、備えておく方が良《い》いらしいのでな」

『そもそも、その便利な構術ってやつぁ、《塔》の外でもバリバリ使えるんですかい？』

何もない空間に炎を発生させる。怪《け》我《が》や異常を立ちどころに癒やす。他にも多くの種類があり、まさに魔法と呼んでも差し支えがない構術は、普段の生活で使わないのか。

シロハラの疑問は当然のものだったが、しかしすぐにシアが首を横に振った。

「使用自体は可。ただ、使う意味は皆無」

「……どういうことだ」

「えっと、そもそも構術は、《塔》の中でだけでのみ、効果を大きく発揮するのです！」

「歪《ゆが》んだ奇跡による神秘を発生させる術が、構術。故に、歪《ゆが》んだ奇跡が存在しない外では、ほぼ無意味。外で構術を使っても、わたしは身体《からだ》が温かくなる程度になり、クアラの治癒は傷を治すのではなく、自分へその傷を悪化させて移す効果しか持たなくなる」

　常識が通じない《塔》の中においてのみ、同じ常識外の力を持つことが可能な術、それが構術である。スカイツやクロヤのような、培《つちか》った技術や技量に基づく力は外でも問題無く使えるが、クアラとシアは《塔》の外においては無力に等しい。

『その歪《ゆが》んだ奇跡ってのは一体何でさあ？　ここ以外じゃ聞き慣れねえ言葉ですぜ』

「奇跡に種類があるとでもいうのか」

「それは……えっとですね。あの、今からシアが、きちんと説明しますっ！　ご安心を！」

「大体シア任せじゃねえか……」

「奇跡とは偶然、無償で起こり得る超常的なもの。であれば、必然、有償で起こす超常的なものを、歪《ゆが》んだ奇跡と呼称した。要は、代価や代償を支払うことによって、特殊な力が発生する。構術とは、起こしたい神秘から逆算してそれに応じた代価を消費するという流れを、きちんと体系化したもの。だからわたしの構術は自発的に炎を操り、クアラは傷や病を治すことが可能。ただしその代価として、《構術師《アリス》》は宝石の価値を消費する」

「《星光雪華《ルミナス》》は杖《つえ》の寿命です！　ほら、もうウチの杖《つえ》は半分くらいしわしわに！」

「成る程――だからその手袋の宝石は徐々に濁り、杖《つえ》は枯木になって来ているのか」

単に《塔》に入れば、構術を使用出来るわけではない。シアもクアラも、それぞれ術の内容、威力、範囲に応じて、必要な代価を都度支払っている。

それが、宝石はやがて石ころに、若い生木の杖《つえ》は枯れ果てて朽ちる、というものだ。代価・代償を支払えなければ、基本的にはもう構術は使えなくなる。帰還の目安としても、構術に関する《技能《スキル》》を持った者の『残量』には、リーダーは常に気を配らねばならない。

『いや、面白え原理の術もあったもんだ。さながら見えない商人とでもやり取りしてるようですな。歪《ゆが》んだ奇跡という概念……覚えときやしょうぜ、ダンナ』

「治癒の力があれば、《塔下街》で医者にでもなればいいのではないか。そう思っていたが、元より外で使えない力ならば、医者が医者で別に存在している理由も頷《うなず》ける」

「意外と鋭いトコ見てんだな……。ああ因《ちな》みに、《塔》の中で負った傷は、死ななきゃクアラが大体治せるだろうけど、エントランスまで戻ったらもう治せないから気を付けろよ」

「その探索で負った傷は、その探索でだけ！　これが治癒の《技能《スキル》》における原則です。だから、絶対にエントランスへ出るまでに、怪我《けが》してたらウチへ言ってくださいね！」

「おれの古傷も治せないかと思ったが、そう上手《うま》くはいかないか。分かった。留意する」

強力な効果を持つ構術だが、その分制約も多い。何より、宝石や杖《つえ》は高価な消耗品であり、探索中に無駄遣いすると、その探索で稼いだ分が帳消しになることもある。低階層しか探索出来ない弱小ギルドは、ある程度切り詰めることも大事だ。

「この《塔》は色々と常識外れだからな。昇降機の原理だって、それが歪《ゆが》んだ奇跡によるものだということは分かってるけど、じゃあその代価は何なのかは全く分からないらしいし」

「だから使える便利な力は何でも使っちゃおう！　って考えでいいと思います！」

「先も述べたが、別におれが構術を使いたいわけではない」

『むしろ、嬢ちゃん二人が炎や治癒以外にも何かしら使えねえのかが気になりやすぜ』

シロハラの問いに、クアラとシアは同時に目を逸《そ》らした。

「それが、ウチは治癒以外が全然……」

「燃やすこと以外は無理」

「随分と……幅が狭いな、構術は」

「いや、もっと色々出来る連中は居るさ。ただ、幅広く使えるようになるには、まだまだこの二人は駆け出しってことだよ」

それでも、シアとクアラは前途有望である。少なくとも、自分よりかは――と、スカイツは口に出しそうになったが、言葉を呑《の》み込んだ。そういうのは、言わないでおくのだった。

シアとクアラが他の構術を使えるようになった時、更に自分は強くなっていなければならない。内心で一つ決意を固めつつ、スカイツはハーブティーを一気に飲み干し、そして口の中を火傷《やけど》した。恥ずかしいので、クアラには治して貰《もら》わなかった。

＊

——こうして、彼らの初共同探索は、大きな問題もなく終了した。

エントランスに戻ってきたクアラが、大きく息を吸って、吐く。緊張の糸が緩んだ瞬間だろう。シアも心なしか安堵《あんど》しており、スカイツも思いっ切り背筋を伸ばす。

唯一疲れが全く見えないクロヤが、今回の探索を振り返る。

「……問題点は特に見当たらない探索だった。おれにも、お前達にも」

「俺もそう思うよ。それで、これから二人はどうするんだ？　まだ寝る時間には早いけど」

『どうしやす、ダンナ？　またぞろ部屋に閉じ篭もっちゃあいけねえぜ？』

「なら、一緒にウチらのギルドハウスでご飯を食べましょう！　ウチが作りますので！　あ、シロハラさんにも、おいしいナッツを今から買ってあげるからね！」

『おお、おお……天使ですぜダンナ。天使がここに！　エンヂェルッ！』

「……良《い》いのか」

「構わない。得た《恵み》の量とクロヤの貢献度から比較すると、不平等極まりないから」

「それじゃ、ギルドハウスへ戻る前に市場へ行くか」

「初共同探索が無事に終わった記念に、腕によりをかけちゃうからね！」

今日の探索で獲得した《恵み》を、この後シアが市場で流し、その傍《かたわ》らで、クアラは夕食の買い出しを行う。スカイツはその荷物持ちになるだろう。

やるべきことが決まったので、四人と一匹はエントランスを出て、大通りの方に向けて歩き出そうとし——

「ふえ？」

「……待て。害意を感じる。全員、動くな」

——いきなりクロヤがそう言ったので、思わずクアラが間の抜けた声を出す。

「そこか」

呟《つぶや》いた瞬間、クロヤは人混みに向けて飛び出し、一人の男の腹部に拳を叩《たた》き込んでいた。

「ぐえ」と言う声がするや否《いな》や、男が手にしていたらしい大振りのナイフが、カランと路上に転がる。スカイツ達三人は、突然のことに呆気《あっけ》に取《と》られ、動くことすら出来ない。

「狙いはおれ達ではなかったか。まあいい。……消えろ」

唸《うな》るような声で告げ、思い切り足を振り上げて下ろす。落ちたナイフの刃を、その踏み付けでへし折ったクロヤの圧力に、男はたまらず悲鳴を上げて逃げ出した。

それを確認し、危機は去ったとばかりにクロヤが無表情で戻ってくる。

ようやく状況を把握したスカイツは、呆然《ぼうぜん》と呟《つぶや》いた。

「ぼ……《地這い人《ボーガー》》……」

「何だそれは」

「悪漢。強盗。唾棄すべき存在」

『へえ！　ダンナはそういうのに、動物のあっしより敏感なもんでね。奴《やっこ》さんも運がねえ』

「ウチ、全然分からなかったよ……」

「普通あんなの分からないって……。お前ホント、化け物じみてるな……」

「性分だ。以前から、ああいう手合いがこの街には多いと感じていた。もっとも、実際に手を出したのは今回が初だ。お前達が居るから、念には念を入れた」

「あ、ありがとうございます……？」

「ますますクロヤと組んだ価値が上がった。《帰投警護者《リターナーガード》》要らず」

（……《帰投警護者《リターナーガード》》か——）

アブラージュの存在が消えたことにより、《ストラト・スフィア》の契約している《帰投警護者《リターナーガード》》について、その契約が失われていることにスカイツは今気付いた。

あれは元々、アブラージュがそれこそ念には念を入れた結果、独自に契約していた連中だ。

弱小ギルドでしかない今のスカイツ達には必要ないだろうし、何より弱小ギルドでは雇うことも難しい。放っておいてもいい案件だろう。

（っていうか……シアが言うように、クロヤが居たら問題なさそうだしな……）

それよりも、むしろスカイツはクロヤの人並み外れた感覚に強い興味があった。

やはり、クロヤは規格外に強い。歳《とし》はスカイツより少し上ぐらいだろうに、一体どうやればここまでの強さを手に入れることが出来るのだろうか。

「……なあ、クロヤ」

「どうした」

「いや、ちょっとお願いがあるんだけど。飯食ったらさ……」

だからこそ一つ、スカイツの脳裏にある考えが浮かんだ――

＊

「――密談目的、というわけでも無さそうだな」

「あー、悪いな。わざわざ来てもらって。用件は、見てもらったら分かると思う」

食事も終わり、部屋が余っているとのことで、クロヤとシロハラは《ストラト・スフィア》のギルドハウスに泊まることになった。

が、スカイツは先にお願いしていたように、クロヤだけを外の空き地に呼び出した。

いちいち話すよりも、クロヤは行動で察するタイプだ。スカイツはおもむろに剣を構える。

――ベイトの双剣ではなく、アブラージュが使っていた折れた剣を。

「折れている剣？　道楽か。他人に見せて面白いものでもあるまい」

「道楽じゃないさ。まだ、クアラやシアも知らない、俺の……最後の真似事《まねごと》の一つだよ」

一見すると、そんなものは何の役にも立たないように見える。事実、クロヤはスカイツの意図が読めなかったが、一方でスカイツは折れた剣の先から、宵闇に淡く光る幻刃を出現させた。

それを見るや否《いな》や、クロヤが感嘆の声を漏らした。

「ほう。気を操る類のものか。お前が使えるとは思わなかった」

「知ってるのか？　《刃輝煌聖《グロリアス》》って呼ばれてるんだが」

「名までは知らん。だが、それは武の極みの一つではある——面白い」

クロヤは軸足を残して大きく片足を引き、腰を落とす。拳は軽く握られ、その双眸《そうぼう》の鋭さが増した。こちらが皆まで言う前に、やはり察してくれたらしい。

ありがたいと思いながら、スカイツも幻刃を握り直して構える。

「軽くでいい。ただ、何か気付いたことがあれば後で全部言ってくれ」

「軽く？　ふざけたことを抜かすな。殺す気で来い——さもなくば死ぬぞ」

「ええ……」

何か余計なものに火を点《つ》けたのだろうか。クロヤの濁った瞳の奥に、闘志の炎が揺らめく。

素手だけで戦うという時点で何となく感じてはいたが、クロヤはそもそも戦うことそれ自体に、意義や喜びを見出《みいだ》す性質なのかもしれない。

スカイツは全くそのような性質ではないのだが、とはいえ手を抜くつもりもない。

二人は同時に、大きく一歩を踏み出し——


「……ッ、はぁ……！　はぁ……ッ！　ま、待ってくれ……！　ちょ、ちょっと休憩……！」

——組手の結果としては、スカイツの圧倒的な敗北だった。元より修練、勝ち負けなど存在しないと思っていた。が、息を乱し、何度もクロヤに拳で——割と本気で——打ち据えられ、尻餅をついて休憩を請《こ》うその姿は、敗北者以外の何者でもないだろう。

そんなスカイツとは対照的に、組手前と何ら変わりない様子のクロヤが思索している。

「——思ったことを言う。未熟だ。実戦で使える領域ではないと断言出来る程に」

そして、いきなり結論を叩《たた》き付《つ》けた。

「だよ……な……。有り得ないぐらい……バテてるし……」

「疑問ではあった。お前のそれは、真似事《まねごと》のような一朝一夕で身に付くものではない。本来長い修練と研鑽《けんさん》の果てに会得《えとく》する、剣士の奥義《おうぎ》だ。おれは剣術については門外漢だが、そのくらいは分かる。そもそも真似事《まねごと》で使えるならば、誰だってその闘気の刃を操るだろう」

「違いない……」

「おれが思うに、お前のその力は真似事《まねごと》と言うよりかは——借り物のようだ。お前と相対したにも拘《かかわ》らず、その背後にお前ではない誰かの虚像を感じた」

「鋭いな……。まあ、色々、あったんだよ……。聞きたいなら、言うだけ言うけど……」

やはり、戦いに長《た》けた者にはすぐに見抜かれるのか。スカイツは内心で肩を落とす。

これは《礎《イシズエ》》の力における、明確な弱点だろう。条件さえ満たせば、あらゆる《技能《スキル》》を獲得出来る可能性がある一方で、その使い手はスカイツ本人に限られるのだ。

即《すなわ》ち、《技能《スキル》》やその扱い方は分かっても、それを実戦で使ったという経験が存在しない。

また、頑強な肉体を持っていたアブラージュと違い、スカイツは身体《からだ》も未熟である。

ベイトやアルのような、基礎能力だけで何とかなる《技能《スキル》》とは違い、アブラージュの持っているこれは、やはりスカイツ程度の実力では荷が勝ちすぎる。

薄々この弱点を予見していたスカイツだったが、クロヤに言われ改めて自覚した。

「深く聞き出すつもりはない。お前がその技を使えることに違いは無いからな。だが、使えるのではなく、使いこなさねば無意味だ」

「……ありがとう。クロヤに相手してもらって正解だったよ……。これからも頼む……」

「ああ。しかしおれとは分野が違う以上、指導出来ることは少ないぞ」

「構わないさ……。相手が欲しかったんだ……。最低限、扱えるようになればいい……」

使うと一気に体力を奪われ、更に満足に扱えるわけでもない。しかし、一階層のあの『卵』を討伐するのならば、《刃輝煌聖《グロリアス》》の力は絶対に必要になる。たった数日の鍛錬で、板に付くようなものではないとスカイツも理解している。それでも、やれることは全てやるべきだ。

「分かった。ならば好きなだけ付き合うとする。立て」

「え？　まだやんの？　き、厳しいなオイ……。せめてもうちょっとだけ休ませ……」

「魔物がそれを聞き入れると思うなら、休んでいろ。おれは今から魔物と化すがな」

（おっさんよりも厳しい気がするんだけど、この人……）

こうして、決戦までの僅かな期間だが、スカイツはクロヤと修行に励むことになった。

全ては異変の元凶、あの『卵』を討伐し、四人と一匹で更なる高みへと昇る為《ため》に。

＊

「――以上が、俺の集めてきた情報だ。元凶となる魔物は、茨の塊、通称『茨の卵』」

《ストラト・スフィア》と《無銘》が共同探索を始めてから数日が経過した。

幸か不幸か、その被害報告はあっても、異変の元凶が討伐されたという報告はない。

どこのギルドも静観しているか、相手がほとんど未知なので二の足を踏んでいるか、そもそも一階層に興味がないかのいずれかからしい。

出来ればこちらが準備を整えている間に、誰かが討伐してくれないかと思っていたスカイツだったが、そうそう甘えた考えが叶《かな》うわけもない。誰もやらないのなら、自分達がやるだけだ。

そう考えを改め、スカイツは自分が所有、或《ある》いは今日まで調査した情報を全員に話した。

『茨の塊が部屋に鎮座している、ねえ。それだけだと強そうには思えねえや』

「だが未《いま》だ討伐されていないということは、何かがあるということだ。油断するな、ネズミ」

「それと……一応確認しておきたいんだけど、シアは『茨の卵』について何か知ってるか？」

「知らない。初耳」

この面子《メンツ》の中だと、かつて例の『卵』と接敵し、形はどうあれ結果的に生き延びたのはスカイツとシアだけだ。だがシアは、あの時の出来事そのものを一切覚えていないらしい。

「どうしてシアに聞くの？　ウチらって誰もラストフロアに行ったことないでしょ？」

「あー、まあ、そうなんだけど。悪い、俺の勘違いだ」

となればシアは何も知らないという前提で、作戦を練るべきだろう。

「ねえねえ、もし茨のたまごから可愛《かわい》い魔物が生まれたらどうしよう⁉」

「『卵』という表現はあくまで比喩ではないのか」

「どうもしないって。倒すだけだよ。一応、近い魔物だと茨型の魔物はソーンスタブってのが二階層に出現するらしい。ただ、あくまでソーンスタブは小型の魔物、異変の元凶となっている例の『卵』は大型の魔物だ。同じと考えるのは危険だと思うし、気にしなくていい」

「似て非なる種族。ただし、弱点は共通」

『おお、炎と斬撃に弱いってヤツですかい？　こりゃダンナの出番はなさそうですぜ！』

「知ったことか。相手が何であれ、殴れないものなど無い」

「『卵』の特徴はさっき言った通り、《昇降者》を捕獲して利用すること。茨を纏《まと》めて、巨大な鞭《むち》みたいにして攻撃すること。『卵』自体は移動しないこと。恐らく、鞭《むち》はどれだけ捌《さば》いても相手にダメージはないと思う。よって最初から叩《たた》くべきは本体……『卵』そのものだ」

全てを見ていたわけではないが、アブラージュとベイトがあの『卵』を牽制《けんせい》していたことを思い出す。もう一度あれと戦うのは怖気《おぞけ》が立つが、何も分かってない状態ならばともかく、情報と準備が可能ならやりようはある。

小首を傾《かし》げながら、何とか情報を頭に入れているらしいクアラが、手を挙げる。

「んー、じゃあ、部屋に入ってすぐ、シアの炎で燃やし尽くせばいいと思います！」

「まあ、可能ならそれが一番望ましいんだけど……出来るか、シア？」

「事前に構築をほぼ済ませた状態で突入すれば、問題なく可能」

「初手に最大火力で相手を殲滅《せんめつ》する、か。相手が不動ならではの戦法だが――」

『そう上手《うま》いことといきやすかね？　さっき強いとは思えねえと言っておいてアレだが、それで話が済むなら、異変とやらにゃあなりやせんぜ』

「俺もこれで勝てるとは思ってないさ。相手は捕獲した《昇降者》を使って、回復やら強化を行うらしい。多分、シアの一撃が入ったとしても、それを使って回復されるはずだ」

「ひどいなあ。捕まってる人達が可哀想《かわいそう》だよ！」

「そう。だから、クアラとシロハラは別で動いてもらう」

「ふえ？　ウチとシロハラさんが？」

「……救出するのか。その捕縛された間抜け共を」

クロヤが渋い顔をしてスカイツを睨《にら》む。が、気にせずにスカイツは首肯した。

「別に救うわけじゃない。相手に利用されるのなら、最初から利用させないってだけさ」

「危険。それに、捕獲された人数は多いと聞く。間に合わない」

クアラとシロハラだけでは、時間を掛けてもそう大人数は助けられない。

しかし、スカイツは今度は首を横に振る。シアの考えは既に織り込み済みらしい。

「誰も一回の戦闘で『卵』を倒すとは言ってないだろ。繰り返して削るんだよ」

まず、スカイツ、シア、クロヤの三人で『卵』の注意を引く。その間に、シロハラの『種』の力と、クアラの治癒の力で、囚《とら》われた《昇降者》を助け出し、そのまま部屋の外まで逃がす。ある程度逃したら、一旦こちらは撤退し、安全な場所まで離れて休息を取り、再び部屋へ行く。後はそれを繰り返し、相手の『獲物ストック』をゼロにしたら、決戦。

これがスカイツの考えた策だった。相手が逃げるこちらを追えない、という部分を突いている。策を聞いた残る三人と一匹が、納得したように頷《うなず》いた。

「因《ちな》みに救出した連中については、ラストフロアで《管理組合《オブザーバー》》の用意したギルドの人間が何人か待機してるはずだから、そいつらに面倒を見てもらう」

『奴《やっこ》さんのでけぇ手札を一枚削るってわけですかい。中々にいい策だと思いやすぜ』

「手札を削れば、後は単純な火力勝負になるな。おれの拳がどこまで通るか、試さねば」

「長期戦、持久戦必至。事前準備が相当に必要」

「あ、だから今日は朝から探索に行かないんだね！」

「ああ。俺達の連携は充分に取れた。決行は明日。だから今日は明日に備えての休養と、各自必要な物資を調達する日にする。クロヤ達も、今晩はここに泊まってけよ」

誰も異議は唱えなかった。決行を先延ばしにするとクロヤが黙ってはいないだろうし、一階層の魔物は既にスカイツ達の相手にならない。

何より、近日中に強敵へ挑むという重圧ある目的意識は、スカイツ達の練度を加速度的に引き上げていた。これは《ストラト・スフィア》にとって計算外の収穫だろう。

＊

そうして、各々《おのおの》が準備を終えた今日の夜。スカイツは自室で寝転び、思慮に耽《ふけ》っていた。

（勝てるかどうかは分からない。相手の手の内も、全て理解しているわけじゃない。油断はするな、常に最悪の事態を想定しろ。誰も、俺も、死なせられないんだ。引《ひ》き際《ぎわ》だけは見誤るな。逃走は恥じゃない。明日が無理なら明後日《あさって》がある。焦《あせ》るなよ、落ち着いていけ――）

寝る前にクロヤとの最後の鍛錬を終えたが、やはりスカイツに《刃輝煌聖《グロリアス》》を常に使い続けるだけの体力は無い。だが、鍛錬の意味は確実にあった。刃の伸縮や威力の増減など、アブラージュが出来ていたであろうことはスカイツも出来るようになったのだ。後は、それをどう使いこなしていくかだ。悶々《もんもん》と、スカイツは頭の中で幻刃による仮想戦闘を繰り返す。

「やっほー！　遊びにきたよ、スカイツ！」

「うわあ⁉」

が、いきなり部屋の扉が開いたので、驚いて思わずベッドから転げ落ちた。

現れたのは笑顔たっぷりのクアラだ。ご丁寧に、自身の枕を片腕に抱えている。

「な、何だよ……。明日は早いんだから、もう寝ろって」

「そうする～」

と言って、クアラはスカイツのベッドに枕を置いて、ころりと横になる。

「ほら、スカイツも床じゃなくてここで寝なきゃ！　明日は早いんだからね！」

ぽんぽんと自分の横の空いたスペースを叩《たた》くクアラに、スカイツは苦々しい顔を返す。

「意味が分からねえ……。何で一緒に寝る必要があるんだ……」

「だって、ウチが言わなきゃ、スカイツまた一晩中考え込んじゃうでしょ？　明日はここ一番の大決戦！　寝不足で負けましたー、なんて、笑い話にもなりゃしやせんぜ！」

「シロハラっぽく喋《しゃべ》るな！　大体、俺が前に寝不足になったのは、お前の寝相のせいだぞ」

「…………。いやはや、今日は星が綺麗《きれい》だねえ」

クアラが露骨に話を逸《そ》らした。スカイツは溜《た》め息《いき》をつきながらも、彼女の隣に寝そべる。部屋に戻れと言ったところで戻らないのは目に見えているし、それで体力を消費するのも馬鹿らしい。それに、意味もなくクアラが自分の元へ来るとは、スカイツには思えなかった。

「……何かあるなら、そっちが寝付く前に聞くけど」

「あ、分かっちゃう？　さっすがリーダーだね！」

「茶化すだけなら、先に寝るぞ」

「ごめんごめん。えっと、なんて言えばいいんだろ。眠れないんだよね。あ、眠れるんだけど、そういう気分じゃないっていうのかな？　だからちょっとだけ、お喋《しゃべ》りしたいの」

「──怖いのか？」

「……うん。それもあると思う」

少しだけクアラの声のトーンが落ちた。彼女にしては珍しい。

スカイツは仰向けになり、天井の見慣れた木目を、窓から差す月明かりだけで追う。

「でも、怖いだけじゃないの。ウチ、ふざけてるわけじゃなくて、今すごくドキドキしてる」

「何だそりゃ？」

「今までずっと、見送る側だったから。二人が無事に帰ってくることだけを、一日中考えてた。でも今は違う。みんなと一緒に頑張れる、一緒に助け合える。それが嬉《うれ》しいの」

「…………」

「それで、明日はきっと厳しい戦いになるでしょ？　普通は怖がったり不安がったりするべきなのに、どういうわけかウチは、ドキドキの方が強いんだよね。大きな壁を、みんなで力を合わせて越えていく。そのために必死になる。そうして得るものが何かは、まだ分かんないけど……きっと、夢とはまた別の意味で、ウチはそれが欲しくてたまらない」

恐らくそれは、達成感だとか満足感というものなのだろう。今のスカイツには無縁のものだ。

しかし、あえてスカイツは言語化するのを避けた。

スカイツは、ただ無事にクアラとシアを守りながら進めればいいと思っている。

だがクアラは、皆で困難を乗り越えながら進んでいくことに、何かしらの意味を見出《みいだ》しているのかもしれない。根っからの《昇降者》に向いているのは、スカイツではなく彼女だ。

「んー、自分でも何言ってるか分かんなくなっちゃった！　もう寝よっか！　ごめんね！」

取り繕うようにそう言ったクアラの手を、スカイツはまさぐるようにして探し、握った。

「この前はこれで殴られたから、こうすればもう殴られないだろ」

「そ、そっかぁ。いやあ、策士ですなスカイツは」

「それと……少しでも怖いのなら、これでマシになればいい。そうしたら後に残るのは、ドキドキとやらだけだろ。そっちの方が、クアラらしいよ」

「──うん。ありがと、スカイツ」

囁《ささや》くようなお礼を聞きながら、スカイツはチクリと心が痛んだ。

（カッコつけてるけど、一番怖がってるのは俺だ。偉そうなことは、何も言えないな）

「あ、でも、スカイツも怖いんでしょ？　なら、朝までずっとこうしてようね！」

「……バレてたのか」

「え？　バレてないと思ってたの？」

きょとんとした顔で、クアラがこっちを見ている。気恥ずかしくなり、スカイツは意地でも天井を眺め続けようと思った。どうにも、クアラやシアには自分の感情が筒抜けだ。それほどまでに自分は分かりやすい男なのだろうか。悩み事が一つ増えたスカイツだった。

ただ、それでも――彼女と繋《つな》いだ手だけは、朝起きるまで決して離さなかった。

＊

「さあ今日はいよいよ決戦だ――ってのに」

「ほらスカイツ詰めて詰めて！　シアもちゃんと笑わなきゃダメだよ！」

「善処はする」

「何で朝っぱらから《焼け付き》《メモリア》撮ってんだよ……」

出立前、いきなりクアラが全員を呼び止めるや否《いな》や、手配していたらしい《焼け付き》《メモリア》の撮影屋が、箱のような道具を構えて現れた。そうしてあれよあれよと言う間に、ギルドハウスの前で四人と一匹は撮影をすることになる。スカイツはぼやくが、「もうお金は払った！」というクアラの一言に何も言い返せなかった。勿体無《もったいな》い、と素直に感じたのである。

『ダンナ、ダンナ。そんな背景の木と何ら変わりない無表情はダメですぜ？　あっしのげっ歯類界最強のスマイルを見習っちゃどうだい？』

「クロヤさんも笑顔笑顔！　ほら、にーってしてしてください！」

「……こうか」

無理に笑おうとしたクロヤだが、慣れていないので牙を剝《む》いたような表情になった。

「恐怖」

「表情筋が一切動いてないぞお前……。顔に麻痺《まひ》でもあるのか……？」

『あっしが悪かった、ダンナ。その夢に出そうな凶相をやめてくだせえ』

「し、自然なのが一番ですっ！」

「んじゃ撮りますんでぇ」

結局、全員のありのままを写すのが一番だという結論に至った。撮影した《焼け付き《メモリア》》はすぐに現物が出来上がるらしく、早速クアラが全員にそれを見せる。

《焼け付き《メモリア》》の中では、クアラが弾《はじ》けるような笑顔で、両側に立つスカイツとシアの腕に自分の腕を絡《から》め、引き寄せて笑っている。スカイツは相変わらず苦笑いで、シアは珍しく口角が吊《つ》り上《あ》がり微笑《ほほえ》んでいた。一方彼らの隣では、枯れ木のごとく直立不動のクロヤがこちらを睨《にら》み付《つ》けており、その頭上で跳ねた躍動感あるシロハラが前歯を見せていた。

到底、今から決戦に向かうとは思えない雰囲気であるが――何となく、こういうのもいいなと、スカイツは思った。これこそが、自分達らしさだろう。

「じゃあ、こっちが《無銘》さんの分で、こっちがウチらの分！　部屋に置いてくるから、ちょっとだけ待っててね！」

そう言って、クアラはギルドハウスの中へと引き返していく。渡された《焼け付き》《メモリア》を外套《がいとう》の裡《うち》に仕舞いながら、感心半分呆《あき》れ半分と言った様子でクロヤが呟《つぶや》く。

「……今から敵を相手取るとは思えんな。精神的に強靭《きょうじん》なのか、クアラは」

「天真爛漫《てんしんらんまん》。クアラの明るさは、わたし達の光」

「許してくれよ。ああ見えて、クアラも色々考えてるんだ」

『ほう……そいつぁ随分とこなれたセリフだ、坊《ぼ》っちゃん。クアラの嬢ちゃんと何かイイコトでもあったってことかい？』

「い、いや、何もないって。変なこと言うなよ、ネズミのくせに」

ネズミ曰《いわ》くのイイコトも、ましてや疚《やま》しいこともあったわけではないが、スカイツが昨晩クアラと一緒に眠り、その胸の内を聞いたのは事実である。なので反射的に取り繕った。

が、シアが冷ややかな声音でぽそりと棘《とげ》を刺す。

「でもスカイツ、今朝クアラと一緒に寝ていた。わたしに内密で。わたしを除け者《のけもの》にして」

「よ……余計なこと言うな！　除け者《のけもの》っていうか、あれは……！」

「疎外感。そういうことを二人でするなら、わたしも混ぜて欲しかった」

「いや何かお前すげえ勘違いしてない⁉」

『ん〜、チュチュチュチュチュチュチュチュチュゥ〜！』

「フッ……」

二人のやり取りを見て、一人と一匹が意味深に笑った。

「何だよお前らも‼　腹立つな‼　言いたいことがあるならハッキリ言えよ‼」

「おまたせ〜！　さ、行こっか……って、二人ともどうしたの？　ケンカ中？」

「違う。今晩、三人で一緒に寝る。そんな約束をスカイツとしていた」

「おおっ、いいね〜」

「もう勝手にしてくれ……」

全くもって締まりのない雰囲気のまま、《ストラト・スフィア》と《無銘》は《塔》へ向かう。

変に緊張するよりかは、このくらいの空気感の方がいい。

そう自分を納得させながら、スカイツは身に着けた装備品に手を触れていく。

《投刃《ダート》》ポーチ、ベイトの双剣、アブラージュの折れた剣。

一人で装備するにはいささか多いが、しかし今持っているスカイツの手札全て。

果たしてあの『卵』に、これらがどこまで通用するかは分からない。

それでも、不思議と負ける気はしなかった――

*

「ちょっと向こうの人に話を通してくるから、みんなはここで待っててくれ」

「うん！　じゃあしばらく休憩しておくね！」

一階層ラストフロアには、以前と同じ見張りの男が立っていた。

スカイツはクロヤの取得した依頼票を見せる為《ため》に、代表して男の傍《そば》へと近寄る。

「すみません。依頼を受けて来ました。この先に行きたいんですけど……」

「……？　君は、あの時の――」

話し掛けるや否《いな》や、男はスカイツの顔を見て目を丸くした。

「え？」

「ああいや、こっちの勘違いかな。気にしないでくれ。どれどれ……」

（俺のことを覚えてるのか……？）

男の記憶が気になったスカイツだが、それを掘り下げる暇もなく、男は依頼票を確認して話を進めていく。

「通っても問題はない……けど、正直、一階層をうろつける程度の実力じゃ相当厳しいと思うんだよ。《管理組合《オブザーバー》》が本腰を入れて高位ギルドに直接依頼をするまで、出来れば誰も通したくないんだけどね。まあ、《昇降者》の自由を、他ならぬ《昇降者》が阻《はば》めるわけもない、か」

「あ、そこでちょっと、一点だけお願いが――」

男は相変わらず人の良さが滲《にじ》み出《で》ていた。

それに付け入る形で、スカイツは囚《とら》われた《昇降者》達を救出したら、その介抱をして欲しいと男に願い出る。男は「少し待ってくれ」とだけ言い、離れて待機しているらしい自分の仲間達へ相談しに行く。しばらくして、男は頷《うなず》きながらスカイツの前へと戻ってきた。

「承ったよ。それなら問題ない。討伐を手伝え、とか言われたらお断りするつもりだったけどね。君達の健闘を祈るよ」

「ありがとうございます！」

これで事前準備の一つは済んだ。スカイツは男に礼を述べ、クアラ達と合流する。

「スカイツ、おかえり！　どうだった？」

「大丈夫だ。あの人達が救出した《昇降者》を保護してくれるらしい」

『となりゃあ、後は遠慮なくこっちが助け出すって話ですな』

「いっぱい助けなきゃね！」

「あくまで救出は方策の一つだ。目的を違えるな」

「倒せなければ無意味。気を緩めては駄目」

「クロヤとシアがその調子なら大丈夫だろ。それじゃ、先に進もう」

スカイツはそう言って、事前に買っておいた鉈《なた》を取り出す。

「ここから『卵』の部屋までは距離的に短いけど、草が絡《から》んで鬱陶しいんだ。邪魔そうなのは俺が先にこれで刈り取っていくよ。戦う前に疲れるのも……って、どうした？」

「……。随分と詳しいな」

「来たことあるみたい……」

『スカイツの坊《ぼ》っちゃんは情報通ってことですかい』

「リーダーとしては優秀。スカイツとしては奇妙」

前に来た時、歩くだけで疲労が溜《た》まったことを覚えていたからこその準備だったのだが、スカイツのその用意周到っぷりに、皆は訝《いぶか》しげだった。

「い、今更そんなこと言うなよ！　自分なりに調べた上で準備したんだって！」

「じょーだんじょーだん！　スカイツは頼りになるなあって言いたいの！」

「そういうこと」

『あっしに次ぐ愛されボウイだ……年甲斐《としがい》もなく嫉妬しちまうぜ！』

「ともかく行くぞ」

「あ、おい！　だから先に俺が鉈《なた》で――」

「必要無い。幸いにしてお前よりも足が長いからな」

「多分避けられるだろうけど殴るぞお前!!」

＊

「この部屋は罠《わな》があるから、先にシアの炎である程度草や茨を燃やしてくれ」

「了解」

アルが引っ掛かり、シアが身代わりになったあの罠《わな》部屋まで辿《たど》り着《つ》いた。スカイツはシアに構術の指示を出すと、すぐに部屋の中央で火柱が上がり、一帯が焦土と化した。

そこに、各々《おのおの》が背負った背嚢《はいのう》を下ろし、簡単な野営地を設営していく。

「撤退場所はここだ。『卵』は恐らく、ほとんどここまで攻撃が届かない。せいぜいこの部屋に罠《わな》を張る程度だから、それさえ気を付ければ安全だと思う」

「じゃあ食料に水に救急箱に……毛布とかも置いておくね！」

「長期戦覚悟か。分かってはいたが、いざ行うとなると面倒だな」

『ダンナは逆に身軽過ぎですぜ。大体いつも手ブラで探索に入りおってからに』

「宝石と杖《つえ》の予備も用意した。よって現時点では大赤字状態。敵の撃破は必須」

「撤退の度に換えればいいから、予備もここに置いて、なるべく身軽にしておいてくれ。あの『卵』を倒したら、報奨金で黒字になるんだからさ」

シアはこくりと頷《うなず》き、少し濁っている赤の宝石を新品のものに取り替える。小さい革袋を地面に置いていたが、中身は全て宝石だ。確かにこれでは大赤字である。

「ウチも、ちゃんと準備しなくっちゃ！」

一方クアラはアルの背嚢《はいのう》より、小さいポーチを取り出して装備した。

ポーチの中身は、ここへ来るまでに拾った種や木の実で満たされている。

更に、スカイツは自分の鉈《なた》をクアラに手渡しておく。

「これは護身用じゃなくて、壁へ囚《とら》われた《昇降者》達に絡《から》んだ茨を切る為《ため》だ。もし敵が攻撃してきたら、避けることだけを考えるんだぞ。クアラが倒れたら怪我《けが》が治せないからな」

「うん！　大丈夫、リーダーの指示は絶対、だもんね！」

それもまた、アブラージュからの受け売りだ。スカイツは苦笑し、「頼んだ」とだけ伝えた。

『にしても、この部屋からは魔物の気配を一切感じねえや。休んでくれと言わんばかりだ』

「不気味だな。あの扉の奥から異様な気を感じるというのに」

「でも、これが決戦前に取れる最後の休息だ。合間の休憩はあるとはいえ、遠慮なく充分に休んでおこう。いくらクロヤが体力自慢でも、疲れないなんてことはないだろ」

「違いない」

クロヤは外套《がいとう》と襟巻きを付け直し、その場に座り込んだ。静かに目を閉じている辺り、《無《ム》謀ノ拳《ツシユ》》なりの気分の高め方があるのだろう。

シロハラもクロヤの頭上で横になって居眠りを始める。これは単に怠惰なだけだった。

スカイツも《投刃《ダート》》ポーチの中身を背嚢《はいのう》から補充し、双剣を携帯用の砥石《といし》で研ぎ、携行食のビスケットを無理矢理口に詰め込み、水で胃の中へ流し込んだ。

今より体力勝負になるのは分かっている。食欲とは関係なく、嫌でも食べねばならない。

ちらりと視線を移すと、シアとクアラが楽しげに雑談している。この局面で笑顔が出るクアラは、やはり大物だと思った。

(――絶対に守らないと)

秘めたる決意を再確認し、スカイツは静かに呼吸を整える。

*

そうして、各々《おのおの》が準備を終え――遂《つい》に、『卵』が座して待つ部屋の前へと、彼らは至る。

(久し振り……って程、日数は経《た》っちゃいないが。それでも何だか、懐《なつ》かしい気分だ)

作戦は予《あらかじ》め決めていた通りだ。扉をゆっくりと開けながら、スカイツはふと思う。

(思えば、ここに来たから、俺の運命は狂ったんだな)

だが、それを今悔いても仕方がない。最早《もはや》過ぎたことだ。今だけは、そう納得する。

スカイツが扉を全て開け放ち——同時に、叫んだ。

「シア‼　やれッ‼」

「——焼き尽くす……‼」

豪炎が術者の呟《つぶや》きと共に爆《は》ぜる。間を待たず放たれたシアの構術は、スカイツの怨嗟《えんさ》を表すかの如《ごと》く、赤く激しく荒れ狂う。先制の一撃は、休眠状態だった『卵』をすぐさま叩《たた》き起《お》こし、床や天井より迎撃用の茨が突き出るように次々と生え、束ねられていく。

「クアラ、シロハラ！　救出は頼んだ！」

「ま、任せて！　でも怪我《けが》したらすぐにウチを呼んでね！」

『クアラ嬢ちゃんのこたぁ、あっしにお任せくだせえ！』

「クロヤ、俺と前に出るぞ！　シアは次の一撃を準備しろ！」

「ああ」

「構築開始」

（じゃあ、後は根比べだ、クソミドリ……‼）

シアの炎で、『卵』は半分程焼け焦げている。それで倒せれば御の字だったが、やはりそう上手《うま》くはいかない。新しい茨が、焼けた部分をどんどん覆っていくのだ。

捕獲した《昇降者》を生贄《いけにえ》に、自己再生を図っているのだろう。

スカイツはアブラージュの愛剣を引き抜き、折れた刃先から幻刃を生み出す。逃走をした後は休息を挟める。消耗の激しい《刃輝煌聖《グロリアス》》でも、それならば継続して使い続けることが出来るはずだ。迫り来る茨の束を、スカイツが一刀の元に斬り伏せた。

「斬れる……！　ギリギリ捌《さば》ける……！」

茨の束がスカイツだけを集中して狙えば、被弾は免《まぬが》れないだろう。しかし、同時に前に出たクロヤに標的が分散している。散発的な攻撃なら、今のスカイツでも充分に迎え撃てた。

「けど、やっぱこれ素手じゃ厳しいぞ……！」

下手に触れれば、茨の棘《とげ》で皮膚が容易に裂かれるだろう。自身に来る茨を全て処理しながら、スカイツは横目でクロヤを窺《うかが》う。援護に入ろうと思ったのだ。

しかし、クロヤは思ってもみない行動に出ていた。茨の束の直線的な攻撃を、身体《からだ》に触れる寸前まで引き付けて躱《かわ》し、そのまま束の上に飛び乗ったのである。そしてすぐさま、駆け上がるようにして茨の上を疾走したクロヤは、大きく跳躍し——

「はあああああああッ‼」

——弩弓《どきゅう》のような勢いを保持したまま、『卵』本体へ渾身《こんしん》の飛び蹴りを叩《たた》き込んでいた。

あまりの衝撃に、『卵』がぐらりと撓《たわ》むように揺れる。スカイツは唖然《あぜん》とした。

「め、滅茶苦茶《めちゃくちゃ》やってんな、おい……。心配して損した……」

「次、発動可能。標的を指定して」

「ほ……本体だ！　ぶちかませ！」

シアの構術が、再び業火《ごうか》を呼び起こす。『卵』の大部分がそれに飲み込まれ、次々と茨が炭化してゆく。シアも補給前提で、後先を考えない威力の術を撃っている。

節制を常に頭に置く通常の探索ならば、まずお目に掛かれない火力だ。

「クアラの方は――」

再生に力を傾けると、どうやら茨の束による攻撃頻度が下がるらしい。

クアラの方の首尾はどうかと、スカイツはそちらに気を回す。

『そいじゃクアラの嬢ちゃん、《紅唐《べにとう》の実》をあっしに』

「たくさんあるから、いっぱい食べてね！」

「いや一つで充分でさあ。あっしの頰袋が本気を出すのは、ヤバイ時だけってね」

《紅唐《べにとう》の実》は、香辛料として使われることの多い、《塔》でのみ取れる実である。好みが相当に分かれる味であり、更に普通に齧《かじ》ると火を噴く程辛《から》い。本来は乾燥させ、すり潰して使うのが一般的だ。また、その強烈な刺激は、一部の薬や補助道具の材料にもなる。

それをシロハラはぱくりと口に含み、すぐ飲み下した。そして――

『ウオオアアアアアアアア!!　ハムハムファイアァァーッ!!』

――クアラの頭上から跳び上がって、壁に向けて炎を吐いたのである。

シアの構術には到底及ばないが、しかし身体《からだ》の小ささから考えると相当な火力だった。

少なくとも、壁に巻き付く茨を充分に燃やせる程だ。

ふう、とシロハラが再びクアラの頭に着地する。

『クアラの嬢ちゃん！　さっさと救出しちまえ！』

「分かってはいたけど、シロハラさんって不思議な生き物だなぁ～。えーっと、すぐに鉈《なた》でコゲコゲになった部分を切り落として、捕まってる人達を……」

何人かの《昇降者》を、壁の中よりクアラは引っ張り出した。

彼らに息が僅かにあることを確認し、すぐさま杖《つえ》を構えて、治癒を施す。

そして彼らが意識を取り戻した後に、大至急この部屋から脱出することを伝える。彼らも間抜けではない。自らが置かれている状況をすぐ把握し、這々《ほうほう》の体《てい》で部屋から離脱していった。

後は、この繰り返しであるが――

「スカイツ。そろそろ燃料切れ。一時撤退を提案」

――シアが手袋《グローブ》に装着しているくすんだ宝石を、その辺に投げ捨てながら言う。もうほとんど使い物にならなくなったようだ。

「そうだな。クアラの方も上手《うま》くやっているし、一旦引こう。シア、クアラと一緒に先に部屋から脱出してくれ！　俺とクロヤであの『卵』を引き付ける！」

「了解。クアラと合流する」

「無理はするな、スカイツ。疲労が顔に出ている。おれが一人で奴《やつ》を引き受けるが」

「いや、まだ大丈夫だ。ありがとう」

《刃輝煌聖《グロリアス》》の使用による肉体への反動は、既に現れつつある。全力で走ったわけでもないのに、スカイツは息が上がって汗が流れ出ていた。

だが、このくらいはクロヤとの修練で通った道だ。シアとクアラ、ついでにシロハラが部屋から出たのを確認しつつ、ジリジリとスカイツは後退する。

相手の攻撃は、どうやら最も脅威だと感じているのか、クロヤにばかり飛んで来ていた。それを幻刃で斬って払い、スカイツはクロヤと目配せする。

「よし、逃げるぞ！」

「ああ」

一度目の交戦は、スカイツ側の圧倒的な勝利だと言えるだろう。攻撃はほぼ全て捌《さば》き、その上でクアラとシロハラによる救出も上手《うま》くいった。何もかもこちらの思惑通りだ。

（このまま、何事も無ければいいんだが……）

しかしながら、妙な不安に駆られるスカイツ。

元より心配性な性分であるが故に、あまりにも順風満帆だと逆に疑ってしまう。

それでも疑問を振り払い、クロヤと共に野営地へ戻ると、既にクアラとシアが休んでいた。

「スカイツ！　クロヤさん！　はい、お水！」

「スカイツに発汗が目立つ。すぐに小休止すべき」

「ごめん、助かる。みんな、あんまり消耗してないみたいだな」

「ウチとシアは全然大丈夫！」

『ダンナは……むしろ何で敵とやり合う前と何も変わってねえんですかい』

「相手の攻め手を全て往《い》なせば問題など起こらん」

「頼もしいな……。でも今の所、順調だと思う。少し休んだら、またすぐに挑もう」

「……けど、スカイツすっごい疲れてるよ。さっきチラッと見たんだけど、あのぼやっとした剣、身体《からだ》にすっごく負担が掛かるんじゃない？」

「宝石や杖《つえ》は換えれば済む。でも肉体の疲労はそうもいかない。回復に時間を要する」

確かに、この中で一番消耗しているのは明らかにスカイツだった。

だが、明確に首を横へ振り拒否をする。

「俺の双剣の腕じゃ、あいつの攻撃を捌《さば》けない。だから今は無理をしてでも、こいつを使う。心配しなくても、ちょっと休めば大丈夫だよ。捕まった連中を全員助けたら、その後は長めに休憩を取るつもりだしな」

「ならいいんだけど……無茶はダメだからね！　ほどほどに無茶をするのが一番！」

「仮に今日中の討伐が無理だと思った場合、撤退の指示を出すことは躊躇《ためら》うな。それで助けられない《昇降者》が出ようと、元よりお前やおれ達の責任ではない」

『あっしらは急いじゃいるが、別に死にたいわけでもねえ。スカイツの坊《ぼ》っちゃんの判断に文句は言わねえさ。今日が無理なら明日がありやすぜ。気長にいきやしょう』

「シロハラに同意。スカイツの消耗が激しかったら、わたしはもうあの部屋に行かない」

「なら、ウチもそうする！　よーっし、これで安心だね！」

この状況でシアとクアラの二人に抜けられたら、流石《さすが》に打つ手はない。スカイツが三人と一匹に気を回すように、向こうもスカイツのことをよく見ているのだ。素直にスカイツは頷《うなず》く。

「分かったよ。なら、折衷案だ。今日の目標は討伐ではなく、全ての《昇降者》の救出にしておくよ。その上で、やれそうならあの『卵』を討とう」

全員、長期戦の覚悟は出来ている。その上で安全を重視したスカイツの方針に、仲間達は一様に同意した。


そして、暫《しば》し休息した後、再び彼らは『卵』の部屋に突入し――

「シア！」

「一挙に燃えればいいのに……！」

――一回目と同様、シアが『卵』の本体に先制攻撃を行う。相手は一時的に矛を収めており、炎がまたもや直撃を果たした。部屋に誰も居なくなれば、茨の束は引っ込むらしい。

クアラとシロハラは急ぎ救出に向かい、彼女達が標的にならないように、スカイツとクロヤが前進しながら『卵』の本体を狙う。

「代わり映えしない攻撃だ。見切った」

特にクロヤの対応力は凄《すさ》まじく、既に茨の束による攻撃を物ともしていない。

スカイツも、段々と相手の挙動に目が慣れつつあった。最小限の幻刃で、相手の一撃を捌《さば》いて無効化する。その合間に、構術を構築したシアが『卵』に直撃を与えていく。

全てが順調であった。魔物の知能はそう高くない。《昇降者》へ危害を加えることは共通だが、それは本能的なものだ。何か意図があって知的な行動をすることはないと言われている。

『……！　クアラの嬢ちゃん！　ちょっとばかし敵の方を向くんだ！　急げ！』

「え……⁉」

だからこそ——『卵』の行動は、スカイツの思考を裏切った。

今まで全ての触手は、スカイツとクロヤに向けられていた。だが、その内の一本が、救出作業を行っていたクアラに標的を定めたのである。

事前に敵意を察知したシロハラの声掛けで、何とかクアラは身構えて回避に成功した。

「クアラ‼」

彼女を狙った一本を全力で斬り伏せ、スカイツが庇《かば》うようにして立つ。

「大丈夫か⁉　怪我《けが》は⁉」

「え、ええと、大丈夫だよ。シロハラさんのお陰で、ちゃんと避けたから……」

『ある程度ならあっしも攻撃を察知出来やすぜ、坊《ぼ》っちゃん。安心してくだせえ』

「助かった、シロハラ。もうこんなことはないようにする」

再び、スカイツは『卵』の方へと走る。だが、その脳裏ではある疑念が渦巻いていた。

（あの一本は、俺とクロヤが見逃した一本だとして、それが偶然、近くに居たクアラを狙ったのか？　それとも――最初からクアラに狙いを付けたのか？）

本来脅威であるはずのクロヤとスカイツを放置し、更にはシアではなくあえてクアラを狙った。もしそうならば、由々しき事態である。

だが――これ以降クアラに攻撃が飛ぶことはなく、スカイツは若干の疑惑と不安を抱きながら、二度目の撤退を早めに指示した。

＊

「もう半分くらいは助けたんじゃないかな？　ね、シロハラさん？」

『片側の壁に捕まった連中は、ほぼ助け出せたと思いやすぜ』

「上出来。こちらの被害も軽微」

「今の調子だと、あと二度の交戦で全ての救出が終わる。その後、五度目の交戦を奴《やつ》との決戦とするかどうかは、スカイツの判断に拠《よ》るが――」

「…………」

「……？　どうしたの、スカイツ？　ウチなら大丈夫だからね？　あ、もしかして疲れちゃってる？　なら、何か飲み物作ろっか？」

休息しながらも、スカイツはあの『卵』についてずっと考えていた。

何か、自分達は大きな見落としをしていないだろうか。

言い様のない不安が胸中に広がるが、それを解消する方法はない。

魔物は魔物だ。番人だろうと異変だろうと、それに違いはないはず。

思考の中へと意識が埋没したスカイツだが——その彼の頰を、クアラがつねった。

「へーんーじ～！」

「いでででで！　何すんだ⁉」

「ずっと考え込んでるから、起こしたの！　もうっ、クロヤさんも怒ってるよ！」

「あ、悪い、クロヤ」

「…………」

『別に怒ってないがそれを弁明するのも面倒臭い、みたいなことをダンナは考えてやすぜ』

「スカイツ。懸念《けねん》事項があるなら皆に言うべき。抱え込まないで」

「そう……だな。えっと、もしかしたら、なんだが——」

自身の考察を、スカイツは仲間達へと伝える。確信は無かったが、シアは予備の宝石を、クアラは予備の杖《つえ》を、野営地へ置いていくのではなく、次から持っていくことになった。

疑念の正誤は、次の交戦で分かるはずだ。休息を取った一行は、再び部屋へと赴く。

いずれにせよ、こちらのやることは変わらない。変わらないが――

「シア！　撃て！」

「……！　防がれた……!?」

――相手もそうだとは、限らない。

三度目となるシアの先制攻撃は、『卵』が自身の周囲へと張り巡らせた触手により、完全に防御される。その瞬間、スカイツが感じていた疑念は、正しいものだったと彼らは確信する。

「そりゃそうだよな……！　同じ手をみすみす三度も正直に食《く》らうわけがない……！」

「相手は徐々に学習をしている――か。どうやらその通りのようだ」

『外れた方がいい予測でしたぜ、そいつぁ』

あの『卵』は、段々とこちらの手を読んでいる。学習、という形でだ。

本当の脅威はスカイツとクロヤ、そしてシア……ではない。

むしろ、真の脅威は自分の生命線を断ち切ろうとしているクアラではないか。そう考えたからこそ、先程標的を切り替えてクアラを狙った。スカイツのこの予想は的中していた。

部屋に入り込んだ瞬間に行うシアの先制攻撃も、三回目は通じない可能性がある。この予測も見事に当たった。事前にスカイツが伝えていたので、仲間達に衝撃はそこまで無かったものの、敵が無知《むち》蒙昧《もうまい》な存在ではないということが分かってしまった。

「ど、どうするの、スカイツ！　ウチとシロハラさん、今回も助けに行った方がいい⁉」

「危険。こちらの思惑は読まれた」

「ああ。多分、今回から攻撃がクアラに集中すると思う。一旦、策を練り直す方がいいな」

「植物風情《ふぜい》が生意気なものだ」

『ひとまず退きやしょう！　奴《やっこ》さんにこれ以上賢くなられちゃたまらねえ！』

「シロハラの言う通りだ。みんな、すぐ野営地に戻ろう！」

三度目の交戦は、逃げの一手しかなかった。次は相手に合わせる形で、柔軟にこちらの行動を変えるか、最悪今日はこのまま撤退してもいい。幸い、それが許される敵だ。

しかし、スカイツが振り向いた先にあるはずの、開けっ放しになっている入り口の扉は——

「……は……⁉」

——幾重もの茨が絡《から》み付《つ》き、完全に閉ざされていた。スカイツが、思わず声を漏らす。

「と、閉じ込められたよ⁉　どうして⁉」

「不明。でも、絶対に気を抜かないで」

「何が狙いなんだ、あのクソミドリは⁉」

「……！　見ろ。茨の塊が——枯れていくぞ」

『ど、どういうことでさぁ⁉　あっしらがトドメを刺したとでも⁉』

アブラージュとベイト、そしてスカイツも呼ぶ『クソミドリ』は、クロヤの瞠目《どうもく》と共に、一気に枯死していく。青々しい茨もほとんどが茶色く枯れ果て、ボロボロと地面へ崩れた。

同時に、壁や天井、地面に這《は》うようにして絡《から》んでいる茨も、一様に朽ちる。

緑が残っているのは、スカイツ達の脱出経路である入り口のみだ。

それ以外は全て、さながら死滅したかのように、その色を失っていった。

「異常事態。早急に入り口をこじ開ける」

何が起こっているのかは分からない。しかし、自分達が『卵』を倒したとは到底思えない。

シアは真っ先に、入り口の茨を炎で吹き飛ばそうとしたが——通じなかった。

あまりにも多重に絡《から》んだ茨は、表面を焼き払うだけではすぐに再生してしまうのだ。簡易的に唱えた構術の威力では開かない。シアは急ぎ、最大火力で術を再構築しようとする。

「み、見て！　何かが……あの塊から……！」

今度は何だ。スカイツは事態を飲み込めぬまま、クアラの指差した方を見る。

——何か、真っ赤な小石のようなものが、死に絶えた『卵』の残骸から零《こぼ》れ落《お》ちた。小石は一度だけ、その色と同じく赤く強く輝き、スカイツ達の目を眩《くら》ませる。

瞬間的に顔を腕で覆ったスカイツは、一度だけ風切り音を耳で捉えた。

「え——」

スカイツの隣に居たのは、クロヤの筈《はず》だった。少なくとも、数秒前まではそうだった。

今は、違う。スカイツの真横に立っていたのは、人のような何かであった。

頭部、胴体、四肢はある。しかし、目や鼻などの感覚器官は一切見当たらない。

何より——それの全身を構成しているものは、大小様々に絡《から》み付《つ》いた茨だ。

深緑の茨、その集合体が、人の形を取っているのだ。

そして、人のような茨は迅速且《か》つ一撃でクロヤを吹き飛ばし、地面へと沈めていた。

「何……だ、これ……!?」

「スカイツっ!!」

目は存在しないにも拘《かかわ》らず、頭部をこちらにぐりんと動かし、次いでその魔物はスカイツに向けて腕を引き絞る。呆気《あっけ》に取《と》られ、スカイツは回避も防御も選択出来なかった。

しかし、間一髪でシアが呼び掛け、同時に入り口をこじ開ける為《ため》の構術を土壇場《どたんば》でそれに叩《たた》き込む。多少相手は揺らめき、一方で咄嗟《とっさ》にスカイツはしゃがんだ。

ぷん、という羽音じみた音がして、今し方までスカイツの頭部があった箇所を、魔物の豪腕がよぎった。当たっていれば——即死だっただろう。

「クロヤさん！　今助けますから!!」

『危険だ、嬢ちゃん！　ダンナはいい、奴《やっこ》さんに近付いちゃいけねえ!!』

寸毫《すんごう》の間に、スカイツの脳裏で思考が迸《ほとばし》る。

この三度目の交戦、あの『卵』はこちらが仕掛けてくるのを予見し、予《あらかじ》め手を打っていた。

言うなれば、孵化——救出していなかった《昇降者》達が、枯れた茨と同じく、干からびて死んでいるのが見えた。彼らの生命力全てを吸い尽くして、あの『卵』はこの人型の何かへと成ったのだ。

その上で、スカイツ達に奪われる前に、先んじて自ら奪い尽くしたのだ。

その上で、スカイツ達を明確な異物だと判断した敵は、退路を断って滅ぼしに掛かってきた。

外敵の行動を逆手に取れる程の知能が、敵には存在している――

（ありえない……。何なんだよ、この化け物……!?）

更に、この敵に通常の魔物にあるセオリーは使えない。

倒れたクロヤを治癒しようと、クアラが駆け出す。同時に、敵もクアラ目掛けて駆け出す。

四人と一匹居る外敵の中で、最も厄介であり、己にとって脅威であるのは、治癒の力を使う《星光雪華》《ルミナス》であると判断したのだ。

「ッ!!　ああああああああああああああああああああああああッッ!!」

圧倒されている場合ではない。クアラに危機が迫っている。

たまらずスカイツは折れた剣を鞘《さや》から引き抜き、幻刃を出現させていた。

相手とこちらの距離が離れていたが、問題ない。この刃は伸びる――自身の意志で。

魔物はスカイツに背を向けていた。その背を両断せんと、スカイツが真横に伸ばした幻刃を薙《な》ぐ。魔物はそれを――一瞥《いちべつ》すらせずに、姿勢を低く屈《かが》めて、躱《かわ》した。

「あ――――」

クアラの力量では、この魔物の攻撃を真正面から捌《さば》けない。受けることも避けることも不可能だ。そして、相手の攻撃力は、人間など容易《たやす》く粉砕するだろう。

目を見開くクアラ。引き締まった茨が、筋肉の如《ごと》く作用し、拳が固められていく。

打つ手はない。背後からの不意打ちすら通じなかった。このままでは――

クアラを護《まも》ることは、今のスカイツには不可能だ。

『ウオオアアアアアアアア!! ハムハムファイアァァーッ!!』

――クアラの頭上に居たシロハラが、持ち得る最大の威力で火を噴いた。

構術ですら効果が薄いのだから、シロハラの攻撃など相手は小火《ぼや》にしか感じないだろう。

しかし、本能的に火を嫌がるのか、相手は一瞬行動を止める。

『ダンナーッ!! いつまで眠ってんだぁぁーッ!!』

シロハラが叫ぶ。否、叫ぶ前から、既にクロヤは行動を開始していた。

「――ッ、おおおおおおッ!!」

血を吹き流しながらも魔物へと肉薄し、その脇腹へクロヤが拳を叩《たた》き込む。半死半生の状態だったにも拘《かかわ》らず、魔物の巨軀《きょく》が浮き上がり、大きく吹き飛んで仰向けに倒れた。

「く、クロヤさん……!」

(今しかない……! 逃げ道を作らないと……!)

相手に隙が生じた。この機を逃してはならない。スカイツは反転し、出入り口となる扉の方へと向かおうとした。何とかこじ開けて、退路を確保しなければ。

「敵に背を向けるなッ!!　もう退路は無い!!　覚悟を決めろッ!!」

だが、そのスカイツへクロヤが怒声を放つ。逃げ腰だったスカイツは、自分の取ろうとした選択が最悪に等しいものだったとすぐに気付く。扉は厳重に茨が巻き付いており、引き剝がすだけでも数分は必要だろう。

しかし、敵に背を向けたまま、その数分を誰が稼ぐというのか。

危険に晒《さら》され続けるのは果たして誰になるのか。

……考えるまでもない。スカイツ以外の仲間達だ。

「あ……。お、俺……」

「落ち着け、スカイツ……。こうなったからには、腹を括《くく》るだけだ……」

「クロヤさん、あんまり動かないで！　すぐ、治しますから！」

頭部から流血しているクロヤを、急いでクアラが治療する。

立ち尽くすスカイツの隣へやって来たシアが、努めて冷静に問うた。

「……指示。スカイツ、あなたの役目。逃走を願うのなら、そう言って。時間を稼ぐから」

『魔に属する茨が、人になりて人を襲う――差し詰め、茨の魔人ってとこか。とりあえず、奴《やっこ》さんをそう呼びやしょう。なあに、こうなりゃ何をするにしろ、命を懸けるだけでさぁ』

「……ごめん、みんな。何かいきなり色々起こりすぎて、全く考えが浮かばない。けど……ここで逃げられるほど、相手も甘くないと思う。戦うしか、ない。覚悟を決めてくれ」

手汗を服の裾で拭き、スカイツはアブラージュの剣を再び握る。こちらの予定は何もかもが崩れ去った。ここから先は全てが想像の埒外《らちがい》、何が起こるのかも分からない。ただ、誰もが命を張るべき場面であり、そしてしくじれば死者が出ることだけは確かだった。

「だ、大丈夫！　《塔》の探索には危険がつきもの！　こんなのよくあることだよ！」

「それはちょっと困るけどな……。クアラ、多分相手はお前を狙う。だから、ひたすら相手と距離を取ることだけ考えてくれ。シアは、最大火力で奴《やつ》を狙え。中途半端《ちゅうとはんぱ》な火力で援護しても、相手には通じない。シロハラは引き続き、クアラの補助を頼む。クロヤと俺で――あの茨の魔人を、何とか足止めするから」

「シアの構術が頼みの綱か」

「ああ。さっきあいつを殴ってみてどうだったか、一応訊《き》いていいか？」

「……。高密度の茨で構成された奴《やつ》の肉体は、筋繊維の塊に等しい。おれの攻撃は、恐らくあまり通じないだろう。悔しいが――炎と斬撃が有効なのに変わりはないな」

「分かった。でも、奴《やつ》に正面から対抗出来るのはクロヤだけだ。なるべく倒れないでくれ」

「同じ台詞《せりふ》を返すぞ。お前の指示は悪くない。頭目が潰れれば集団は瓦解《がかい》するからな」

「……魔人が再び立った。来る」

ゆっくりと立ち上がっていく魔人に、クロヤの一撃による影響は見受けられない。

スカイツとクロヤが、競うようにして飛び出す。とにかく、相手の注目をどちらかが引き付けねば。シアもクアラも、接近されれば為《な》す術《すべ》が無いからだ。

（集中しろ……！　相手は人型、徒手で攻撃してくる……！）

魔人と似たような戦法を持ったクロヤと、スカイツは日夜修練に励んでいた。そのことを瞬間的に思い出す。使える経験がこちらにあるなら、やりようはある。

先に狙われたのはスカイツだった。魔人の薙《な》ぐような裏拳を、屈《かが》んで躱《かわ》す。確かに相手の一撃は鋭くて速いが、来ると分かっていれば決して避けられないものではない。

（このまま胴を裂く……!!）

大振りな裏拳は隙を生んだ。スカイツは幻刃をそのまま横っ腹に叩《たた》き付《つ》けようとし――

「蹴りが来るぞ!!」

「なッ……!!」

――裏拳の勢いのまま魔人はぐるりと一回転し、胴回し回転蹴りに移行していた。

スカイツは攻撃を止め、咄嗟《とっさ》に腕を交差させて腰を捻《ひね》った。その腕へ、ピンポイントに魔人の蹴りが叩《たた》き込まれる。スカイツの身体《からだ》が、ふわりと浮き上がった。枝がへし折れるような、嫌な音が身体《からだ》の内側から脳天へと響く。本来曲がらない方向へ、あっさりと自分の片腕が曲がった。魔人は更に足へ力を込めて、スカイツを蹴り飛ばそうとしたが――クロヤの飛び蹴りが側頭部に直撃し、体勢を崩して大きくよろめき、数歩後退した。

スカイツはその場に転がり落ち、しかし片手で幻刃を握ったまますぐ立ち上がる。

結果的にスカイツは命拾いした。防御が間に合わねば、胴を抉《えぐ》られて死んでいた。相手の蹴りをクロヤが強引に止めねば、ゴミクズのように蹴り飛ばされていた。

片腕の犠牲だけで済んだのは僥倖《ぎょうこう》である。クロヤがスカイツの隣へ並んだ。

「無事か」

「見ての……通りだ。でも、クロヤのお陰で――」

「御託はいいから下がって、クアラの治癒を受けて来い。あれは小癪《こしゃく》にも武術の心得がある――二手三手先を読んで動かねば、今度こそ片腕では済まんぞ」

片手で幻刃を扱えないわけではないが、ただでさえ使いこなせていないものを、更に使えない状態で勝てる相手ではない。この場は一旦クロヤに任せ、腕が動かせるよう急ぎクアラに治してもらうべきだろう。

スカイツは魔人から目線を切らず後退しようとし――クロヤを突き飛ばすに至った。

「⁉ おい、スカイツ――」

魔人はその場で立ったまま動いていなかった。ただ両腕を前に突き出していただけだ。

だがその二本の腕は突如伸びて、クロヤとスカイツの両名を狙った。先に魔人の行動に気付いたのはスカイツだけであり、自分だけ避けるかクロヤに当てさせないかの二択を迫られた。

無論、選んだ選択肢はクロヤを庇《かば》う方だ。突き飛ばされたクロヤは腕の一撃を避ける形になり、一方でスカイツは顔面を摑《つか》まれたまま、吹き飛ばされ壁に叩《たた》き付《つ》けられた。

そのまま虫でも潰すかのように、ミシミシとスカイツの顔面は壁と茨の手に挟まれる。

相手は直接攻撃だけではなく、このような搦手《からめて》も使えるのか。

朦朧《もうろう》とする意識の中で、スカイツは何故《なぜ》かそんな益体もない分析をしていた。

(死……ぬ……)

遅れてようやく、自身の危機に気付く。集中が途切れて、幻刃が出ていない。従って、この茨の腕を斬り飛ばせない。それにクロヤではこの拘束を解くことは出来ないだろう。

つまり、スカイツを救えるのは――

「……また再構築する。クアラ、スカイツを」

「分かってる！　スカイツ、しっかりして！」

「……げ、ほっ。た、すかった……」

――構術を準備していたシアしか居ない。

スカイツを助ける為《ため》に、すぐさま魔人の腕を焼き払ったシアは、再び最初から構築し直す。

一方、ぐったりと床に投げ出されたスカイツにクアラが駆け寄り、光の雪を降らせた。今の一撃で鼻骨は砕かれ、鼻血が止まらない。片腕も壊れた人形のようになっている。

『近寄れば化け物の腕力で殴り、離れれば伸縮自在の腕で攻撃ですかい。更にどっちも二人がギリギリ対応可能な程の速さときた。坊《ぼ》っちゃん、悪いこたぁ言わねえ。前衛はダンナ一人にして、遠距離からの援護に切り替えるべきだ！』

「《投刃《ダート》》を何本投げたって、あいつには通じない……。幻刃《これ》で斬るしかないんだ……」

「ごめんね、スカイツ。全部ちゃんと治すには時間が──」

腕は何とか戻り、鼻血も止まっている。だが痛みは全く引いていない。クアラは申し訳無さそうにしているが、戦闘中にこれだけの怪我《けが》がすぐ治ること自体、本来有り得ないことだ。

「いや、いい。動くなら充分だ……。それに、シロハラのお陰で一つ思い付いた……！」

全身が軋《きし》み、鈍痛があちこちに発生している。壁に叩《たた》き付《つ》けられた時、身体《からだ》中の骨にヒビでも入ったのだろうか。目に見える怪我《けが》しか、クアラはすぐに治せない。

だがスカイツはふらつきながらも、再び魔人へと向かう──フリをした。

「──クロヤ、右に跳べ!!」

「……！」

魔人に向かっていたクロヤの背に、スカイツが呼び掛ける。

疑問を挟むことなく、頭目の指示通りクロヤは右横へと跳ねた。

幻刃は決まった形を持たない。剣状になっているのは、それが最も使い易《やす》いからだ。

故に、刀身の伸縮は自在。それこそ、魔人の腕と同じように。だが、伸ばした刃による一撃は、あの魔人に届かなかった。見ずとも躱《かわ》されたのは、攻撃が大振りで単調だからか。

スカイツは、その場で幻刃を振り下ろす。まるっきり相手に刃は届いていない。

だが──瞬間、離れた魔人の右肩から先がバッサリと切断され、落ちた。

「《刃輝煌聖《グロリアス》》は、刃を飛ばせるんだよ……！　死ぬほど、疲れるけどな……！」

敵前で剣を振るう前衛でありながら、《刃輝煌聖《グロリアス》》は遠距離攻撃の術も備えている。それが、スカイツが今行った、闘気の刃を射出するというものだ。魔人もこの攻撃は予想外だったのか、避けられずに直撃したらしい。大きく一歩、魔人は後退した。

そして、その生まれた好機を逃さない男が眼前に迫る。

「殴っても通じないのならば——通じるまで殴るだけだ」

クロヤの右拳が、魔人の顎部を真下から突き上げる。間髪入れず、振り上げた形となった右腕を畳み、一歩踏み出すと同時に肘打ちを相手の水月らしき位置へと打ち込む。

その瞬間、さながら震えるようにして、魔人の全身を構成する茨が鋭い棘《とげ》を更に伸ばした。

今ですら、クロヤは殴るだけで拳を痛めている。棘《とげ》を伸ばされれば、痛めるだけでは済まないだろう。常人ならば躊躇《ちゆうちよ》するその魔人の形態を——しかしクロヤは無視して殴る。

打ち出す拳の軌跡が、血飛沫《ちしぶき》で朱を描く。血など通わぬ魔人の肉体が、クロヤの血で赤く染め上げられていった。そこへ、《構術師《アリス》》が一歩前に躍り出る。

「下がって、クロヤ……！」

シアが手を相手にかざす。紅の宝石は激しく明滅しており、限界まで彼女が力を溜《た》め込んでいることが傍目《はため》からも分かった。クロヤは最後に大きく魔人を蹴り飛ばし、そのまま数歩バックステップして距離を取った。

——轟音《ごうおん》が部屋中に響き渡る。魔人の胸部より上が、爆炎と共に弾《はじ》け飛ぶ。

広範囲を一気に焼き払うのではなく、シアは攻撃範囲をあえて狭め、その上で威力だけを極限まで高めたのだ。相手が高密度な茨の肉体を持っていようが無関係で、シアのそれは燃やすというよりも、消し飛ばすという表現の方が近かった。

もっとも、その代償として、この一発で宝石は石ころとなってしまったが。

(多分、今のが……俺達が出せる各々《おのおの》の最大火力だ)

片腕は落ち、全身を滅多打ちにされた上で、胸部から上を綺麗《きれい》に消し飛ばされた。

普通の魔物ならば、明らかに即死する程の攻撃。

事実、茨の魔人はゆっくりと仰向けに倒れ、そのまま身動きを停止した。

「や、やった……の?」

『滅多打ちにゃあ違いねえが……』

クアラとシロハラが恐る恐る相手を眺めている。スカイツは——駆け出していた。

「死体が消えない限りそいつは死んでない!! 油断するな!!」

それが、かつて『茎』に殺された、スカイツの絶対的な経験則だった。

クロヤは拳を負傷し、今クアラが治療している。シアは予備の宝石に換装中だ。

油断している者は居なかったが、しかし追撃を加えられるのはスカイツだけの状況。

このまま倒れている魔人を、伸ばした刃で細切れにする。それでも消滅しなかったら、更にシアの炎で燃やし尽くす。とにかく、絶対に死んだと思うまでは、魔物は殺さなければならない。そう考えたスカイツの判断は正しい。

ただ一つ、間違っているとすれば——相手の再生速度が、こちらの想定よりも圧倒的に上だったということだ。

「……ッ！」

倒れた魔人が起き上がると同時に、残った片腕をスカイツ達に向ける。

先と同じく腕は伸び、しかし今度は指先から枝分かれするように、細い茨がさながら投網《とあみ》の如《ごと》く彼らに向けて放射状に放たれた。

誰か一人を狙ったわけではない、この場の全員を狙った攻撃。

その一本一本の威力は高くなくとも、全てを捌《さば》き、避けることは出来ない。

「あああああああああああああああああッッ!!」

無我夢中でスカイツは幻刃を振るった。自分に来ている茨はどうでもいい。複数の茨がスカイツの腕や足を貫いたが、痛みすら感じなかった。

だが、シアとクアラを狙ったものは、スカイツが全て斬り落とさなければならない。

しかし——出来なかった。これまでの戦闘の疲労と、負傷による消耗は、既に幻刃をまともに維持することすら困難にさせていたのだ。足の底から地面へ、力が抜けていく感覚。

更に今度は肩先を貫かれ、スカイツは弾《はじ》き飛《と》ばされるようにして地面を転がった。

「クアラ……！　シア……！」

何とか身を起こすが、手にした剣から幻刃は消えていた。

瞬時に切り替えたスカイツは刃を鞘《さや》に戻し、ベイトの双剣を引き抜いて、自分に刺さっている茨を全て斬る。己の傷に関心はなく、周囲を見渡してスカイツは二人を探した。

「……あ」

シアは壁にもたれ掛かり、気を失っている。幸いにして彼女自身の傷自体は浅いが、予備の宝石が入った革袋は、茨の一本が粉々に砕いている。更に、シアの手袋《グローブ》についた宝石も、茨は掌《てのひら》から甲までを貫くことで破壊していた。

己《おの》が脅威の一つである、シアの構術——それを、魔人は狙って潰したのだ。

歪《ゆが》んだ奇跡と構術についての知識を、もしかすると魔人は持っているのかもしれない。

だが、シアが生きているならばそれで良かった。宝石などくれてやる。

スカイツが言葉を失ったのは、シアを見たからではない。

「クアラ……？」

床に無造作に転がったクアラも、同じく気を失っている——ように、見えた。

だが、その腹部には茨が一本、深々と突き刺さっており、服を真っ赤に染め上げている。

じわじわと広がっていくその染《し》みが、スカイツにはたまらなく恐ろしかった。クアラに息があるのかどうかも分からない。駆け寄って、すぐに手当てをしなければならない。

しかし、もし致命傷を負っていたとしたら、そもそもそれを治せるのも他ならぬクアラ自身なのだ。死の淵《ふち》にあったとして、満足に構術など扱えるわけがない。

そこまで考えて、不意にスカイツは身震いする。

最悪の事態を迎えたという実感が、彼の精神を奈落まで落とした。

「あ……あぁ……！」

「敵の前で、棒立ち、するな……ッ!!」

立《た》ち竦《すく》むスカイツを、クロヤが横っ飛びと同時に抱きかかえるようにした。

今し方スカイツが突っ立っていた地点に、魔人の拳が振り下ろされる。

クロヤが助けなければ、これでスカイツも頭を砕かれ死んでいた。

しかしそのクロヤも、身体《からだ》中至る所を貫かれている。赤く染まったその身体《からだ》は、スカイツならばとっくに動けなくなる程の重傷だろう。

にも拘《かかわ》らず、対する魔人は既に完全な再生を果たしていた。吹っ飛んだ胸部より上も元に戻り、スカイツが斬った腕も復活している。もう片方の伸ばしていた腕もしゅるしゅると縮小し、太ましい豪腕へと戻る。

化け物——と、スカイツはぼんやり思った。

こんなものには勝てない。勝てるはずがない。今まで与えた傷も全て、無駄に終わった。

「おい、腑《ふ》抜《ぬ》け」

「が……ッ……⁉」

　戦意をほぼ喪失したスカイツを、クロヤが手加減抜きで殴り飛ばす。

　魔人の攻撃並に重いそれを受けて、スカイツは地面をまたも転がった。

「勝つ気が無いのなら、そこから動くな。邪魔だ」

「だ、だってさ……クロヤ、なあ、聞いてくれよ。あいつが……クアラが……」

「死んでいるかどうかは不明だろう。仲間の生死確認をするのも、奴《やつ》を殺してからだ。その手間を惜しむのならば、先に死ね。いずれ、おれ達の誰かがお前の後を追うだろう」

　ゆっくりと魔人がクロヤに歩を進める。余裕すら感じられる、堂々たる歩み。

　魔物は己の脅威となるものから排除する――戦闘不能になったシアとクアラよりも、生きてまだ動くクロヤが、現時点で魔人にとっては最大の脅威なのだろう。

　クロヤ自身も満身創痍《そうい》で、左腕がだらりと垂れ下がっている。負傷内容は不明だが、最早《もはや》この戦闘では使い物にはならない。隻腕での戦闘を余儀なくされた。

　それでもクロヤは戦意を失っていなかった。魔人の方を注視しながらも、スカイツを叱責する。先に死ね――その言葉が、スカイツの中で重く響いた。

(俺が死んだら……《礎《イシズエ》》の力が……)

「最早《もはや》戦えるのはおれとお前のみだ。倒れた連中に、敵に背を向けてまで無駄な声を掛ける気は毛頭無い。立って戦え。おれ一人では、奴《やつ》を仕留められない。お前の力が要る」

「けど……あいつは、俺達のありったけを撃ち込んでも……死ななかっただろ。どうやって倒すんだ、そんな化け物を。もう、シアも戦えないんだぞ」

「その点についてだが、気になる箇所がある。奴《やつ》の水月に肘を打った時、奴《やつ》は形態を変えて過剰に防御した。あらゆる生物は、己の弱みを晒《さら》さずに護《まも》る。逆に言えば、護《まも》っている箇所はその生物の弱みだ。必然、奴《やつ》の弱みは水月にある──おれは今からそれを確かめる」

「確かめるって──」

「その後の判断はお前に委ねる。後衛に回っておれを援護しろ。それだけだ」

伝えたいことは全て伝えたのだろう。振り返ることなく、クロヤが突き進む。

あの魔人の正面に立つことは、死地に身を晒《さら》すのと同義だ。限界寸前の身体《からだ》で、どこまで耐えられるのか分かったものではない。だが、クロヤには生きて上へと昇る理由がある。

だから諦めない。最後の最後まで、自分が死ぬ時まで、戦い続ける。その覚悟があった。

「ッ……!!」

スカイツは歯噛《はが》みする。今、クロヤを無視してクアラに駆け寄り、安否確認するのは容易《たやす》い。

容易《たやす》いが──スカイツは、《投刃《ダート》》を引き抜き投擲《とうてき》していた。

「俺は……俺はッ！　死ねない!!　死んでたまるか!!　今すぐてめえをぶっ殺して、さっさとクアラを助けねえとダメなんだよ、クソミドリッ!!」

叫び声と共に放たれた《投刃《ダート》》は、魔人の身体《からだ》に突き刺さりもしない。攻撃力が全く足りていないのだろう。児戯にも満たない反撃だった。

しかし、こちらの心がまだ折れてないことを示すには、充分である。

「その意気だ、スカイツ。そういうわけで——おれ達は貴様を早急に殺す必要がある」

茨の魔人が、返事代わりに拳を引き絞ってクロヤの顔面を打ち抜く。

常人ならば、頭部を砕かれて即死するような一撃。

それをクロヤは、真正面から顔面で受け止めた。彼にしか出来ない、決死の荒業で。

(地を踏み締め、気を巡らせ、己が肉体を鋼鉄と化す——……!!)

が、実際に肉体が鋼鉄になるわけではない。『気』を使い、あくまで硬化するのみだ。

更に、それにも耐えられる限度があった。鼻骨が砕けて鼻から血が噴き出し、右目が衝撃で落《お》ち窪《くぼ》み、眼底まで眼球が沈む。どろりと両耳からも体液が流れ出た。

明らかに致命打を受けたクロヤだが、食い縛《つ》った歯と共に口角は吊り上《あ》がっている。

——よもや、この状況で笑っていた。

動くのは右手のみ。クロヤが回避を捨てた理由は、槍《やり》よりも鋭い貫手を、魔人の水月へ確実に突き刺すためである。生半可な威力では、複雑に絡《から》み合《あ》う茨の繊維を貫けない。

捨て身だからこそ可能な、背後に控える仲間へ全てを託す為《ため》の一撃。

「——ッ、く、お、あああああああああああああああああッッ!!!」

喉が擦り切れんばかりに叫び、クロヤの貫手が魔人の水月へと深々と打ち込まれる。

更に、刺した手をクロヤは体内で開き、ただ握力と腕力のみでブチブチと魔人の茨を引き千切りながら、その胸部を強引に開いていく。

ビクンと一度反応し、魔人は幾度となくクロヤの顔面を殴り付ける。それに一切構わず、尚《なお》且《か》つ怯《ひる》まず、魔人の開胸が進む。果たしてそこにあったのは——真っ赤に光る何か。

「……!!」

瞬間的にスカイツは双剣を引き抜いていた。あれは、枯れた『卵』から零《こぼ》れ落《お》ちた、赤い小石のようなものだ。それこそが、茨の魔人の本体——或《あ》いは、心臓に等しい器官。

クロヤの読みは当たっており、しかしクロヤにあれを破壊する余力はない。

彼が力を緩めれば、一挙に開けた胸は閉じるだろう。走り寄って、剣を突き刺す時間は無い。ならば、それを撃ち抜くのは、後ろに控える《射手《スカイツ》》の役目だ。

「当たれえええええッ!!」

一投目、スカイツは左手の剣を投げ放つ。魔人は右手でクロヤを殴り続け、空いた腕でそれを防御した。魔人の腕に、双剣の片割れが突き刺さる。しかし、それはブラフ。

スカイツは跳び上がって、右手の剣を投擲《とうてき》していた。もしスカイツが万全な状態だったならば、この二投で仕留められただろう。負傷し、また体力が底を突く寸前の投擲《とうてき》は、普段よりも威力と速度が不十分だった。魔人は左腕を盾のように突き出し、攻撃を防ぐ。

「まだだ——……!!」

余力などもう無い。ひたすらに我武者羅である。相手を殺すことだけを思考する。

間髪入れず、スカイツはポーチから《投刃《ダート》》を引き抜き、とにかく投げた。

当たれば勝てる。勝てるのだ。当てて、貫くだけでいい。自分に出来ないはずがない。

なのに敵は、腕を使って直撃を防ぎ、或《あ》るいは手で払うようにして《投刃《ダート》》を無力化する。

元より威力不足の《投刃《ダート》》は、やはり魔人の腕にすら突き刺さることが出来ない。

本来は才能も無く、無力なスカイツに相応《ふさわ》しい、しみったれた武器だ。

ここ大一番で使うべき代物ではない。誰も、こんな武器には期待も希望も持っていない。

それでもポーチ内の全ての《投刃《ダート》》を投げ尽くす。一つでも当たることを信じた。

だが、当たらない。防がれる。魔人にとっては痛《いた》くも痒《かゆ》くもない。無意味だ。

クロヤの力も限界――いや、意識があるかも怪しい。

なのに気力と根性だけで、魔人の弱点を開き続けている。

それに報いたいが、投げられるモノを失った《射手《シューター》》は、この上なく無価値だ。

「まだだ……‼　まだ――――……あるッ‼」

スカイツは諦めない。こんなことは全部織り込み済みだった。心はまだ、折れていない。

何故《なぜ》ならば――スカイツには、まだ投げられる《投刃《ダート》》がある。

護身用として、常に一本だけ、スカイツは《投刃《ダート》》を懐《ふところ》へ忍ばせている。

それを躊躇《ためら》わず抜き、一歩踏み込んで思い切り振りかぶり、投げる。

いや──それは射出《う》った、と言う表現の方が正しいだろう。

鋭く空を裂き、魔人の弱点目掛けて飛翔《ひしょう》する最後の《投刃《ダート》》。

スカイツに残った、何もかもを込めた一投は──────……

あえなく魔人の腕に阻《はば》まれて、そこへようやく突き刺さる。

「…………」

つまり──この戦いに決着がついた瞬間だった。

全身が弛緩《しかん》し、クロヤが声すら出せずに崩折れる。すぐに手当てせねば、直《じき》に死ぬだろう。

スカイツは、肩で息をしながら、ぼそりと呟《つぶや》く。

「…………《刃輝煌聖《グロリアス》》」

崩れたのは、クロヤだけではない。茨の魔人もまた、膝を突いていた。

その胸部にある赤い源に──か細くも鋭い、《投刃《ダート》》から伸びた幻刃が、刺さっている。

「ベイトにゃ悪いが……双剣はどっちも、ブラフ……。おっさんの剣じゃなきゃ、やっぱ幻刃は出せない……。と、思ってたけど……そう、じゃない……」

魔人に対してなのか、それとも単なる独白なのか、スカイツはそう呟《つぶや》いた。

《刃輝煌聖《グロリアス》》──剣の道を極めた者の、到達点の一つ。

彼らは己の想念が宿った刀剣を用いて、闘気による幻刃を作り出す。

アブラージュの力をそのまま継いだスカイツは、アブラージュの折れた剣で幻刃を作る。

だが、それはあくまで《刃輝煌聖《グロリアス》》としてのアブラージュが持っていた力だ。《刃輝煌聖《グロリアス》》になってしまったスカイツは、少しだけ違う。

スカイツにとって、常に傍《そば》にあったのは、頼りなくも情けない《投刃《ダート》》だけ。肌身離さず持っている程に気に入っている、弱々しい相棒。だからこそ、その芸当が可能になった。

「《投刃《ダート》》でも──俺ならお前の腕を、貫ける……！」

即《すなわ》ち──《刃輝煌聖《グロリアス》》×《射手《シューター》》の、合わせ技。

《礎《イシズエ》》の力を得たスカイツだけが行使可能な、唯一無二の切り札。

（まあ、土壇場《どたんば》で思い付いただけだし……ポーチの《投刃《ダート》》全部使って必死に試したけど、ちゃんとラスト一本で成功して良かった……）

魔人は苦しみもがいている。心臓を直接潰されているような感覚なのだろうか。さっさと死ねとスカイツは思ったが、しかし魔人は最後の力で立ち上がり、スカイツへと走る。

「……あ……」

油断、だったのだろうか。奇《く》しくも、『茎』に殺されたあの時のような。

最早《もはや》スカイツに避ける力はない。向こうに知能があるならば、恐らくこれは道連れだ。己が死ぬと分かっていながら、せめて憎いスカイツを殺そうとしているのだ。

どんどん人型から崩れていく茨の魔人の、最後の一撃。

だが、それは──豪炎の中に呑《の》まれて、灰燼《かいじん》となり消えた。

「……っ、二度と……させない……！」

血が滴《したた》る手を握り締め、拳を突き出すようにして、燃え盛る敵を睨《にら》んでいる。

最後に魔人を葬《ほうむ》ったのは、気絶より復帰したシアだった。

「シア！　無事だったか！　あれ、でもお前、宝石は全部クソミドリに――」

「再利用……。まだ、ギリギリ使えた……から。間に合って……良かった」

シアの手中にあるのは、今ようやく石ころと化した、宝石の成れの果て。それは、最初の交戦で用済みだからとこの部屋に捨てた、魔人に砕かれなかった唯一の宝石だった。

先程目覚めたシアは何とかこれを探し出し、ここぞの一発として構術を構築していた。

「でも……今は、わたしのことはどうでもいい。みんなの様子を……見に行かないと」

「……っ！　クアラ！　クロヤ！」

茨の魔人は、その赤い核を《恵み》として残し、完全に消滅した。

それと同時に、入り口の茨も枯れ果てていくが、スカイツは気にも留《と》めない。

スカイツはクロヤの元へ、シアはクアラの元へ、それぞれ駆け寄った。

「クロヤ！　しっかりしろ！　お前のお陰で勝てたんだ！」

「おれは……問題………ない。クアラを……見てこい……」

「……っ、分かった。ちょっとだけ待ってろ」

問い掛けに応じたクロヤの顔面は、半分ほどグチャグチャに潰れており、頭蓋も一部陥没している。あれだけ魔人の猛攻をひたすら耐え抜いたのだ。常人離れした耐久力どころか、まだ生きていることが奇跡に近い。そしてこれを治せるとすれば、クアラしか居ない。

そのクアラは、シアが必死に揺さぶっている。スカイツも、そちらへ駆け寄った。

「クアラ……！　クアラ……‼　起きて、お願い……！」

「……クアラ。呑気《のんき》に寝てる場合じゃないだろ。クロヤが死にそうだ、助けてくれ。なあ……」

クアラに呼び掛けてみたが、返事はない。

スカイツは天井を仰ぎ、涙を——

「んー……。もうちょっとだけ……ねかせて……」

「そんなこと言ってる場合じゃない。すぐ起きて。クロヤを治してあげて」

「んん……ぁえ⁉　あれ⁉　ウチ何で寝てるの⁉」

「………普通に生きてるじゃん………」

クアラはバッチリ元気だった。流れ出そうだったスカイツの涙が、一瞬で蒸発する。

「身体《からだ》に触れれば脈の有無は分かる。スカイツがクアラを触診しない理由が不明」

「いやそれは何かアレだったっていうか……お前紛らわしいこと言うなよ！」

シアは単純に、気絶した後に眠りこけているクアラを起こしていただけである。

単にスカイツが、それを持ち前の卑屈さで曲解しただけだ。

「って、お前確か、腹を貫かれてたろ。無事なのか？」

「ウチのお腹《なか》？　……うわ！　血だらけ⁉」

『──こいつぁクアラの嬢ちゃんの血じゃありやせんぜ』

　モゴモゴとクアラの血に染まった腹部が動き、裾から赤い塊が出現した。血の塊が動いていると思ったスカイツだったが、よく見るとそれは──血染めのネズミであった。

「シ、シロハラ！　お前生きてたのか⁉　ていうかそこに居たのか⁉」

「クアラの血でない……つまり、シロハラが身代わりに？」

『そういうことですぜ。土壇場《どたんば》であっしは、クアラの嬢ちゃんの身体《からだ》の中に潜り込み、そこで身代わりとなってクソミドリにぶっ刺されちまった！　死を覚悟したあっしでしたが、間一髪頬袋の《癒油種《ゆゆ》》を喰《く》ったんでさぁ。こいつを喰《く》うと、あっしは回復力が上がるもんでね。お陰様で、一命は取り留めたって寸法ですぜ』

「ありがとう、シロハラさん！　帰ったらナッツパーティーするね！」

「いや、ちょっと待てよ」

「土壇場《どたんば》でクアラの身体《からだ》の中に隠れる理由に乏しい」

『そ、そいつはアレだ。死に場所は選びたいのが、《黄金覇武星《ゴールデンハムスター》》の性《サガ》ってことで……って、おおおい！　それどころじゃねえや御三方！　ダンナが不出来なカボチャに‼』

　結果的にはシロハラの行動は、クアラを救ったことになるのだろう。なのでどうやらクアラは、吹っ飛ばされた拍子に頭を打って気絶していただけのようだ。

そしてシロハラは、己の主人が死の淵《ふち》にあることにようやく気付いたらしい。それなりに慌てふためいていた。

『まさに腐ったスイカみてえな顔だ！　あんた何でその状態で生きてんですかい⁉』

「……殺すぞ……」

「クロヤさん！　すぐ治しますから！　気をしっかり保ってください！」

「結構しっかり保ってるように見えるんだが……」

「半死半生。でも半生の成分強め」

大急ぎでクアラが光の雪華をクロヤに降らせる。

全快とまではいかないが、何とかクロヤは一命を取り留めた。クアラは続いてスカイツとシア、シロハラの負傷も治した。クアラ自身には殆《ほとん》ど怪我《けが》がないので大丈夫だろう。

そうして全員の治癒が終わり――クアラがその場にへたり込んでしまう。

「どうしたクアラ⁉　お前、やっぱどこか悪いのか⁉」

「そ、そんなことないよ。ただちょっと、緊張が緩んだっていうか……。まあ、ウチは最後らへんほとんど寝てたから、頑張ったのはスカイツ達だって分かってるんだけど……。でも、やっぱりみんなが無事に生き残って、よかったなぁ、って……」

「被害が全く出ていないわけではないがな」

「……死傷者多数」

『捕まった連中の半数は、茨の魔人の栄養分になっちまった。どうにかして助けられたかもしれねえって思うと、やり切れねえ感情は確かにありやすな』

「――いや、俺達は最善を尽くしたと思うよ。結果的には、だけどさ」

クアラの言う通り、四人と一匹がこうして無事に生き延び、その上で魔人を撃破したということ自体が出来過ぎなくらいである。

そもそも、《昇降者》は、《塔》内部で起こる全ての事象に対し、自己責任だ。スカイツ達がそこに負い目を感じる必要は一切無い。

「おおーい！　君達！　無事かぁ～⁉」

ラストフロアの入り口で待機していた男が、部屋の扉を開けてスカイツ達へと駆け寄ってくる。その背後には、彼の仲間である者達が数人控えていた。

「あ、どうも。一応無事です」

「そりゃあ良かった！　いや、実は一階層に生えていた草が、さっき一斉に枯れ始めたんだ。それでもしやと思って、ここを見に来たんだけど……キミ達がやったんだね！」

「そうです！　このスカイツとクロヤさんとシアとシロハラさんがやったんです！」

「クアラもな。最終的に俺達が無事なのは、クアラが居るからだよ」

「安定度が違う。クアラが居てくれて本当に良かった」

『ダンナがこうしてまだ動くのも、クアラの嬢ちゃんのお陰ですぜ？』

「………………」

怪我《けが》こそ回復してはいるが、クロヤは既に体力も空っぽで、気合で立っている状態に近い。

シロハラの軽口に対して、睨《にら》み付《つ》けるだけで終わった。

そんなスカイツ達の様子を見た男は、ははははと笑いながら仲間達に合図する。

「大物感があるね、君達は。でも疲れてるだろう？　エントランス前まで、我々が護衛するよ。その後我々は、ここの後始末と調査があるから戻るけどね」

「ありがとうございます。余力が全然ないので、どうやって帰ればいいか考えてました」

「うん。任せてくれ。あ、そうだ。君達が助けてくれた《昇降者》も、今頃君達のことを褒《ほ》め称《たた》えているよ。まだまだ世の中、捨てたもんじゃないってね」

救助した目的は、彼らの為《ため》ではなく茨の魔人の手札を削る為《ため》だったのだが、救われた側からすれば些細《ささい》なことだろう。何より、悪い気は全くしなかった。

——こうして、《ストラト・スフィア》と《無銘》による共同探索、及び一階層における異変の元凶、その討伐依頼は見事に果たされた。

誰も知らない二つの弱小ギルドが、よもやこの異変を解決したなど、依頼を出していた《管理組合《オブザーバー》》すら予想していないことだ。

もっとも、他ならぬスカイツ達も、自分達が生き延びたことに対する実感の方が強過ぎて、異変を解決した気分ではなかったのだが。

それでも、フロアを降りるごとに、達成感のようなものが強まってきた。

だから今間違いなく言えるのは、今日の夕飯はかなり豪勢になることだろうか――

＊

「帰ってきたあ～！」

「何か久々に来た気分だな……エントランス」

「安堵《あんど》。もう魔物も出ない」

護衛して貰《もら》ったので、帰還は歩くだけで済んだ。そうしてエントランスに到着し、スカイツ達は言い様の無い開放感に包まれる。

これまでの探索とは全く違う、何か一つ大きなものを成し遂げたという実感。

それこそが、《昇降者》がひたすら上を目指す理由となる、根源的な感情なのかもしれない。

「今日はうんと奮発して晩ごはん作っちゃうよ！　あ、クロヤさん達も来てくださいね！」

クアラがこれまでになく明るい声で言う。が、クロヤとシロハラはそうでもなかった。

『んー、申し出はありがてえが、ダンナが見ての通りやたらボロボロで。あっしらは今日はもう休んで、明日またご相伴に与《あずか》ってもいいですかい？』

「…………すまない」

「いや、仕方ないよ。クロヤとシロハラが居たからこそだ。あー……俺は何ていうか、ホント個人的に色々クロヤには世話になったし。それで、もしよかったら、なんだが。これからも一緒に、共同探索って形で俺達と《塔》を昇ってくれないか？　あ、ほら、クアラが居るから無茶やってもある程度何とかなるし！　全然悪い話じゃないよな⁉」

「勧誘が壊滅的に下手」

「もっとウチらの魅力をアピールしなきゃダメでしょ！」

勧誘はたどたどしいが、スカイツは本気でクロヤ達を引き込みたいと考えていた。クロヤの実力は当然として、その精神的な強さは、スカイツが今後学んでいかなければならないものだ。今回限りの縁で終わらせるのは、あまりにも勿体無《もったいな》い。

クロヤの頭上に座すシロハラが『どうしやす？』と訊《たず》ねる。すぐにクロヤは答えた。

「……別に構わないが。じゃあ今後も宜《よろ》しく頼む」

「え、そんなあっさり……。ホントにいいのか？」

『ダンナが疲れからか、異様に素直になってらぁ……。明日は雨だな、こりゃ』

「おれも……今回の一件で、色々と学ぶところがあった。己の目的を達するまで、お前達と共に行動する方が得策と踏んだまでだ。もっとも今日だけは……先に失礼させてもらうが」

「じゃあ今晩は小ぢんまりパーティーだね……。明日のために今日はガマン！」

「結局パーティーしてる」

「どうせ明日は休養日にするから、構わないけどな」

今日の疲れが流石《さすが》に一晩で抜けるとは思えないので、明日は臨時の休養日にする。

その上で、クロヤ達と一緒に晩飯を食べて、今後の予定について相談するのもいいだろう。

二階層の探索がこれから始まるのだから、昼間は情報収集をしておきたい。茨の魔人の《恵み》も、恐らく珍しいものだから、ちゃんとシアと一緒に買い取りの査定も見ておかねば。

スカイツはやるべきことを無数に頭へ浮かべながら、皆と《塔》の外に出る。

一つの試練を乗り越えても、いずれまた次の試練がやって来るだろう。

その時までに、スカイツはもっともっと強くならなければならない。

そうして、またこの四人と一匹で苦難を乗り越えれば……いつか、高みへと行ける気がした。

（まあ、気がするだけ、だけど）

本当に行けるとは思っていない。ただ、行けるところまでは、行ってみたい。

そう思い、スカイツはふと、隣に居るクアラの方を見る。

クアラもこちらを見たようで、二人の目が合った。恐らくは、にかっと自分に笑い掛けてくれるだろう。今日は魚料理が食べたい――ちょっとお願いしてみるか。

スカイツがそう考えて口を開いたのと、クアラの目が見開かれたのは、同時だった。

「──スカイツ、危ないっ‼」

クアラが思い切り、スカイツを手で押しのける。彼女からそんなことをされるなど、全く予期していなかったスカイツは、そのまま尻餅をつく。

「…………え？」

ただ、その直前に、ばすん……という乾いた音が聴こえた。

一体何の音だろうか。考える。考えていたら、クアラの身体《からだ》がぐらりと崩れて、その場で倒れていた。スカイツは考える。一体何が起こっているのか。考えてもよく分からなかった。というよりも、自分が何を考えようとしているのかすら分からなかった。

意味が分からなかったのだ。眼前に広がる光景、全ての意味が。

「クアラ──クアラっ‼　しっかりしてぇっ‼」

「…………？　なあ、おい。何だ……これ？」

必死の形相で、シアがクアラの身体《からだ》を揺すっている。先程の起きて、とはわけが違う。

倒れたクアラを中心にして、じわじわと赤い水溜《みずたま》りが広がっていく。彼女の心臓辺りに、自分も見慣れた武器が一本突き立っていることを、ようやくスカイツは認めた。

「なん、で……《投刃《ダート》》がクアラに、刺さってんだよ……」

「よォー。おたくら、一階層の異変？　とかいうのを解決したって、そこらで噂《うわさ》になってってっけどさァー。やっぱほら、番人とかいうの？　あれの《恵み》、持ってんだろ？」

「死にたくなかったらさっささと出せよ？　そこの女みたいに、なり――」

下卑た顔をした、武装している男が数名、スカイツ達を取り囲んでいる。

《地這い人《ボーガー》》だ。

これは、自分達をはっきり獲物として捕捉した、《地這い人《ボーガー》》の仕業だ。なるほど、お手本にしたいくらいの下衆《げす》野郎達だ。まるで他人事《ひとごと》のように、スカイツは感じた。

その刹那、黒い外套《がいとう》をはためかせた獣が、スカイツ達の傍《そば》から飛び出していく。

ああ、クロヤだ。すごい表情をしている。烈火の如《ごと》く怒っている。疲れなど吹き飛んだのだろうか。《地這い人《ボーガー》》の一人に襲い掛かり、あっという間にその顔面を砕いていた。

「こいつらはおれが始末しておく……!!　お前達は行け……!!」

『すぐに――すぐにクアラの嬢ちゃんを医者に運ぶんだ！　急げぇ!!』

「何だこの《昇降者》ッ!?　人間の動きじゃねえぞ!?」

「おれの……落ち度だ……!!　呆《ほう》け過ぎていた……ッ!!」

クロヤのせいではない。不運が重なったのだと、スカイツの頭にある冷静な部分が分析した。

自分達が今回、異変を解決して下手に目立っていたこと。助け出した《昇降者》達が、図らずも自分達の話を広めていたこと。それらを気にせず、いつも通り帰ろうとしていたこと。クロヤが不調で、普段の鋭さが失われていたこと。それにより、《地這い人《ボーガー》》の襲撃を予見出来ず、狙われたスカイツを庇《かば》ったクアラが相手の《投刃《ダート》》で倒れたこと。

全て、不運な出来事だ。では、スカイツの落ち度はどこにあったのだろうか。

（《帰投警護者《リターナーガード》》……アブラのおっさんは、こうならないようにする為《ため》に……）

そもそもの思い込み――自分達は《地這い人《ボーガー》》になど狙われないだろう、という楽観的な考え。アブラージュが何故《なぜ》、《ストラト・スフィア》に《帰投警護者《リターナーガード》》を付けていたのか。

その理由を、直接スカイツは教えてもらっていない。だが、今ならその理由が分かる。

――もし狙われた時、取り返しがつかないことになるからだ。

「クアラ……！　スカイツ、クアラが……！　どんどん、弱って……心臓に……」

「あ……ああ。そっか……。じゃあ、治さないとな……。そのための、構術だし……」

「スカイツっ‼」

シアが涙で顔をぐちゃぐちゃに歪《ゆが》ませている。見たことある表情だな、と思った。

朧気《おぼろげ》な足取りで、スカイツは倒れたクアラに近寄り、手を取る。氷のように、冷たい。

「……スカ……イツ？　けが……して……ない？」

「うん……してない。ああ、全然してないよ。だからほら、お前も立てよ……な？」

「よか……ったぁ……」

「良くないだろ……？　だって、お前……こんなに血を流して……心臓に……《投刃《ダート》》が刺さって……。こんなの……もう……」

――医者に診せたところで、助かるわけがない。

徐々に、スカイツの世界が現実味を強めていく。どこか他人事《ひとごと》だった心地が、クアラの手から伝わる冷たさで、強引に引き戻される。

『昇降者すごろく』の時も。シアと二人で探索に出て、魔物に囲まれて危機に陥った時も。一階層の異変の原因となったあの茨の魔人と戦った時も。その魔人の攻撃で、腹を貫かれたんじゃないかと思った時も。クアラは持ち前の強運で、全て切り抜けていた。

切り抜けて、そしてスカイツや仲間達に、笑い掛けていた。

それなのに――《塔》を出て、まだ全然経《た》っていないのに。あんな、他人から奪うことしか出来ない、生きている価値が何一つもないゴミみたいな連中のせいで。

――呆気《あっけ》なく、死ぬ。

「う、そだ……うそだ、嘘《うそ》だぁぁぁ!!　クアラッ!!　しっかりしろ、なあッ⁉　嘘《うそ》だって言ってくれよ!!　冗談だって!!　いつもみたいに、明るく、笑って……おれ……」

取り乱すことすら、もう出来なかった。

うわ言のように、クアラは「よかった」と繰り返している。スカイツが無事で、良かったと。

「どう……しよう……。なあ、シア……。クアラ、このままじゃ危ないよな……。俺、どうすればいいと思う……？　ごめん……ほら、俺、応急手当の成績、微妙だったし……」

「…………」

「何とか……言ってくれよ……」

涙を流したまま、シアは顔を伏せて首を横に振る。卑怯《ひきょう》な問いをしている自覚はあった。それでも、シアなら何とかしてくれる気がした。いや、ただ、スカイツは誰かに縋《すが》りたかった。

そして縋《すが》った先の誰かが、クアラを何とかしてくれれば良いと思った。

クアラの呼吸が、乱れたものから段々と落ち着いていく。それは、最早《もはや》呼吸する体力すら尽きかけているだけに過ぎない。呆然《ぼうぜん》と、スカイツは周囲を見渡す。

《地這い人《ボーガー》》に襲われたギルドを助けるような、物好きなギルドなど殆《ほとん》ど存在しない。

全ては他人事《ひとごと》だ。誰も目を合わせようとせず、足早に去っていく。

《塔下街》において、子供の頃から見慣れた光景の一つ。

「……スカイツ」

クアラの手を両手でぎゅっと握りながら、シアが声を漏らす。ろくな返事も出来ずに、スカイツはシアの方を見た。何か、名案が浮かんだのかもしれない。

「……行って……」

「……行くって……どこへだ……？　今から医者に、診せるのか……？」

「……違う。あなたなら、分かるはず……。クアラが死ぬ前に……早く……」

シアが震える声と指先で、指し示す。

そこを振り向くと、蒼穹《そうきゅう》を貫く威容が目に映った。

今、シアは何を言っているのだろうか。スカイツは疑問に思いながらも、身体《からだ》は既に動いていた。理性がそれを拒んでいるだけで、本能はやるべきことを理解していたのだ。

血溜《ちだ》まりの中に沈むクアラを、ゆっくりと優しく抱き上げる。

「す……か……いつ……？」

「ああ……ごめんな、ちょっと、揺れるかも。ガマン……してくれ」

一歩、また一歩、吸い寄せられるように。ぽっかりと口を開けたその先へと。

こんなにも、クアラは軽かっただろうか。冷たかっただろうか。硬かっただろうか。

もっと彼女は温かくて柔らかくて、包み込んでくれるような優しさに溢《あふ》れていたはずだ。

「……待て、スカイツ。お前……どこへ、行くつもりだ……？」

全ての《地這い人《ボーガー》》を宣言通りその手で始末したクロヤは、返り血で真っ赤だった。

一方でスカイツも、クアラから流れる血で更に汚れていく。

虚《うつ》ろな目でスカイツはクロヤの方を見たが、言葉は出て来なかった。

『スカイツ坊《ぼ》っちゃん！　あんた何を考えてんだ⁉　そっちは《塔》だろう⁉』

「落ち着いて行動しろ。さっさと医者に診せねば――」

「止め……ないで。お願い……」

スカイツを引き留めようとしたクロヤとシロハラの前に、シアが立ち塞がる。

それから彼らがどういうやり取りをしたのかなど、もうスカイツは興味が無かった。

「ねえ……すかいつ……」

「ん？　どうした？　あ、ちょっと寒いか？　ごめん、毛布は持ってないんだ」

「六人で……《焼け付き》《メモリア》……とれなかったね……」

「────」

か細い声で、悔やむようにクアラが言う。スカイツの頭に、あの厭《いや》らしい声が浮かぶ。

──アア、当然キミとした全ての約束は、絶対に守るヨ──

「何で……今なんだよ……。何で……」

「うち……ゆめ、みてたのかな……。おじさんと……べいと……あるくん……。たいせつな、かぞくのこと……どうして……わすれちゃってたのかな……」

「忘れてなんかない。ずっと、覚えてたんだ。俺も、覚えてたから……だから」

「でも……ね……。くろやさんと……しろ……らさんと……なかよくなれ……うち……れしかった……。これ……ゆめ……ゃない……よ……ね……」

「夢じゃない。全部、夢じゃない。全部、本当だ。アブラのおっさんも、ベイトも、アルも、クロヤも、シロハラも、シアも、俺も、全部本当だ。全部本当で……だけど……俺が‼　俺のせいで……‼　俺のせいで、みんな……‼」

馬鹿げている。こういう時に何故《なぜ》、自分の懺悔《ざんげ》をするのか。

そんな顔を、してしまえば。

「……わる……くない……よ……。すかい……つ……は、わる……く……ない」

　——絶対に、クアラは慰めてくれる。この期に及んで尚《なお》、まだ彼女に甘えるのか。

　何も知らないが故に、大切なものを奪われたことすら気付かず、今際《いまわ》の際でそれを思い出したクアラに、まだ。己の吐き気を催す醜さに、スカイツは口唇《くちびる》を抉《えぐ》れる程に噛《か》んだ。

「もうちょっと……だからな。もうちょっとで、すぐ楽になるから。そしたら……また、一緒に《塔》へ行くぞ。お前がいないと……俺、ダメなんだよ」

「……うちが……いな……なっても……っぺん……に……」

「ふざけたこと言うなよ。お前が居なくちゃダメなんだって。何でもする。お前が一緒に居てくれるなら、俺、何でもするよ。なあ、そうだろ？　一緒に、俺と一緒に、このクソみてえな《塔》のてっぺんで、やっほーって叫ぶんだよな？　絶対楽しいって。《塔下街》のふざけた連中に、俺達の声を聞かせてやろうぜ。そしたらみんな、空を見上げると思うからさ……」

「…………………」

「大丈夫、大丈夫だ、クアラ。もうちょっとだけ、頑張ろうな」

　エントランスの先にある大階段が、途方もなく長く感じる。

　周囲の視線が突き刺さるが、意に介する価値も無い。どんどん命が失われていくクアラを、強く強く抱き締める。そうしなければ、彼女は今にも消えてしまいそうだった。

「……飯も、俺が全部作るよ。掃除も洗濯もしなくていい。一緒に寝てくれなんて言わない。

叱ってくれなくてもいい。ただ、傍《そば》に居てくれればいいんだ……」

「…………」

「ほら……もうすぐ着くよ。眠いか？　まだ少しだけ、我慢してくれ。大丈夫、だから」

階段を昇りきって、《塔》の探索が始まる。

涙と鼻水で惨《むご》たらしい程に顔を汚した、卑屈で幼馴染《おさななじみ》に甘えてばかりの、大した才能がない《射手《シューター》》の男。そして、既にモノを言う力も果てかけている、誰かを照らす光であった《星光雪華《ルミナス》》の少女。

これは二人だけの、最初で最後の探索。

始まった瞬間に終わる、雪解けのような一歩。

「……すか……いつ……」

「どうした、クアラ？」

片腕の中に彼女を強く抱き締めながら、スカイツは優しく応じる。

一方でその空いた手に、彼女へ渡していた鉈《なた》を握り、自身の首筋をゴリゴリと抉《えぐ》っていく。

「……だい……すき…………」

「――ああ、俺もだよ……」

鉈《なた》を動かす手に熱が篭る。少しでも、少しでも早く、彼女よりも先に死ななければ。

己の血管を強引に鉈《なた》で斬ることは、あの茨を斬る感覚と似ていた。意外と、人間というものはみっちりと肉が詰まっているのだろう。そんなことを思いながら、それでも表情は柔らかく微笑《ほほえ》んで、眠るように動かないクアラだけを見つめる。

二人の血が入り混じり、広がる。

首から噴き出す血の量が足りないと、鉈《なた》を捨てて指を突っ込み、ほじくるように抉《えぐ》る。

その手の動きがようやく止まった時——理外の力は、発動を迎えた。

「うわ！　スカイツ、そんなによごれちゃって、どうしたの？」

スカイツが孤児院に戻ると、クアラがいの一番に反応した。

確かに身体《からだ》中泥だらけで汚れていたが、それよりも一番ぐちゃぐちゃになっているのは、泣き腫らした自分の顔だろう。

「………べつに、なにもないって………」

思わずスカイツは目を伏せて、小さく答えた。

が、とても使いの帰りとは思えない状態である。わらわらと仲間達が集まってきた。

「ぜってーウソだろスカイツお前よー！　ちゃんと言えってー！」

「ひざ。ケガしてる」

「ほ、ホントだ……！　スカイツくん、一体どこのだれが……？　許せない……！」

ベイト、シア、アルが、スカイツを取り囲んで問《と》い質《ただ》す。特にアルは——彼にしては珍しく——明確な怒りに燃えていた。

こうなっては隠し通すだけ無意味だろう。一週間は訊《き》かれ続けるに決まっている。スカイツは暗く沈んだトーンで、ぽつぽつと何があったかを語り始めた。

「…………。《昇降者》の、やつと、ぶつかって、ころんだ。そしたら、どこ見て歩いてんだって言われて、それで……」

「そっか。その人に、ひどいこと言われちゃったんだね。よしよし」

「……おれ、あんな《昇降者》になんて、なりたくない。もっと、優しくてかっこよくて、それが、《昇降者》なのに……」

　この孤児院を訪れる大人達から伝え聞く《昇降者》というのは、未知なる《塔》へ日夜挑み、そして様々なお宝を持ち帰ってくる、探検家や冒険家に近いものだった。それでいて彼らは品行方正に優れており、弱きを助け強きを挫《くじ》くような生き方をしている。

　無論、そんなものはまさにおとぎ話であり、実態は全く異なるのだが——子供に聴かせる話としては上等だろう。それを頭から信じるスカイツにとって、この日に起こった出来事はまさに理想を砕くようなものであり、そのショックも相まって落ち込んでいる。

「そうだぜ！　ぶつかっといてそりゃねえよ！　なんだそのヤローは⁉」

「ホーフクの準備」

「スカイツくんの涙はきれいだけど……でもその人、きたない大人なんだね……」

　いきり立つ三人。孤児院には彼ら以外にも多くの子供達が居るが、今はすっかりこのメンバーで固まって動くことが多くなった。

　全員の趣味嗜好《しこう》や性格はそれぞれ違えど、どこか馬が合うのだろう。

「まあまあ！　みんな、落ち着こうよ！　まずは、スカイツをおフロに入れて、ケガの手当てをして、そのあとのコトはスカイツをたっくさんなぐさめてから、考えよう！」

今も昔も、五人の中心に居るのはクアラだ。

人懐《ひとなつ》っこくて、好奇心旺盛で、誰にでも分け隔てなく優しくて——大人からも子供からも愛される存在だった。なるべく孤児院の子供とは平等に接するよう心掛けている院長ですら、クアラにはどこか甘い部分がある程だ。

その中でも特に、クアラはスカイツに優しい。彼女に言わせれば、「一番世話が焼ける」のがスカイツなのだが、スカイツからすれば彼女は頼れる姉のようであり、お節介な妹のようにも見え、そして自分を包み込んでくれる母のように思う。

「……ごめん、クアラ」

思わずスカイツは謝っていた。心配を掛けたのが心苦しかったのだ。

しかし彼女は、一度だけ目をぱちくりとさせて、すぐにからりと笑った。

「気にしない、気にしない！」

今にして思えば——スカイツは、クアラに恋をしていたのだろう。

共に過ごす中で、その感情は更に深化して、やがて家族を想《おも》うような愛へと変化していくのだが……この時は、確かに彼女の笑顔を見て、顔を赤くしていた。

「……ありがとう……」

そうして、感謝の言葉を呟《つぶや》く。面と向かってクアラに堂々と言うのは、どこか憚《はばか》られた。

「おっ、なんだいきなり？　じゃあスカイツ、晩メシのおかずオレに一つくれよな！」

「いやベイトに言ったわけじゃ……」

「ならわたしもスカイツから一つもらう」

「ぼ、ぼくも！」

「じゃあウチもー！」

（お、おれの食べるものがなくなる……!!）

もっとも、実際にはこの後、一人一つずつスカイツにおかずをくれたのだが——それもまた、彼らなりの慰め方なのだろう。

何気ないこのようなやり取りも、後から回顧すれば確かに分かることがある。

スカイツは、もうこの時からずっと、幸福の中に居たのだ。

《終章　罪咎《ざいきゅう》の塔》

「あ………」

目を覚ます。今見ていた夢を追うように、手を伸ばしながら。

幼少期の、何てことない夢だ。今は、その全てをはっきりと思い出せる。

スカイツはある《昇降者》にぶつかり、そいつから暴言を浴び、泣きながら帰って皆に慰められた。後々分かったことだが、そいつはどうやら《先駆者《トレイラー》》の一人だったらしく、人間性と《昇降者》の才能は全く別なんだなと、子供心に思ったものである。

もっとも、後から伝え聞く限り、その《先駆者《トレイラー》》は随分と前に死んだらしいが。

ぼんやりと、次に『直前』の光景を思い出す。おもむろに、スカイツは己の胸に手を当てる。

「……あ……は……ははは……」

確かに感じる。自分の中に宿った、有り得ないモノ。

《星光雪華《ルミナス》》としての力。今し方『喰《く》った』――クアラの、力。

「……がんばったんだな……クアラ。俺が、死ぬまで……」

呟《つぶや》き、そして身体《からだ》を起こした。時間帯は朝で、そしてここは自室のベッドの上だ。どういうわけか《塔》の内部で死んでも、理外の力が発動すると翌日になり、自室まで戻されるらしい。

思えば、その辺りの詳細を調べようともしなかったなと、スカイツは独りごちる。

「じゃあ……もう入って来ていいぞ。シア――」

扉の向こう側に、人の気配を感じていた。今となっては、それが誰であるか、考えるまでもない。もう、たった二人しか残っていないのだから。

呼び掛けに応じ、扉が開く。顔を伏せながら、シアが現れた。

「…………。体調は、問題ない？」

「ああ。すこぶる健康だ。怪我《けが》も疲労もない。今すぐにでも、《塔》へ行ける」

「……スカイツ。その」

「――全部覚えてたんだな、お前は」

突き放すように言い、そしてスカイツはシアを睨《にら》む。普段のシアからは考えられない程に、その姿は怯《おび》えており――小柄な彼女の身体《からだ》が、殊更に小さく見えた。

「ちゃんと考えてみれば、妙だったんだよ。お前は……最初から」

「…………」

「いちいち挙げたらキリがないけどさ。アルのことを知らないやつが、あいつの《焼け付き《メモリア》》を見たとしても、男だとは絶対に思わない。だけどお前は、確か男性三名って言ってたよな。

あれは丁度、こうやって俺が死んで、そして初めて蘇《よみがえ》った日だった。その時点で、俺がもし今みたいに落ち着いてたら、お前の違和感に気付けたのかな」

「違う……違うの、スカイツ。あれは……わたしは——」

「イエリコ。どうせ居るんだろ。出て来いよ」

【——そりゃあネ。手駒を眺めるのが、こちらとしては役目だカラ】

「シア。お前にはこの声が聴こえるのか」

「………」

ゆっくりと、シアは頷《うなず》いた。その瞬間、スカイツは声を押し殺しながら笑う。

「……くく、そうか。アレだよな。ホントこいつ、クソみてえな声だよな」

【アー、訂正しておくケド。別に彼女は、こちらの手駒ではないヨ。なので声は聴こえるのではなく、聴かせてあげているダケ。マ、今までも気まぐれで、聴こえたり聴こえなかったりしてたと思うケド。ではご機嫌如何《いかが》カナ？　他の手駒チャン？　ハジメマシテ、ダネ？】

「おい、イエリコ。俺の質問に答えろ。俺がシアを喰えなかった、かったことに、理由はあるのか——お前は俺のこの疑問に、こう答えたよな？『きちんと力が発動しなかっただけ』だ、と。でも、それだと辻褄《つじつま》が合わない。喰《く》えなかったことまではいい。シアが何もかもを覚えてるって部分については、どう説明するつもりなんだ？」

そもそも、シアは最初に《礎《イシズエ》》が発動した時点で、消滅しているはずだったのだ。

発動条件に照らし合わせるのなら、アブラージュとベイトとアルが消えたのは道理であるが、しかし同じパーティーに居たシアだけが平然と残っていることはおかしい。スカイツは当初、真っ先にその疑問をイェリコに呈し、しかし解消していた。

だが、彼女に消えた者達の記憶が残っていたというのは——クアラと全く状態が違う。

それを今、改めてイェリコに問《と》い質《ただ》すと、癇《かん》に障《さわ》る楽しげな声で躱《かわ》された。

【目の前に本人が居るんだから、本人に訊《き》けばイイ】

「——だ、そうだ。答えろ、シア。お前はどうして……記憶がある」

「……理外の力を持っている者は、他者の理外の力の影響を、基本的には受けない。わたしは……かつて、《俯瞰《ふかん》する者》からそう聞いた。だから、わたしは……そうならなかった。あなたの力は、最初から間違いなく発動している。ただ、わたしはその影響を受けないから……喰《く》われず、そして記憶も失っていない。それだけの……話」

シアは、普通の《昇降者》ではなかった。

スカイツと同じく——シア曰《いわ》くの《俯瞰《ふかん》する者》より——理外の力を与えられている。

「そうか。お前もだったのか。なら、お前と俺の力は同一のものなのか？」

「……違う、はず。少なくとも、わたしには出来ないことを、あなたは出来ているから」

「お前の力は？」

「わたしが《塔》の内部で死んだ時……わたしは、その探索の出発前の朝まで、戻る。ただし、力が発動したことだけしか分からない。その日の探索で何が起こるのか、わたしは何故《なぜ》死んだのか、それらは一切知覚不可。本当にただ、戻ったことが分かるだけ」

【アー、超長期的に強いヤツ。彼女の主観では、その日のどこで死ぬかに怯《おび》えるだけの力ではあるケド。でもその力がある限り、彼女はいつか果てに至るだろうネ。無限にやり直せるカラ】

ケラケラと嬉《うれ》しそうな声で、イェリコがシアの力を分析している。

どうやら、本当にイェリコはシアと接点がないらしい。スカイツは片手で顔を覆う。

今、自分がどんな表情をしているのか、知りたくもなかったし、知られたくもなかった。

「……じゃあ、お前のその力があれば、クアラを助けられたんじゃないのか？　俺ではなく、お前があの時クアラと《塔》へ行って、それで死ねば良かった。そうすれば、お前は今朝に戻るんだろ？　何故《なぜ》……それをしなかった？」

「発動条件が——違う。わたしの力は、自発的に……自殺の類では発動しない。クアラを連れて《塔》で自ら死んでも、無意味。どちらも、死ぬだけ……。わたしが死にたいと願ったら、この力は……わたしを裏切るように出来ている」

「そうか。そりゃあ残念だ。じゃあ——これらの情報を、今まで俺に黙っていた理由は？」

極力、感情を抑えたまま、スカイツは問い続ける。疑問が氷解すればする程、己とシアの間にある溝の距離は縮まって、しかし深まっていく。

「わたしが理外の力を持っていることを……他の誰にも知られてはならない。知られれば、力……《戻《レイ》》を失う。これがもう一つの、発動条件。だから、何も……言えなかった」

【おやマァ。じゃあ勿体無《もったいな》いことをしたネ。今まさにこの説明で、彼女は大切な能力を失ったってわけダ！　これはこれは、悪いことをしちゃったナァ～】

「力惜しさに、今まで黙ってたってわけか。まあ……そりゃそうか。俺のとは違って、シアの力は便利そうだしな。おい、俺の力をシアの《戻《レイ》》に変更って出来ねえのか、イェリコ」

【愚問には答えナイヨ～。分かり切っていることだしサ～】

「……そうか。使えねえな、てめえは。まあいい、シアにも色々あったんだろう。俺がそうだったように。だから別にお前を恨んじゃいないし、そこを気にしてもしょうがない」

「待って、スカイツ。わたしの話を、最初から聞いて……！」

「聞いてどうする。それで、クアラが生き返るのか。ベイト達が戻るのか」

「……ずるい。そんなの……」

「分かった上で言ったんだよ。俺は、そういう奴《やつ》だ。ああ、再三言うけど、本当にお前のことは恨んでない。お前はお前なりに事情があって、それに悩んで、それでも俺の傍《そば》で不器用なりに慰めたりしてくれた。そのことには本当に感謝してる。……好きだ、シア」

「…………スカイツ」

「――だからもう、二度と俺に近付くな」

「……え……」

ベッドから降りて、スカイツは身支度を整える。その中で不意に放ったこの言葉に、シアは動揺を隠せない。子犬が親犬へと縋《すが》るように、シアは顔を青褪《ざ》めさせて彼へ手を伸ばす。

「触るな」

「……っ」

その手を、スカイツは一瞥《いちべつ》すらせずに払った。

「もういいんだ。もう、やめてくれ」

「やめ……ない。スカイツ、わたし、謝るから……。今までのこと、全部、謝るから……。それで、全部話すから……。だから、そんなこと、言わないで……。わたしと一緒に、居て……これからのこと……」

「もうやめろって言ってるだろ‼」

「あ……っ」

アブラージュの剣と、ベイトの双剣、自身のポーチ。それらを身に着ければ、今からでも《塔》の探索に向かえる。シアとこれ以上会話すると、もう自分を抑え切れない。逃げるようにこの場を去って、どこかで頭を冷やさねばならなかった。

だが、シアの言葉が、とうとうスカイツの最後の良心に火を点《つ》けた。

「もう限界なんだよ!!　俺は!!　アブラのおっさんも!!　ベイトも!!　アルも!!　クアラも!!　俺なんかが生きる為《ため》に喰《く》ったんだ!!　それが、どれだけ罪深くて、どれだけクソッタレな行為か、お前に分かるのか!?　黙ってれば良かっただけのお前に!!」

「……分から、ない。でも、クアラは……違う……!　あれは、あなたが助け——」

「違わねえだろ!!　居なくなったら何も違わねえ!!　何で俺なんだ!!　何で、おっさんでも、ベイトでも、アルでも、クアラでもなく、俺なんだ!!　俺が死んで、あいつらが生きるのが、本当の運命だったのに!!　あの時死んだ俺が、どうして今お前と二人でここに居る!?」

「それ、は——」

「……なあ、シア。俺は、本当にお前のことが好きだ。クアラもベイトもアルもおっさんも好きだ。だからもう、俺はお前を受け入れるわけにはいかない」

「意味が、分からない。その意味が……」

「もし、お前が死んだら……もしくは俺がお前を『喰《く》った』ら、俺はどうすればいい」

「……わたしは、スカイツの為《ため》に死んでも、後悔しない」

「ああ——やっぱりな。それなんだよ。俺も、お前も、お互いのことが好きだから。俺達は、みんな、お互いのことが好きだったから。だから、庇ったんだ。お前がアルにしたように！　俺が、お前らにしたように！　クアラが、俺にしたように！　俺達はお互いのことが大切だから、反射的に身体が動いて庇うんだ！　それが、俺にはもう、耐えられない……!!　もし、お前まで俺の為《ため》に死んだら……!!　それを考えると、俺は怖くて仕方がないんだよ……!!」

傍《そば》に居るからこそ、身を挺《てい》してしまう。

そうしてスカイツは、大切な者を守ろうとし、しかし奪った。或《ある》いは守られて、奪われた。

庇《かば》うことも庇《かば》われることも、スカイツにはもう許されない。

庇《かば》えば相手を喰《く》って、庇《かば》われれば相手を失うだけなのだから。

シアは、スカイツに残された最後の繋《つな》がりだ。何としてでも、失うわけにはいかない。

そして彼女を絶対に失わない為《ため》には——彼女そのものを拒絶するしか、なかった。

「——俺は、《ストラト・スフィア》を抜ける。もう、ここにも戻って来ない。ああ、金の心配ならするなよ。誰かに届けさせるから、だからお前は二度と《塔》なんかに昇らなくていい。この街か、それとも他の街か、どこでもいいから幸せに暮らしてくれ」

「待って、スカイツ！　待ってっ!!」

シアの言葉を無視して、スカイツは部屋を出る。

そのまま外に行こうとしたが、一度踏《ふ》み止《とど》まり、クアラの部屋へと入った。

ここから持っていくものが、あったからだ。

「……杖《つえ》、借りるぞ、クアラ。多分、返せないけど」

部屋にあったクアラの杖《つえ》。『喰《く》った』者の形見となる品は、どうやら一緒に残る。

ふと、クアラの文机《ふづくえ》の上に目が移った。そこにあったのは、クロヤ達と撮った《焼け付き《メモリア》》。

それを、震える指先でスカイツは回収する。これは、ずっと肌身離さないでおく。

同時に——とあるモノが視界に入った。それを見た途端、スカイツの脳内で何かが音を立てて弾《はじ》けた。全てが、ガタガタに歪《ゆが》んだ線で、繋《つな》がった。

「は……ははは……はははははッ!!　そうか!!　そういうことか!!　考えてみれば、単純にも程がある!!　そういうことか——イェリコッ!!」

【ハーイハイ。さっきから呼ぶネエ。暇ナノ？】

「違う。宣言しておこうと思ったんだ」

【宣言？　それってつまり——】

「ああ。俺は誰よりも速く《塔》を昇って、誰よりも速く頂点に至ってやる。そうすればお前は、俺との約束を絶対に護《まも》る。そこに嘘《うそ》はないな」

【無論ダネ。キミが最初に果てへ至れば——蘇《よみがえ》るヨ。キミの『喰《く》った』者達がサ】

「だよな」

【……？】

姿は見えないが、恐らくイェリコは首でも傾《かし》げたのだろう。珍しい反応だった。

スカイツはあまりにも己が滑稽で、そしてくだらなく感じ、しかしそれを抱えた。

「俺は、てめえの事情になんざ一切興味がない。でもな、てめえが何をしているのか、今ようやく分かったんだよ。こういうことなんだろ？」

スカイツが、両手で掲げるようにして持っているもの。

――『昇降者すごろく』。

「お前にとって、俺は手駒――すごろくの駒でしかない。お前らは、俺達人間という駒を使って、誰があの《塔》の頂点へ最初に昇るか、全員で遊んでるってわけだ。だからルールは護る。ルールの護《まも》れねえすごろくなんざ、成り立たねえからだ。けど、手駒の動きは注意しても、その駒が何を考えてようが、そこは興味がない。俺だってそうだよ。すごろくやってる時に、自分の持ってる駒が何を考えてるかとか、これっぽっちも興味がなかったからな」

【ふーん……言い得て妙、ダネ。吹っ切れて、知能指数が上がったのカナ?】

「でも安心しろよ、イェリコ。俺はてめえに興味はないが――この『すごろく』で勝つことだけは約束してやる。その為《ため》に、てめえは俺にあんなクソみてえな力を与えたんだろ」

【オオ、頼もしいナア。その通りダヨ。期待してるヨ~?】

スカイツは自嘲気味に笑い、持っていたすごろくを地面に叩《たた》き付《つ》け、踏み付けて破壊した。

そうして、ギルドハウスの玄関へと向かう。

その途中で、シアが泣きながらこちらを見ているのが目に映った。

スカイツは彼女を無視した。言葉一つ投げ掛けるわけにはいかなかった。

気にしてしまえば、甘ったれでクソッタレな自分は、必ず彼女を抱き締めてしまう。

不意に、ギルドハウスの扉が開く。現れたのは、頭上にネズミを乗せた、枯れ木のような風体の男。クロヤとシロハラが、怪訝《けげん》そうな顔でスカイツを見ている。

『おいおい、スカイツの坊《ぼ》っちゃん。出立にはまだ早いですぜ？　今後一緒にやるってなって、喜び勇んでるのはダンナと一緒のようだが……』

「適当言うな、ネズミ。おい、スカイツ。先に、今回の依頼で得た報酬を渡しておく。予《あらかじ》め言っていた通り、全額お前達の――」

「なあ。この《焼け付き《メモリア》》に写ってる、真ん中の子って知ってるか？　笑顔が可愛《かわい》い子だ」

持っていたそれを、何気なく一人と一匹へ見せる。

反応は分かり切っていた。ただ、自分を追い込むには、必要な行動だと考えたまでだ。

「……？　誰だこの女は？　何故《なぜ》、おれ達の《焼け付き《メモリア》》の中に居る？」

『あっしは可愛《かわい》い嬢ちゃんの顔と名前を絶対に忘れねえが……いや、知らねえ嬢ちゃんだ。スカイツ坊《ぼ》っちゃんのコレですかい？　にしては、何であっしらと同じ《焼け付き《メモリア》》に……』

「――だよな。ああ、ごめんクロヤ。これから一緒に探索するって約束だけど。あれ、なかったことにしてくれ。もう俺、《ストラト・スフィア》は抜けるからさ。じゃあな」

「おい――スカイツ！　待て！」

『ぼ、坊《ぼ》っちゃん!?』

言うだけ言って、スカイツは二人の前から立ち去っていく。

意味が分からず、その背中を追おうとしたクロヤの肩を、震える何かが引き留めた。

「止めないで……あげて」

「……シア。何があった。まるで理解出来ん」

『痴話喧嘩《ちわげんか》の類ですかい？　若い男女が二人仲良くやってるギルドで、そいつぁマズイ。あっしらで良けりゃあ、相談や悩みに乗りやすぜ？　あっしのげっ歯類界最強の推理力が囁《ささや》くに、あの《焼け付き《メモリア》》に居た謎の嬢ちゃんが、二人の仲に亀裂を生んだと見た！』

「違う……違うの。それこそが、スカイツの心を追い詰めていった……。わたしは……スカイツの孤独を、唯一分かってあげられたのに……。それを、しなかった……。心じゃなくて、命を守っていくことが、一番大事だと思ったから……。だからこれは……わたしへの、罰で………。あ……ああ、あああああああああっ……！」

そのまま、シアは泣き崩れる。普段は冷静で表情を変えない辺り、シロハラは彼女に主人と同じようなモノを感じていた。

だが、そうではない。ただ単に彼女は口下手で、上手《うま》く他人とコミュニケーションが取れないから、無口で冷静な仮面を被《かぶ》っていただけだ。心身が強靭《きょうじん》なクロヤとは、まるで違う。

それを引き剥がしたシアの中身は、脆《もろ》く儚《はかな》い年相応の少女に他ならない。

「お、おい……どうしてそこまで泣く」

『シアの嬢ちゃんにしちゃあ珍しいですぜ。さて、一体どう慰めたものか……』

慰めようにも、クロヤもシロハラも、二人に何があったのか全く分からず狼狽《うろた》える。

ただひたすら、シアは己の選択が最初から間違っていたことを後悔し、滂沱《ぼうだ》の涙を流しながらも、独り修羅の道を征く大切な幼馴染《おさななじみ》の行く末を、祈った――

タワーラットが現れた。双剣を引き抜いて、あっという間に細切れにする。

——俺はッ!! 最強の《昇降者》になるッ!! 以上!! ——

(分かるよ、ベイト。強くならなくちゃ駄目だったんだ。誰よりも強くないと、自分の大切なものなんて、何一つとして守れないから。お前はそれを、最初からちゃんと分かってたんだ。俺は少しでも、お前を理解しておくべきだったんだ。間抜けな俺を笑ってくれ、ベイト)

次いで、ゴブリンの四肢を斬り裂く。相手の攻撃は、欠伸《あくび》をしていても避けられる。

やがて敵を殲滅《せんめつ》した。掌《てのひら》の上に、昇降機の位置を示す矢印を作り出して、歩く。

——ぼ、ぼくは…………これからもずっと、みんなの役に立ちたい、かな……——

(なあ、アル。誰かの役に立つことなんて、そこまで重要なことじゃないって、俺は思うんだ。お前は、いつもみんなのことを考えていてくれた。ただそれだけで、その優しさだけで、本当は充分だったんだ。それでも、あえて言うよ。それがお前の夢だったのなら。お前の力は、今こうして、俺の役に立ってる。ありがとう、アル)

最早《もはや》、一階層の魔物など相手にもならない。しかし、折れた剣を構える。

また現れた魔物の群れを、その一薙《な》ぎで駆逐する。

――一歩引いて全体の戦局を見ることが出来るお前は、パーティーで欠かせねェ存在だ。その調子で皆のフォローを頼むぜ――

（おっさん。俺を殴って、叱ってくれよ。あんたの言っていたフォローって、こうやってあんたを含んだ仲間達を犠牲にした上で、我が物顔でその力を振るうことなのか？　あんたがどれだけ凄《すご》い人で、どれだけ努力を重ねたのか、俺は全く知らない。全体が見えてるなんて、おこがましい。俺は、何一つとして、見えてなかったんだ。頑張ったな、なんて言葉、俺には勿体《もったい》無《な》いよ。だけど……死ぬ間際《まぎわ》に聞いたあの言葉は、嬉《うれ》しかったよ、おっさん）

通路上に段差があった。ぼんやり歩いていたから、そこに躓《つまず》いて勢い良く転んだ。額と頬を思い切り擦《す》り剝《む》く。鋭い痛みと共に、生温《なまぬる》い血が流れていく。

生木の杖《つえ》を手に持った。降り注ぐ光の雪華は、あの笑顔よりも昏《くら》く見えた。

――つまり、みんなの夢が全部叶《かな》うのが、ウチの夢！　――

（クアラ。お前に会いたい。お前の笑顔が、取り留めのない冗談が、作ってくれる料理が、温《ぬく》もりと優しさが、お前という存在そのものが、俺にとっての救いだったんだ。居なくなって、そのことを尚更《なおさら》痛感するよ。なあ、クアラ。お前がもう居ないのなら、俺は何も躊躇《ためら》う必要がないんだ。これからの俺を、お前は絶対に咎《とが》めるだろうし、嫌いになるだろう。でも、一つだけ言い訳をさせてもらうよ。またあの六人で、このクソみたいな塔に昇ることが、今の俺の夢なんだ。死ぬほどくだらない夢だけど——応援してくれないか、クアラ）

討ち漏らした魔物に、投擲《とうてき》した《投刃《ダート》》を深々と突き刺す。

そうしてまた、歩き続ける。決して立ち止まらず、振り返らない。

迷いはなかった。後悔だけがあった。それでも進む。

身体《からだ》は傷付き、心は砕ける。しかし倒れる理由には成り得ない。

在るべき理由はたった一つ。この《塔》を、誰よりも速く昇っていくことだけ。

ただそれだけを達する為《ため》の怪物が、今日この日産声を上げた。

——独り、罪咎《ざいきゅう》をその身に纏《まと》って。

《了》

《あとがき》

初めまして。有象利路《うぞうとしみち》と申します。この度は拙著を手に取って頂き、まことにありがとうございます。ここまで読んだ方には感謝を、ここから読む方には楽しんで頂ければと思います。本作は私の中で通算四冊目となる作品です。シリーズとしては三シリーズ目となり、デビュー作及びその次のものとは全く異なる暗めな作風となりました。恐らくは多くの方が『賢勇者』シリーズで私のことを知ったと思うのですが、もしかすると驚かれるかもしれません。ただまあ、元々私はこういう暗い作品ばかり作っていたので、こちらの方が真なのですが……。

さて、本作は私が好きなものを最大限リスペクトした上で、小説という媒体に落とし込んで制作しました。それは名作RPGだったり漫画だったり映画だったりと様々で、正直分かる方には丸分かりでしょうが、「ああ●●に影響受けてんなコイツ」ぐらいの寛容な心で読んで頂ければと思います。その上で楽しんで下さったら幸甚《こうじん》の極みです。

本編についてはネタバレを避けたいので、あまり語ることがありません。なので本作を書くに至った理由をお話ししますと、いわゆるRPGにおける『かばう』コマンドに端を発します。これって庇《かば》う側も庇《かば》われる側もどんな気持ちなのだろう？　と思い、そこから本作の設定やら何やらを作り上げました。いわゆるテーマ的なものの一つなので、あとがきから読む派の方は、その辺を注目した上で本編を読んでみて下さい。

最後は謝辞を。本作の出版に踏み切って下さった担当編集の阿南《あなん》さんと土屋《つちや》さん（紆余曲《うよきょく》折《せつ》ありましたね）、人数多めなキャラクター達《たち》に命を吹き込んで頂いた叶世《かなせ》べんち先生（注文が多くてすみません……）へ、この場を借りてお礼申し上げます。

また、本作の下読みに付き合ってくれた友人の細野《ほその》くんと岡本《おかもと》くん、六人の後輩達《たち》、何より最後まで読んで頂いた読者の皆様に、もう一度最大限の感謝とお礼を申し上げます。

本作は私にしては珍しく、もう一度この物語の続きを綴《つづ》る予定です。その告知が（このあとがきを書いている段階では不明ですが）次ページにあるのではないでしょうか。

とはいえ、この一巻だけでも充分に楽しめるよう配慮して作っています。なので、もしよければいずれ出る続きも手に取ってくれればと……。

いずれにせよ、その辺りの告知含めてツイッターをやっていますので、良かったらフォローして下さい（いつもの再宣伝）

では、ここまでご一読頂き、本当にありがとうございました。機会があれば、また是非。

有象《うぞう》　利路《としみち》

◉有象利路著作リスト

「ぼくたちの青春は覇権を取れない。―昇陽高校アニメーション研究部・活動録―」（電撃文庫）
「賢勇者シコルスキ・ジーライフの大いなる探求　～愛弟子サヨナのわくわく冒険ランド～」（同）
「賢勇者シコルスキ・ジーライフの大いなる探求　痛　～愛弟子サヨナと今回はこのくらいで勘弁しといたるわ～」（同）
「君が、仲間を殺した数　―魔塔に挑む者たちの咎―」（同）

本書に対するご意見、ご感想をお寄せください。

ファンレターあて先
〒102-8177　東京都千代田区富士見2-13-3
電撃文庫編集部
「有象利路先生」係
「叶世べんち先生」係

本書は書き下ろしです。

電撃文庫

君《きみ》が、仲間《なかま》を殺《ころ》した数《かず》

―魔塔《まとう》に挑《いど》む者《もの》たちの咎《とが》―

有象利路《うぞうとしみち》

2020年10月10日　初版発行

発行者　青柳昌行

発行　株式会社KADOKAWA
〒102-8177　東京都千代田区富士見2-13-3
0570-002-301（ナビダイヤル）

装丁者　荻窪裕司（META＋MANIERA）

印刷　株式会社暁印刷

製本　株式会社暁印刷

●お問い合わせ
https://www.kadokawa.co.jp/（「お問い合わせ」へお進みください）
※内容によっては、お答えできない場合があります。
※サポートは日本国内のみとさせていただきます。
※ Japanese text only

※定価はカバーに表示してあります。

ISBN978-4-04-913454-4　C0193　Printed in Japan

電撃文庫　https://dengekibunko.jp/

電撃文庫創刊に際して

文庫は、我が国にとどまらず、世界の書籍の流れのなかで〝小さな巨人〟としての地位を築いてきた。古今東西の名著を、廉価で手に入りやすい形で提供してきたからこそ、人は文庫を自分の師として、また青春の想い出として、語りついできたのである。

その源を、文化的にはドイツのレクラム文庫に求めるにせよ、規模の上でイギリスのペンギンブックスに求めるにせよ、いま文庫は知識人の層の多様化に従って、ますますその意義を大きくしていると言ってよい。

文庫出版の意味するものは、激動の現代のみならず将来にわたって、大きくなることはあっても、小さくなることはないだろう。

「電撃文庫」は、そのように多様化した対象に応え、歴史に耐えうる作品を収録するのはもちろん、新しい世紀を迎えるにあたって、既成の枠をこえる新鮮で強烈なアイ・オープナーたりたい。

その特異さ故に、この存在は、かつて文庫がはじめて出版世界に登場したときと、同じ戸惑いを読書人に与えるかもしれない。

しかし、〈Changing Times,Changing Publishing〉時代は変わって、出版も変わる。時を重ねるなかで、精神の糧として、心の一隅を占めるものとして、次なる文化の担い手の若者たちに確かな評価を得られると信じて、ここに「電撃文庫」を出版する。

1993年6月10日
角川歴彦

第23回電撃小説大賞《大賞》受賞作!!
最終選考委員・編集部一同を唸らせたエンターテイメントノベルの
真・決定版!
86
[EIGHTY SIX]
―エイティシックス―
The dead aren't in the field.
But they died there.
[著]
安里アサト
[イラスト]
しらび
[メカニックデザイン] I-IV
The number is the land which isn't
admitted in the country.
And they're also boys and girls
from the land.
ASATO ASATO PRESENTS
電撃文庫

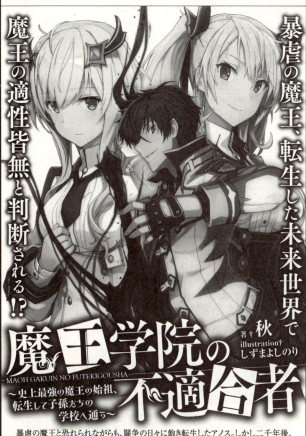